批校经籍丛编 集部〇三

夢窗詞兩種（外一種）

上

上海圖書館
浙江大學圖書館
中國國家圖書館 藏

〔宋〕吴文英 著
鄭文焯 批校

浙江古籍出版社

圖書在版編目（CIP）數據

夢窗詞兩種 ：外一種 /（宋）吴文英著 ；鄭文焯批校. -- 杭州 ：浙江古籍出版社，2025. 2. --（批校經籍叢編）. -- ISBN 978-7-5540-3166-7

Ⅰ. I222.844.2

中國國家版本館CIP數據核字第2024S4A247號

批校經籍叢編

夢窗詞兩種（外一種）

（全二册）

〔宋〕吴文英　著　　郑文焯　批校

出版發行　浙江古籍出版社

（杭州市環城北路177號　郵編：310006）

網　　址　http：//zjgj.zjcbcm.com

叢書題簽　沈燮元

叢書策劃　祖胤蛟　路　偉

責任編輯　路　偉

封面設計　吴思璐

責任校對　葉静超

責任印務　樓浩凱

照　　排　浙江大千時代文化傳媒有限公司

印　　刷　浙江新華印刷技術有限公司

開　　本　889 mm × 1194 mm　1/16

印　　張　45.25

版　　次　2025年2月第1版

印　　次　2025年2月第1次印刷

書　　號　ISBN 978-7-5540-3166-7

定　　價　520.00圓

批校經籍叢編序

古籍影印事業久盛不衰，造福於古代文獻研究者至廣至深，電子出版物相輔而行，益令讀者視野拓展，求書便捷。今日讀者泛覽所及，非僅傳世宋元舊槧、明清秘籍多見複製本，即公私各家所藏之稿本、抄本及批校本，亦多經發掘，足備檢閱。昔人所謂『文獻足徵』之理想，似已不難實現。回溯古籍影印之發展軌跡，始於單種善本之複製，進而彙聚衆本以成編，再則拾遺補缺，名目翻新，遂使秘書日出，孤本不孤，善本易得。古人之精神言語至今不絶，國人拜出版界之賜久且厚矣。處此基本古籍多經影印之世，浙省書業同仁穿穴書海，拓展選題，兹將推出『批校經籍叢編』。

昔人讀書治學，開卷勤於筆墨，舉凡經史諸子、訓詁小學、名家詩文，誦讀間批校題識，乃爲常課。後人一編在手，每見丹黄爛然，附麗原書，詁經訂史，本色當行，其批校未竟者，覽者每引爲憾事。古籍流轉日久，諸家批校又多經增損，文本歧出，各具異同，傳本既夥，遂形成『批校本』之版本類型，蔚爲大觀。古籍書目著録中，通常於原有之版本屬性後，加注批校題跋者名氏。今人編纂善本目録，遇包含批校題跋之文本，即視其爲原本以外另一版本。

古書流傳後世，歷經傳抄翻刻，版本既多且雜，脱訛衍誤，所在不免。清人讀書最重校勘，尤於經典文本、傳世要籍，凡經寓目，莫不搜羅衆本，字比句櫛，列其異同，疏其原委，賞奇析疑，羽翼原書。讀書不講版本，固爲昔人所笑，而研究不重校勘，賢者難免，批校本之爲用宏矣。前人已有之批校，除少量成果刊佈外，殘膏賸馥，猶多隱匿於各家所庋批校本中，發微闡幽，有待識者。

批校本爲古今學人心力所萃，夙受藏書家與文獻學者重視。余生雖晚，尚及知近世文獻大家之遺範，其表表者當推顧廷龍、王欣夫諸前輩。兩先生繼志前賢，好古力學，均以求書訪書、校書編書終其身，其保存與傳播典籍之功，久爲世人熟稔，而溯其治學成果，莫不重視批校本之搜集與整理。顧老先後主持合衆、歷史文獻及上海圖書館，諸館所藏古籍抄稿本及批校本，林林總總，數以千計，珍同球璧，名傳遐邇，至今仍播惠來學，霑溉藝林。欣夫先生亦文獻名家，平生以網羅董理前賢未刊著述爲職志，其藏書即以稿抄本及批校本爲重點，傳抄編校，終身不懈，所著《蛾術軒篋存善本書録》含家藏善本千餘種，泰半皆稿抄、批校本，通行刊本入録者，亦無不同時並載前人批校。先生學問博洽，精於流略，於批校本鑒定尤具卓識，嘗謂前人集注、集釋類專著，多采摭諸家批校而成，如清黄汝成編《日知録集釋》，於光大顧亭林學術影響甚鉅，而未采及之《日知録》批校本，猶可爲通行本補苴。先生於批校本之整理實踐，又可以編纂《松崖讀書記》爲例。先生自少即有志輯録清代考據學大家惠棟批校成果，分書分條，隨得隨録，歷時久而用力深，所作『輯例』，雖爲《讀書記》而作，實則金針度人，已曲盡批校本之閫奥，不辭覼縷，摘録於次：

一、是書仿長洲何（焯）《義門讀書記》、桐城姚範《援鶉堂筆記》例，據先生校讀羣書或傳録本，案條輯録。先采列原文，或注或疏，或音義，次空一字録案語。如原文須引數句或一節以上者，則止標首句而繫『云云』二字於下，以省繁重，蓋讀此書者，必取原書對讀，方能明其意旨也。

二、所見先生校讀之書，往往先有先生父半農先生評注，而先生再加校閲者，大概半農先生多用朱筆，先生多用墨筆。然亦有爲例不純、朱墨錯出者。原本尚可據字跡辨認，傳録本則易致混淆，故間有先後不符、彼此歧異者，亦有前見或誤，後加訂正，於此已改而於彼未及者，可見前哲讀書之精進。今既無從分析，衹可兩存之，總之爲惠氏一家之學而已。

三、原書於句讀批抹，具有精意，足以啟發讀者神智。本欲仿歸、方評點《史記》例詳著之，因瑣碎過甚，卷帙太鉅，又傳録本或有衹録校語而未及句讀批抹者，故未能一一詳之也。

四、凡傳録本多出一時學者之手，故詳審與手蹟無異，每種小題下必注據某某録本，以明淵源所自。録者間有校語，則附録於當條下。

五、先生羣經注疏校閲本，其精華多已采入《九經古義》。今所輯者皆隨手箋記，本有未定之説，或非精詣所在，然正可見先正讀書之法。若以『君子不示人以璞』之語爲繩，則非輯是編之旨也。

六、《左傳補注》已有專書，故兹編不列，其《讀説文記》傳抄本最多，其刻入《借月山房叢書》、《小學類編》者，亦出後人綴集，茲以便學者，不煩他求，故仍列入焉。

七、先生所著《更定四聲稿》，其目志傳藝文均不載，僅一見於顧（廣圻）傳録先生所校《廣韻跋》中。前年偶於坊間得朱（邦衡）手抄殘本五册，吉光片羽，亦足珍貴，重爲案韻排比，録附於後，尚冀異日全稿發現，以彌闕憾。

八、先生《文抄》，今所傳貴池劉氏《聚學軒叢書》二卷本，係出新陽趙元益所抄集，其未刻遺文（見於印本或墨蹟者），據所見附輯附後。

九、茲編所輯，僅據所藏所見者隨得隨録，其或知而未見、見而未能借得，及未知、未見者，尚待續輯，望海内藏書家惠然假讀，補所未備，是所禱耳。

十、是編之輯已歷十稔，所據各本除自有外，多假諸同好摯友，如常熟瞿氏（啟甲、熙邦）鐵琴銅劍樓、丁氏（祖蔭）緗素樓、杭縣葉氏（景葵）卷盦、吴興劉氏（承幹）嘉業堂、至德周氏（暹）自莊嚴堪、貴池劉氏（之泗）玉海堂、吴縣潘氏（承謀）彦均室、顧氏則奐過雲樓，及江蘇國學圖書館、上海涵芬樓，皆助我實多，用志姓氏於首，藉謝盛誼。

先生矻矻窮年，成此巨編，遺稿經亂散佚，引人咨嗟。先生輯録方式以外，今日利用古籍普查成果，網羅羣書，慎擇底本，影印『惠氏批校本叢書』，足與輯本方駕齊驅，而先生所記書目，猶可予以擴充。又所記底本有録自『手蹟真本』者，有從『録本』傳抄者，可知名家批校在昔已見重學林，原本、過録本久已並存。如今天下大同，藏書歸公，目録普及，技術亦日新月異，以影印代替輯録，俾原本面貌及批校真蹟一併保存，仿真傳世，其保護典籍之功，信能後來居上。

浙江古籍出版社編輯諸君，於古籍影印既富經驗，又於存世古籍稿抄批校本情有獨鍾，不辭舟車勞頓，目驗原書，比勘覆覈，非僅關注已知之名家批校本，又於前人著録未晰之本，時有意外發現，深感其志可嘉而其事可行。而入選各書，皆爲歷代學人用力至深、批校甚夥之文本，而毛扆、黄丕烈、盧文弨、孫星衍、顧廣圻等人，均爲膾炙人口之校勘學家。出版社復精心製版，各附解題，索隱鉤玄，闡發其蕴。此編行世，諒能深獲讀者之歡迎而大有助於古代文獻研究之深入。

本叢書名乃已故沈燮元先生題署，精光炯炯，彌足珍貴。憶昔編輯部祖胤蛟君謁公金陵，公壽界期頤，嗜書如命，海内所共知，承其關愛，慨然賜題，不辭年邁，作書竟數易其紙。所惜歲月如流，書未刊行而公歸道山，忽已期年。瞻對遺墨，追懷杖履，益深感慕焉。

甲辰新正雨水日，古烏傷吴格謹識於滬東小吉浦畔

前言

楊傳慶

吴文英（一二〇二？—一二七六後？），字君特，號夢窗，晚年號覺翁。四明鄞縣（今浙江寧波）人。南宋著名詞家。一生未第，依人作幕，客居於蘇州、杭州、越州等地，晚年困躓而殁。吴文英精音律，能自度曲，著有《夢窗詞》。夢窗詞風密麗沉厚，朦朧幽澀，具有獨特的詞史價值與意義。鄭文焯（一八五六—一九一八），字俊臣，號小坡，又號叔問、瘦碧、冷紅詞客、鶴道人、大鶴山人、樵風遺老等。奉天鐵嶺（今屬遼寧）人，隸内務府正白旗。鄭文焯長於詞及書畫、金石之學，與王鵬運、朱祖謀、況周頤合稱晚清四大家。先後刻有《瘦碧詞》、《冷紅詞》、《比竹餘音》、《樵風樂府》、《苕雅餘集》。其著作後被合刊爲《大鶴山房全書》。

清季民初，夢窗詞轉移了詞壇風會。王鵬運、鄭文焯、朱祖謀、況周頤皆於夢窗詞浸淫甚深，在夢窗詞的校勘上殫精竭慮。王鵬運與朱祖謀合校夢窗詞，特撰凡例，申明校詞義例五則：正誤、校異、補脱、存疑、删複，二人由校夢窗開創了詞籍校勘之學。王鵬運逝世後，朱祖謀致力於夢窗詞續校，先是於光緒三十四年（一九〇八）刊行无著盦本《夢窗詞》；後又據明張廷璋所藏舊鈔本《吴夢窗詞集》校訂汲古閣刻本，刊入《彊村叢書》；之後又加補校，務求精審，將夢窗詞刻入《彊村遺書》。與王、朱校刊夢窗詞相比，鄭文焯未能將其校讀夢窗詞的成果刊行，不過其於夢窗耗費之心血較王、朱而言是有過之而無不及的。下面將鄭氏批校夢窗詞諸本加以簡述，並對其校讀夢窗詞略加討論。

一

鄭文焯校讀夢窗詞的成果體現在其批校杜文瀾刻本《夢窗詞》、王鵬運刻本《夢窗甲乙丙丁稿》及《夢窗詞校議》之中。今將各本介紹於下。

一、鄭文焯批校杜文瀾曼陀羅華閣刻本《夢窗詞甲乙丙丁稿》。是本二册，與《草窗詞》合訂。其中《夢窗詞》甲乙稿一册，《夢窗詞》丙丁稿、《草窗詞》上下卷合爲一册。此本封面鄭文焯題『夢窗詞甲乙稾』『石芝崦主重校定』。鈐印『尗問手校』、『石芝西堪鑒藏圖書碑板印記」、「隺翁得來」、「尗問庋書」、「半雨廔」、「巨鄭」、「尗問眼學」、「石芝西堪校秘書記」、「尗問審定」、「西園隺語」、「龍氏忍寒廬校讀章」、「上海圖書館藏」。此本上偶有朱祖謀校閲筆跡，可知鄭氏歿後，此本爲朱氏所藏，後又爲龍榆生所得。龍氏曾録鄭氏跋語一篇刊於《詞學季刊》第一卷第三號。

此本所署時間最早者爲「光緒癸巳之歲大梁月既望」，可知鄭氏初校夢窗詞爲光緒十九年（一八九三）八月十六日。不過此次鄭氏並未深入校讀。鄭氏於杜刻本深入校理是在王鵬運贈予其所刻《夢窗詞》之後。王鵬運校刻《夢窗詞》，先成乙、丙二稿刻成寄予鄭氏。是本封背題記云：

己亥之夏五月既望，臨桂王幼霞前輩給事以新校本《夢窗詞稾》見寄，并屬作《校夢圖》而題詞焉。猥以鄙人舊有勘本，意在正戈、杜二家紕繆，訂汲古之脱譌。竄稾匧中十年不省，至是爰取舊勘未盡者復爲審斠，且於音譜略舉所知以箸于篇云。叔問記。

據此記，光緒二十五年（一八九九）五月十六日鄭氏獲贈王刻《夢窗詞》，之後他便聚焦於毛晉刻本之訛脱及戈載、杜文瀾之謬妄。是本所記時間還有：「光緒祝犂之歲大梁月既望叔問重校，時旅蘇城幽蘭巷」；「光緒祝犂之歲大梁月既望，叔問復校過題記」；「越明年庚子孟陬月既望，半塘以新校刊《夢窗詞》寄眎」。「祝犂之歲」爲光緒己亥年（一八九九），可知在光緒二十五年、光緒二十六年爲鄭氏對杜刻本集中批校之時。後來，鄭氏將精力集中於校讀王鵬運四印齋刻整裝本《夢窗甲乙丙丁稿》。不過，他對此本也有閲讀，如其批《草窗詞》云：「近見朱古微侍郎校刊本甚精審，其版樣即放《夢窗詞》，信一窗佳刻也。」可知在得見朱祖謀无著盦校刊《夢窗詞》（光緒三十四年刻本）後，鄭氏於是本仍有校讀。

鄭文焯批校杜文瀾刻本《夢窗詞》，意在「黜戈貶杜」，即針對戈載、杜文瀾對夢窗詞的臆改。他説：「改補無所本是一大敝，杜校踵戈氏之肊訂而以意補綴，甚亡謂也。」如其校《江南春》（風響牙籤）云：

文英手稾本作「棠笏」，蓋用《唐書》魏徵别傳甘棠笏之典，近刻吴詞乃改作「堂」，殊覺亡謂，幼霞前輩新校刊本亦從俗改，失考已甚。

他對王鵬運新刻本沿襲臆改不加校正也加以批評。是本校讀還略及夢窗行跡，如校《惜紅衣》（鷺老秋絲）詞云：

白石歌曲中無一與覺翁贈荅之詞，豈三十五年之游舊，文情猶未洽邪？

易中實嘗謂石帚當别是一人，非白石也。然玹夢窗此詞詠懷石帚即用白石自製曲，且詞中悉依其律，謂非白石而誰與？

王鵬運與鄭文焯校勘夢窗詞，夢窗行跡成爲重點關注對象。光緒二十五年九月三十日，王鵬運致鄭文焯書信即涉及這一問題，云：『近因校夢窗詞，閲劉伯山所爲《草窗詞序》考訂白石、夢窗、草窗倡和年月，疑牾甚多。』[一]王、鄭之前，劉毓崧爲杜文瀾所刻《草窗詞》作序時認爲夢窗詞中的姜石帚即姜夔，這開啟了晚近詞學中夢窗、白石是否相交這一詞史問題的討論。鄭文焯對易順鼎所言石帚非白石之論，欲以夢窗用白石自製曲爲證進行反駁。不過，白石詞未及夢窗又讓他充滿疑惑。

二、鄭文焯批校王鵬運四印齋刻《夢窗甲乙丙丁稿》。此批校本原爲周昌富收藏，後流歸杭州大學中文系所藏。此批本底本爲王鵬運四印齋刻《夢窗詞甲乙丙丁稿》，鄭氏批校『行間眉上，佈滿全書，筆力勁遒，墨跡爛然』，吴熊和先生曾據此批本稱鄭校《夢窗詞》可與王鵬運、朱祖謀『鼎足而三』。[二]此本鈐鄭氏之章有『老芝經眼』、『樵風』、『大鶴山人題記』、『隺語』、『吴小城東墅』、『齊玉象堪題記』、『石芝西堪校秘書記』、『書帶艸堂校勘記』、『天放翁』、『隺道人』、『老芝』等，另鈐有藏者之印章如『周昌富收藏金石書畫之章』、『落痕上階緑艸色入簾青』、『餘事』、『如見面』等。

鄭文焯題四印齋刻本之《水龍吟》（絢空七寶樓臺）詞序云：『半塘給諫以新校刻《夢窗詞》寄示，感憶題贈。』詞末記云：『連雨兀坐，聲來被辭，屬引淒異。光緒己亥七月丙午朔先立秋三日，文焯記。』可知，光緒二十五年己亥七月一日，鄭文焯收到王鵬運新校《夢窗詞》。據王鵬運本年六月十七日致鄭文焯書云：『前上一書並《夢窗乙稿》樣本計已登覽。兹丙稿刻出，再由郵政寄上，得暇請法家一校。』[三]可知，王鵬運先將《夢窗詞》乙稿、丙稿贈予鄭文焯。直至光緒二十八年（一九〇二），王鵬運才以所刻四稿整裝本相贈。鄭文焯在此整裝本上的批校詳細記録了獲得詞集的過程。鄭氏卷前題云：『光緒壬寅九月廿八日，半塘前輩來自大梁，以是刻整裝本見貽。』可知，光緒二十八年九月廿八日，鄭氏獲得整裝本《夢窗甲乙丙丁稿》。王鵬運至蘇州後，鄭氏與他飽覽吴中山水之勝。文焯記云：

壬寅十月初二日，與鶩翁租得吴阿寶畫舩，議日膳精饔，詶值六餅銀。載酒出槃門西行，朝發夕抵光福里。盡三日之長，徧遊鄧尉諸山。歸經木瀆，更上靈巖，步陟絶頂。踞琴臺，高誦君特『秋與雲平』之句，乘餘勇又登天平，品白雲泉，夕陽在山，相與裵回而不能去。迨造舟次，已將夜半。鶩翁謂生平遊興，無今茲豪者，不可無詞，得《古香慢》、《法曲獻仙音》、《八聲甘州》、《湘月》共四解。余旋以事赴滬，鶩翁亦一棹白門。爰紀歲月，以識勝引云爾。老芝。

可知，二人此遊追躡夢窗在蘇州蹤跡，所作詞亦摹夢窗之調，可見景仰之心。據《金縷歌》（喬木生雲氣）一詞後鄭氏所記『壬寅九月晦日記』，可知其獲得《夢窗詞》即加以批閱。鄭文焯在此本卷首有記云：『是編凡先後校勘數十過，今甫完善，釐然可觀。』其言不虛，據是本批語所記時間，有『壬寅十月』（一九〇二）、『丙午歲除』（一九〇六）、『光緒丁未中冬之昔』（一九〇七）、『丁未除日』（一九〇七）、『光緒戊申之冬』（一九〇八）、『己酉秋』（一九〇九）、『庚戌十月四日』（一九一〇）、『辛亥五月記』（一九一一）、『辛亥閏六月』（一九一一），可知在近十年時間裏，其於夢窗詞精心校讀，毫無懈怠。

爲何鄭文焯於夢窗詞校勘如此重視？這與他和王鵬運、朱祖謀相約校定夢窗詞善本的夙願密切相關。他在光緒丁未年冬校讀之後所作長跋中記云：

至集中校定諸語句字律，皆余十年來所究心細意，不苟爲異同者，亦可坿之篇末，資一旁證，似校四印齋覆刻，益稱完善；以視前脩，未皇多讓焉。嗟嗟！曩當半塘翁初議校栞之際，郵眎大凡，雅意諄屬，命舉新舊斠正各條，壹意相貺。會余有期功之喪，戚戚煩襟，未及盡以所得，爲報知己。而翁之沖懷虛抱，連函敦趣，清問逮延，切切滿口。且謂若有它刻復出，視此精當，胥將咎余。其信善之誠如是。迨翁南遊，壬寅冬孟，猶訪余吴下，連舩載酒，縱覽湖山，時復道及鉛槧苦心，間爲裁決一二疑義，相與稱快，盛口不置。今翁下世，匆匆四年，輟弦之悲，烏能已已？漚尹侍郎方補刊翁之遺稾，索敘顛末。徒以哀迫，不能成章，闕然未報。侍郎今復議重刻吴詞，不揆狂簡，悉以比年校定去取，注之簡眉，盡情舉似。俾今昔得失，斠若畫一。惜翁不少待，預斯壯役，九原可作，得毋念前言而督過之乎？衷鐙隱几，吮墨泫然。時光緒丁未中冬之昔，叔問題記於吴小城東戚喜芝宧。

鄭氏深情回憶了校勘夢窗詞之初王鵬運對其殷殷囑托與殷切期望，這份强烈的使命感是其傾盡心血校詞之動因。爲履行對亡友的承諾，校訂出夢窗詞精善之本，他與朱祖謀戮力合作，勤於商榷，爲夢窗詞的校理貢獻了重要力量。王、鄭、朱三人共校夢窗之舉，也是詞籍校勘之學奠立之際同心合作的典範。

鄭文焯綜取毛晉、杜文瀾、王鵬運刻本，以及明朱存理《鐵網珊瑚》所載十六首夢窗親書詞稿、明張廷璋藏舊鈔本夢窗詞集，對夢窗詞全面考察，「一生校勘夢窗詞的心血，可謂盡萃於此了」〔四〕。鄭氏批校之後還對夢窗詞加以甄選。其批語數次提及甄選夢窗詞：

余嘗擬精選夢窗詞三十首，以爲後學楷素，覺玉田「七珤廔臺」之喻猶爲目論也。（墨筆）

昔賢謂作家固難其人，選家益世不數覯。初未深韙斯言，今縱觀宋以來諸家詞選，罕有當意者，至本朝益傖靡已。（墨筆）

夢窗詞自玉田有「七珤廔臺」之喻，世眼恒以恢奇宏麗，目爲驚采絶豔，學之者遂致艱澀，多用代字雕潤，甚失夢窗精微之旨。今特選其空靈諸作，以朱筆注之，俾知其行氣存神之妙，不得徒于迹象求之。（朱筆）

鄭文焯在「夢窗詞目」的詞牌之上用朱圈標識所選之詞，並在正文之中詞牌之上雙朱圈標記。其朱筆記云：「共選廿七首，學者誠翫索得之，思過半已。己酉秋記。」可知，其選詞之畢的時間爲一九〇九年秋。從鄭氏批語可知，其選擇夢窗詞注重「空靈」之作，是爲矯正張炎以來詞學史對夢窗詞認識的偏差，其獨特的選詞主張在清季詞學家中頗堪注意。

三、《夢窗詞校議》。鄭文焯手寫稿。今藏國家圖書館，二册。緑色格紙，半頁八行，版心鐫「垂芬集」。鈐「文焯」、「吴興劉氏嘉業堂藏」印。此本封面題「夢窗詞校例」，「坿石芝西堪宋十二家詞選」。扉頁題「夢窗詞校録定本」，「大鶴山房寫稾」，又有小字注「「録」字易作「議」」。《夢窗詞校議》爲鄭文焯校勘夢窗詞的成果結集，鄭氏初衷應爲寫定付刊，惜未最終定型，故今見原稿不無凌亂。鄭氏殁後，此稿歸藏劉承幹嘉業堂。周子美編《嘉業堂鈔校本目録》著録云：「《夢窗詞校議》一卷，清鄭文焯校訂，稿本，四册。」龍榆生曾在嘉業堂見此稿本，稱「嘉業堂藏手稿本」，並録跋語一篇發表於《詞學季刊》第一卷第三號。

此本跋語末署「光緒著雍涒灘之歲月在大梁，叔問鄭文焯校訖敘於吴小城樵風别墅」；「補遺」之末署「光緒戊申之歲八月廿二日，校定寫訖，大鶴道人記於吴城」。可知，此寫本初成於光緒三十四年（一九〇八）八月。根據此本目前的裝訂順序，可以粗分爲三個部分。首先是據明朱存理《鐵網珊瑚》十六闋校寫者。鄭文焯非常重視《鐵網珊瑚》所録手稿，云：「明朱存理《鐵網珊瑚》載夢窗手寫詞藁十六闋，文句頎異，雖零疊不完，而出之手稾，信而有證。」其次是校寫「夢窗詞甲乙丙丁四卷」，分爲卷甲、卷乙、卷丙、卷丁四部分，另有「補遺」。最後一部分爲「補録」，所據爲「明萬曆二十六年太原張廷璋鈔本夢窗詞集一卷」。這是鄭氏見到張廷璋鈔本後的補充校訂。

此本後經張壽鏞整理刊入《四明叢書》第一集（一九三二年），刻本與稿本内容幾無差異，只是排列順序不同。

是本正文後附録『石芝西堪宋十二家詞選』，分爲『小令四家』，實際列五家，分别是晏殊、歐陽修、張先、晏幾道、秦觀；『慢曲七家』，分别是柳永、周邦彦、蘇軾、辛棄疾、吴文英、姜夔、賀鑄。其中柳永、蘇軾二家已選出具體詞目，分别選詞三十四首、十六首。

以上三種鄭氏手校夢窗詞之外，今見還有鄭校毛晉汲古閣刻《夢窗詞稿》（丙、丁稿）。此本鈐有『花間艸堂』印，當爲納蘭性德舊藏。鄭氏批校時間在宣統辛亥歲（一九一一）上半年，其記云『宣統辛亥之歲三月廿五日，樵風詞客校讀』，『六月二十日校』。此本主要參校張元濟涵芬樓藏明張廷璋舊鈔本《夢窗詞集》，鄭署云『以張氏萬曆抄本校』，『張氏鈔本九行十六字，共二百七十四闋，以《探春慢》殿尾，後題「萬曆二十六年置」，鈐「太原廷璋」、「太原張氏文苑」二印』。鄭批四印齋本也署有『據明萬歷廿六年太原張氏所藏鈔本複校兩過』之語，可知，辛亥歲前後，鄭氏在用明鈔本同時對毛、王二家所刻《夢窗詞》進行校訂。另外此本又署『紫箠據黄蕘翁手校』，知鄭氏又參校了黄丕烈手校汲古閣刻《夢窗詞丙丁稿》的成果。此鄭氏批校本已由人民文學出版社二〇一四年以『鄭文焯批校汲古閣初刻夢窗詞』之名影印出版。

二

鄭文焯對夢窗詞進行了較爲全面的研究。他先後批校了杜文瀾與王鵬運所刻《夢窗甲乙丙丁稿》，並初步整理爲《夢窗詞校議》一稿。其於夢窗詞之校理，體現在詞集正名、版本考評、校字訂律、考辨詞體、考釋典故、評論詞作及選擇佳篇等方面，代表了清季夢窗詞研治的最高水平。下面將其爲夢窗詞集正名及其對夢窗詞集版本的考察略作梳理。

鄭文焯批校的杜刻本、王刻本夢窗詞均沿用了毛晉汲古閣刻《宋名家詞》之舊題，稱『甲乙丙丁稿』。此名頗不爲鄭氏所取，他在《夢窗詞校議》及批校王刻本時多次提及爲夢窗詞正名之事，主張對『甲乙丙丁稿』之題加以更正。其批校王刻本卷首關涉正名者數條，分别爲：

玉田《醉落魄》『題趙霞谷所藏夢窗親書詞卷』。据此當知夢窗本有寫定之本，以眎明朱存理所刻手稾專以新詞寫似方蕙崖者，正自碩異。而毛刻以前，絶無所謂『甲乙丙丁稾』之名，信而有證矣。

案，宋元人稱夢窗詞但云《霜花腴集》，絶無『甲乙丙丁稾』之目。汲古敘所謂『或云四卷』，又云『廿年前堇得丙丁二集』，恐未足徵。後之校刻者，詎可以其彙刊在先，乃據爲吴詞定名邪？當依草窗《玉漏遲》題爲夢窗『霜花腴詞集』爲正名之據。見之《鐵網珊瑚》夢窗手寫本，亦同是名，其未可妄易之也。

古人書籍及詩文稾，有以干支紀年名其集者，未聞以甲乙爲次第，更取以編集而自名之者。汲古毛氏本，當喪亂之餘，尟得校讎之助，加以專輒自行其是，而所刻與所敘，動相刺繆，宜爲黄蕘翁姍笑之已。又其所謂宋槧元鈔，實與滄葦密目多有未合，則浮夸之顯著者耳。（鄭校王刻本）

鄭文焯認爲宋元人提及夢窗詞，從無『甲乙丙丁稿』之名者。且古之書籍及自編詩文集無有甲乙爲次第自名之例，所以他認爲毛晉是自行其是，將夢窗詞定名爲『甲乙丙丁稿』。爲了存古正名，他主張將夢窗詞集定名爲宋時已有的稱謂——《霜花腴詞集》，並且此名又見於夢窗手寫本，更當爲不可移易之名。

毛晉刻夢窗詞不似所刻其他詞集對版本來源有較清楚的交代，其《夢窗詞跋》亦云『藏書未備』，未得善本。其《丙丁稿跋》云：『或云夢窗詞一卷；或云凡四卷，以甲乙丙丁釐目；或又云四明吴君特從吴履齋諸公遊，晚年好填詞，謝世後同遊集其丙丁兩年稿若干篇，釐爲二卷。』[五] 由此三『或』，可見毛晉於夢窗詞版本源流亦不明了。並且其刻甲乙稿中雜有李煜、晏殊、歐陽修等人之作，可知其祖本與尹焕序本及周密所題《霜花腴詞集》本非同源之本，而是出於另一版本系統。因此，鄭文焯以周密所言題《霜花腴詞集》來定名毛晉所據不明來歷之本，把不同版本系統的本子混淆定名，顯然於存古之事無補。另外，鄭文焯以爲古人未有以甲乙爲次第編集也是錯誤的判斷，汲古閣影宋精鈔四卷本《稼軒詞》就是以甲乙丙丁爲次第編爲四集。[六] 由此可見，鄭氏以《霜花腴詞集》爲夢窗詞正名之舉是失敗的。

或許考慮到了這些不妥，光緒丁未年（一九〇七）所作跋語中說：

此吴夢窗詞所題甲乙丙丁四卷，堇見汲古敘言『或曰』如此，未實其人，亦未顯著所据何本，見于何說。即如毛氏所稱『或云』者，已設三疑，莫衷一是。顧杜刻因之，已屬孟浪。半塘翁素精審，乃亦率爾相沿，付之剞劂，且承汲古之誤，反以朱存理所摹夢窗寫本之塙當處列諸異證。……況子晉敍跋實未申明所据爲宋槧元鈔，但言先後獲者錯簡遺缺，則毛本亦非舊編淨本可知，詎得以其殺青在前，使我思誤竟終無一適邪？兹聞漚尹侍郎重訂付鋟有日已，亟以舉似，一得之功，將爲壞流之助。宜首先正名，或即據汲古敍跋第一義兩稱『夢窗詞』，因以名之，亦極直覺了當。坿以鄙語，庶無爲後之通人所訕笑也已。（鄭校王刻本）

其《夢窗詞校議》中亦云：

夢窗詞在汲古刻本以前見之草窗、玉田所題，並稱『夢窗詞卷』，或云《霜花腴詞集》，明朱存理且據其手稾墨版以傳。其《陽春白雪》、《絕妙好詞》二選，洎尹惟曉、沈義甫諸家評論皆出之君特同時，於其詞則並稱夢窗，無所謂『甲乙丙丁稾』也。自毛子晉摭其先後所獲傳寫稾本，以意分合，一再付鋟，因取或云以甲乙丙丁釐目之次，又從而名其詞。觀其原敍三引或言曰一卷，曰二卷，曰凡四卷，是皆謂其詞集之分卷，非題號也明甚。又稱吴君謝世後，同遊集其丙丁兩年稾若干篇，是夢窗詞以幹爲編年，爲標目，聞疑載疑尚無佳證，安得遽以己所移併者，題爲四稾之名，抑亦傎已。《四庫提要》謂其分爲四集之由不甚可解，後之校栞者未之諦審，無復定名，於義誠未安也。今据尹梅津煥以夢窗與清真並稱之例，定爲詞集專名，題曰《夢窗詞》，据毛敍以甲乙丙丁釐目分爲四卷，別以細書曰卷甲卷乙等類，從《史記》如湻注令甲、令乙、令丙之名例也。（《夢窗詞校議》）

鄭文焯再次强調，毛晉刻本在没有證據的情況下題夢窗詞爲甲乙丙丁四稿是不妥的，但是不再堅持以《霜花腴詞集》之名來替代毛本甲乙丙丁稿之名，或許鄭氏已經意識到以《霜花腴詞集》命名並不合其正名存古之本意。鄭文焯建議朱祖謀重刊本（指无著盦二校本）直截以《夢窗詞》名之，並在其批校四印齋刻本時於卷首設計題簽，在『夢窗詞』三個大字的左下方另列『甲乙丙丁稾四卷』、『補遺坿』兩行小字，注云『題簽應作如是書』。後來朱祖謀《彊村叢書》本夢窗詞拋棄了四印齋刻本據汲古閣刻本甲乙丙丁四稿之名，改用明鈔本，詞集名也改作《夢窗詞集》，其中當有鄭文焯爲夢窗詞正名之影響。

就夢窗詞集版本而言，鄭文焯歷時十餘年校讀，於夢窗詞集的各個版本，所云雖不如論清真、白石之詳，但其對各本之評騭亦是非深究夢窗者所不能道。夢窗詞集原或題《霜花腴詞集》，杜文瀾《重編吴夢窗詞敍》云：『夢窗手定《霜花腴詞集》爲周草窗所題者，散軼不傳。』周密有《玉漏遲》詞，題爲『題吴夢窗《霜花腴詞集》』。鄭文焯據此曾主張將夢窗詞集定名爲《霜花腴詞集》。周密所題夢窗詞之版本及可能的宋代刊本，今已不傳，接下來把鄭氏對各本《夢窗詞》的認識略述如下。

首先是毛晉汲古閣刻《宋名家詞》本《夢窗詞甲乙丙丁稿》四卷及《補遺》一卷。毛氏先得丙丁二稿，刻入《名家詞》第三集；又從《中興以來絶妙詞選》輯得九首，爲『補遺』；最後得甲乙二卷，刻入第六集。鄭文焯於此本評論頗多，他説：『汲古毛氏，始刻《夢窗甲乙丙丁稾》，隨得隨入，不復詮第，踳駁錯複。』（鄭校杜刻本）這是他對汲古閣本的總體印象。對於毛本的訛誤，鄭氏向來都是勇於指出，云：

> 夢窗詞集既未得睹其手寫《霜花腴》稾，而坿刻于汲古《六十家詞》中者，又非宋槧元鈔足資佳證，加以寫者校者黯淺寡聞……毛氏不暇研求，孟浪墨版，厥有數弊可得而言。其譌舛大畧以形近、音近、義近之字致誤而不思誤者，類十之七八；以同類異文，舊闕新遺，承上衍下，移前倒後，或習見恒用之字，互羼複出之文，不校而以意改者，類又十之三四焉。毛本之弊，殆不出此。（鄭校王刻本）

鄭氏客觀指出了毛晉汲古刊本的致誤之由，即以形、音、意近所致訛誤，以及文字承上衍下、移前倒後所導致的衍文、脱文。隨着校讀的深入，鄭氏對毛刻本之長處亦有清晰認識。其語云：『顧子晉值明季亂世，汲汲傳刻，未暇參稽，故其敘言一則曰藏書未備，再則曰錯簡紛然。初未嘗自詡爲善本，然其蓋闕之例，先見之文，得失猶相半也。……毛之疏由于傳寫之承訛，而舊文多賴以存。』（《夢窗詞校議》）他對毛晉於明季亂世汲汲傳刻致誤給予理解，並對毛晉刻本保存舊文加以肯定，畢竟『汲古功在傳古，故刻務博而校不暇精詳』（鄭校王刻本）。但是，鄭文焯對戈載《宋七家詞選》所選夢窗詞的校改做出了嚴厲的批評。他説：『至戈順卿選宋七家詞，乃稍稍訂正，苦無善本，足資佳證。戈氏又黯淺寡聞，繆託聲家，動以意竄易，於毛刻之譌敚塙可斠訂者，漫無關究。』（鄭校杜刻本）戈載所選夢窗詞出自毛晉刻《宋名家詞》本，鄭氏對其苦無善本校訂給予理解，但對他自詡精於聲律而妄加篡改的做法毫不客氣地予以批評，一針見血地指出了戈氏選詞刻詞之弊。

杜文瀾《曼陀羅華閣叢書》本《夢窗詞》刻於清咸豐十一年（一八六一），是王、朱合校四印齋本之前夢窗詞的又一重要刻本。鄭文焯起先於此本頗多貶斥，他説：

> 秀水杜氏，墨守一先生言，粗爲勘正，坿會寔多。驗其擬改擬補，疏妄等誚，專輒之敝，厥失惟鈞，耳爲心師，徒自棄于高聽爾。（鄭校杜刻本）

他嚴厲批評杜氏墨守戈載訛誤，且多妄校。鄭文焯對杜刻妄校較毛刻不校批評得更加嚴厲的原因是毛晉處於明季亂世，未暇精詳，而杜則不同。其語云：

洎杜氏以有力聚於所好，當道咸間詞流輩出，度得一通材而精審之，其蕆事非甚難，乃并毛本之原闕者而以意補之，其堇存者則以意改之，誠不知其自命爲何如獨是？（《夢窗詞校議》）

他認爲杜氏所處客觀環境是可以做到校出夢窗詞善本的，而杜沿戈載之謬，致使事業不成。正是在這個意義上，鄭文焯對杜校本頗致不滿。但是隨着校勘夢窗詞的深入，他對杜校的態度發生了改變，他説：『杜刻所据姚子箴校本，其所獲往往得未曾有。雖未詳所自，而佳證誠不可湮没。於《木蘭花慢》「重泊」題下增入「垂虹」二字，《蕙蘭芳引》舊闕處皆字句歷歷可數，斷非肊造。』又云：

杜校雖妄，然非無可取。如甲稾《瑞隺仙》過片『寄跡』碻應有韻，杜作『奇踐』是也。又『海沈擅』『擅』之爲『檀』亦確然不易。它如《玉燭新》之『蕙秀』，乙稾《絳都春》之『篔屏』，丙稾《新雁過妝樓》之『秋月香中』，丁稾《瑞龍吟》之『城根』諸疑滯字句，皆宜從杜更正，無事過爲矜眘。（鄭校王刻本）

鄭文焯在實際校勘王鵬運刻本過程中，逐漸發現了杜校本的可取之處，並對杜校本做出了客觀的肯定，改變了初校杜刻時的『黜戈砭杜』，於杜本略無恕辭的態度。

王鵬運四印齋本《夢窗詞》也是以毛晉汲古閣本爲底本，經過王與朱祖謀的精校，刻於光緒二十五年。鄭文焯對王刻本給予了高度評價，他説王、朱校本『精嚴詳眘，一字不苟，守寧闕毋僭之例，可稱善本，以視戈、杜之疏妄，汲古之沿譌，相隔奚特一塵？』（鄭校杜刻本）誠然，與毛晉、杜文瀾校刻相比，王、朱校本的確進步很大，故而鄭文焯給予了很高評價。又云：『四印齋鑒於前失，釐訂綦嚴，舉五目以發凡，傳四明之定稾，宏搜廣益，所得良多，豈亦繼起者易爲功邪？』（《夢窗詞校議》）王鵬運此刻本卷首列夢窗詞校勘五例：正誤、校異、補脱、存疑、删複，並在此校例指導下對毛本、杜本訛舛多有諟正。鄭文焯正是在這個角度上給予了高度肯定。但鄭氏並没有因其爲好友著述而盲目推崇，他進一步指出了王本存在的問題：『第有毛本之匪譌，杜校之新獲者，或以矜眘之過而不知所以裁之，亦無容爲良友諱也。』（《夢窗詞校議》）『半塘老人校刻吴詞……尚有墨守汲古舊本誤處及未詳各條，顯有踳駮。……其餘字句之訛舛，聲韻之通轉，王氏並未校訂。』〔七〕王本的問題首先是尚有墨守毛本訛誤處；其次是於毛本之不誤及杜校創獲處過於謹慎，未能裁決；三是某些字句舛訛及聲韻通轉，未能校訂。鄭文焯認爲王、朱校本的另一問題是未能對朱存理《鐵網珊瑚》所載十六闋夢窗手寫稿充分運用。他說：

> 右据《鐵網珊瑚》舊刻夢窗手槀，研核衆本，决所從違，涣然有淄澠之别。如集中『小春』、『棠笏』、『姑餘』、『涼宫』諸字類皆切於典實，有資多聞。又如《還京樂》、《花犯》、《江南春》、《玉漏遲》、《瑞鶴仙》、《沁園春》諸題敍並足攷見其事蹟，或單辭隻字，厥誼縣區，誠於聲文宏旨既多左諭，舊執菫存有稿乎不可易者，惜毛氏失於檢校，蔽所希見。杜氏踵戈選之臆改，見之而昧于持擇。吾友半塘老人知其可信從，而未盡據以勘正，甚非謂也。（《夢窗詞校議》）

可以説，鄭氏對王本缺點的認識對繼校者來説是金玉良言，他自己的夢窗詞校勘也是針對這些不足而發，日後朱祖謀的夢窗詞校訂也從鄭氏這裏汲取了營養。

以上諸本都是毛晉刻本系統，對於此系統之外的兩種夢窗詞版本亦爲鄭氏所悉，並在校勘中加以了充分運用。

一爲明朱存理《鐵網珊瑚·書品六》所載夢窗淳祐癸卯年（一二四三）親書詞卷，起《瑞鶴仙》，迄《還京樂》，共十六首，題『文英皇懼百拜』，書贈方萬里。卷首標曰《新詞稿》。此《新詞稿》王鵬運在校夢窗詞時即已經發現，王氏在其所刻本《夢窗甲乙丙丁稿述例》中云：『朱存理《鐵網珊瑚》所載十六闋，係出夢窗手稿，爲可信從。』但是在實際校勘中並未充分運用。與王不同，鄭文焯在校勘中非常珍視與信從此稿本。他在批校夢窗詞時再次强調『朱存理刻手寫本至有精義，當一一依据，奉爲舊本足徵之文，以所可信从者僅此爾』（鄭校王刻本），并據此本校正毛刻本、杜刻本、王刻本之訛誤，諟正字詞、脱文、衍文多處。

另一爲明萬曆二十六年（一五九八）太原張廷璋藏鈔本《夢窗詞集》。鄭氏對於此本有較清晰的描述，云：『明萬曆二十六年太原張家置，有「太原張家文苑」印，又「太原廷璋」印，又「謏聞齋」印，「竹泉珍秘圖籍」印。《夢窗詞集》不分卷第，凡一調於題下並注雅俗宫譜，蓋從宋元舊本鈔得……其詞亦具有宫調，但列俗名。』（《夢窗詞校議》）此本是鄭校夢窗詞的一個重要參校本，他在批校王鵬運刻本時即記云：『據明萬歷廿六年太原張氏所藏鈔本復校兩過。』又云：『從孝臧得明太原王（應爲張）氏舊鈔本斠訂，多所是正，亦一大快。』（鄭校王刻本）由此可知，鄭文焯從朱祖謀處借得此舊鈔本，並將其充分運用於夢窗詞的校勘，且所獲頗豐。

三

王鵬運、朱祖謀在校勘夢窗詞時提出了校詞五例，並在校詞過程中廣列異文，對其前校詞者臆改妄删之習無疑具有反撥的作用，但是對前人謬誤之因少有言明，而且缺乏斷定。鄭文焯在他們的基礎上，提出據形近、音近、義近的原則來判斷致誤之由，並且明確主張在校勘過程中要敢於一定是非，而不是僅僅存疑以俟讀者自己判斷。他在給朱祖謀的信中説：「嘗謂校書之難，必能合訓詁、考據、詞章三者會於心而驗之目，乃可以從事，以義理爲斷。專輒固學者之病，徒以闕疑載疑，終無一義之晣，則亦何取於校訂？」〔八〕由「以義理爲斷」可知，鄭文焯追求的是校勘中以理校定是非的最高層次。在校勘過程中，鄭文焯很好地貫徹了他的校訂原則，這也使其夢窗詞校讀獨具特色，主要體現在以下三個方面。

其一是斟酌詞意校詞。鄭文焯在批校夢窗詞過程中，常通過對詞意的涵詠斟酌來斷定存疑之處，例如：《瑞鶴仙》（淚荷抛碎璧）「對小山不迭，寸眉愁碧」句，王鵬運校「迭」作「送」，並且注云：「毛誤「迭」」。鄭文焯則認爲：

「迭」與「疊」通用，疑原本作「疊」，毛从，或書作「迭」，不得遥斥其誤也。詞意自以「迭」爲佳，言山眉不皴碧，正見作意，「送」字亡謂。（鄭校王刻本）

鄭氏以爲毛本不誤，從詞意來看作「迭」字爲佳。鄭文焯的判斷是否有道理呢？此作爲思婦、遊子兩處相思之詞，其中上片着力寫思婦獨守空閨、無聊度日的淒苦。依鄭氏的理解，「小山」乃是「山眉」之謂，即「小山眉」。「小山不迭」即是懶畫山眉之義，聯繫詞意看，獨守空閨的女子因相思而無心畫眉，一任妝殘。可見「送」作「迭」無疑是合乎詞中情境的，所以他説「正見作意」。鄭氏正是對「意」有了很好的把握，才會作出合理的斷定。另如《風入松》（畫船簾密不藏香）「梅花偏惱多情月，慰溪橋、流水昏黄」句，王鵬運校作「熨」，鄭文焯云：

「慰」，毛刻不誤。丁稾《三姝媚》「還把清尊，慰春顦顇」，正與此同用「慰」字之義。汲古本作「慰」。半塘刻疑其誤而肊改之。「熨」字疑。「熨」「慰」二字，一虛一寔，有仙凡之判。夢窗雖好錬字，絶無滯迹，此句自以作「慰」爲佳，且與上句「惱」字相關，蓋意謂梅花却戀明月，來伴慰此流水昏黄之寂寞耳，正以喻妙香之在鄰舟，漏洩春光也。（鄭校王刻本）

鄭氏認爲王鵬運臆改，而没有細味詞意，他堅持作『慰』爲佳。此詞頗難解索，大意謂遊子乘舟，聞及鄰舟飄來的女子妙香，進而惹起懷人愁緒。鄭氏所言是否有理？照其解釋，『慰』與上句『惱』相關，此『惱』可爲『惹』之義，則夢窗這句詞就可釋爲梅花撩惹多情的明月，來伴慰這黄昏裏孤寂的溪橋流水。暗香梅花、昏黄月色的慰藉，正如鄰舟妙香對自己的撫慰。此解可使詞意順暢，因此鄭氏强調毛刻不誤。

上述詞例之外，還有不少詞鄭氏都是用斟酌詞意進行校訂的，如《八聲甘州》（渺空煙四遠）『膩水染花腥』句『膩』字，《絶妙好詞》作『劍』，鄭校云：

『膩』字從『腥』字意出，警策無比。審詞意，劍池非靈岩山中名勝，此指箭涇而言，當從毛本作『膩水』是。（鄭校王刻本）

另如《水龍吟》（淡雲籠月微黄）『陳迹征衫，老容華境，懽悰都盡』句之『境』字，鄭校云：

此『境』字亦以音近訛。明鈔本正作『鏡』。『鏡』與上句對，此誤从土，沿汲古訛，偏旁宜改正，不必别有依據也。作『華境』則費解，言對鏡而見老容，否則『容』字無根。（鄭校王刻本）

可見，斟酌詞意校詞在鄭文焯校勘《夢窗詞》中有着成熟的運用，用此法校訂令人耳目一新，並且校定結果更加具有可信度，同時這樣的校詞方法也體現出校詞者極佳的領悟與欣賞能力。

其二是闡釋典故校詞。夢窗詞的難箋難校正在其典故的大量運用，不但詩文、説部兼取，而且常以地方性的傳説、習俗入詞。因此無學力者校夢窗詞往往難有所得，只能仍付闕如。鄭文焯在校勘夢窗詞過程中，對疑難典故的闡釋成爲其又一發力點，並且能够通過典故的釋讀成功校訂前人之謬誤。如《掃花遊》（冷空澹碧）『笙簫競沸』句之『沸』字，王鵬運校云『毛誤「波」』，杜文瀾則刻作『渡』，可見衆説紛紜，而難有定論。鄭文焯認爲杜刻有本，應該作『渡』，並加按語云：

案《歲時廣記》引《越地傳》云：競渡起于越之句踐，蓋斷髮文身之俗，習水而爲戰者也。《荆楚歲時記》亦云南方競渡者，治其舟使輕利，謂之飛凫，又曰水車、水馬。州將及土人悉臨水而觀之。夢窗兩詞記事，皆在越中，無一語及沅湘可證。其詞中所寫節物光景，皆與越俗相合。蓋競渡之俗，在荆楚則以五月五日爲弔屈，在越俗則當春水方生，治舟輕利，遂傳爲清明寒食水嬉故實。此在昔人詩詞希見，亦足備競渡一典要焉。叔問校。此詞作『競渡』，固宜从杜校，不以混韻爲疑也。（鄭校王刻本）

此詞所記内容涉及西湖寒食情形，鄭文焯利用《歲時廣記》、《荆楚歲時記》這樣的記載地域性風俗的史料證明了『渡』之不誤。另外如《八聲甘州》（步晴霞倒影）『輦路淩空九險』句，王鵬運校疑『九』爲『就』之訛誤，鄭校云：

疑作『就險』則亡謂，句亦失解。《吳地記》闔閭造姑蘇臺，高三百丈，作九曲路以登之。此詞『九險』之所本也。『九險』或用九折阪之故實，亦奇。半塘老人云疑當作『就』，『九』字乃以音訛，非是。（鄭校王刻本）

此詞鄭氏援引《吳地記》證明了『就』字之非。從上二例校讀可見，鄭氏對吳文英經遊最久的吳越之地的歷史記載、民間習俗非常熟悉，這是他成功校夢窗詞的一個重要基礎。此外像《探芳信》（夜寒重）『應過語溪否』句，毛晉本、杜文瀾本『語』都作『浯』。鄭文焯以越地『語兒』傳説證明了『語』之不誤，徵實可信，解決了未決的難題。而他利用關涉吳越兩地的典故來校勘、解讀夢窗詞也爲其後的校訂者提供了思路。

其三是比勘聲律校詞。鄭文焯對夢窗詞在分片、句讀、叶韻、字聲上都有深入探討。特别是其基於批校夢窗詞提出的『詞律之嚴在聲不在韻』主張，以及『發明入聲字例』，均對晚近以來的詞體研究意義重大。鄭文焯並不認同厲鶚所言南宋時即刊行《菉斐軒詞韻》，也不迷信戈載《詞林正韻·發凡》抄自沈雄《詞話》所云朱希真擬制詞韻之説，他態度鮮明地强調宋時並無詞韻專書。他在《澡蘭香》（盤絲繫腕）詞後批云：

杜氏校詞全依戈氏《詞林正韻》，致多疑塵，不知兩宋詞家無專韻之譜，多以唐韻同用之例爲之，不得以後人詞韻苛求古人，轉多支閡。（鄭校杜刻本）

批校《解連環》（思和雲積）、《水龍吟》（淡雲籠月微黄）詞後再次强調宋時無詞韻：

「『雲積』原作『雲結』，出韻，從戈氏選改正」（杜文瀾校語）。何謂『出韻』？『詞韻』實作于夢窗後，戈氏乃肊改，洵巨謬也。是詞『緊』、『盡』二韻并古通，『髩』字亦然，唐詩宋詞同一義例。南宋後始有詞韻，未足据以訂吳詞也。（鄭校杜刻本）

他不滿戈載、杜文瀾完全依據《詞林正韻》來規矩詞韻，宋詞用韻有其自己的特點，不可以用後人所編的詞韻盲目認識宋詞。鄭文焯對《詞林正韻》於宋詞用韻條分縷析、嚴於部居的規定非常不滿，他在批校杜文瀾刻本《夢窗詞》時明確表達了對宋詞用韻的認識：

考唐韻以次及者皆古音之通用，如冬、江，歌、麻之類，安知養、梗二韻古不可通？今人淺黔，未之博證經籍有韻之文，如《詩》、《易》中諧音最古，漢魏歌謠胥出于諧聲之例。詞爲樂府之遺，五代兩宋作者，聲文相會，并弗沾沾于韻本之出入，而於律譜無少乖離。自《菉斐軒詞韻》行世，後學始以爲詞有專韻，至戈氏順卿引比諸家詞中習用之韻，意爲條析，從而增益，蔽所不見，動以出韻相繩，至僭易昔賢名句而不自悟，其寡闇甚矣，專輒之敝奚足與論學？吾故謂《詞林正韻》之書出不數十年，學者已滋薄古之病，拉雜摧燒之可也。杜氏小舫校《夢窗詞》，幾欲奉爲金科玉律，拈一字一韻之小異，或己不得其解，輒以意妄議其非，而敢于擬補，此校勘家未之前聞也。苟非戈氏肊改于前，杜氏亦曷至擬補于後，踵是弊而增之，由不信而不好，斯文將不墜于天，而墜于人矣。（鄭校杜刻本）

鄭文焯認爲詞爲『樂府之遺』，古音相諧，依永和聲，自然聲文相會，而不需拘泥於某部某韻。後人依據詞韻規則反過來規矩宋韻，不合規矩者，則認爲宋詞出韻，妄加竄改，如此則詞韻之書的弊端是巨大的，在這個層面上，鄭文焯對戈載及其後繼者杜文瀾提出了嚴厲的批評。正是對夢窗詞的批校，鄭文焯提出自己對詞韻認識的鮮明觀點，即詞韻古通，宋詞用韻『在聲不在韻』。

鄭文焯精於聲律，批校柳永、周邦彥、姜夔、吴文英之詞時，着力於字聲的探討，這也是其校詞的鮮明特徵。鄭氏校詞善於將周邦彥、姜夔、吴文英同調詞進行比勘，往往得出獨到的認識。如鄭校《玉燭新》（花穿簾隙透）云：

此詞清真入聲字律，夢窗悉依之，特以墨圍點示後學（隙、掐、别、絡、憶）。夢窗詞凡清真所用字律並墨守，無少出入，如是解『袖』字韻，上一字屬平，則『綀』爲『綀』訛無疑。（鄭校王刻本）

他將夢窗、清真詞比勘，得出夢窗對清真的沿襲，這是非常重要的發現，由此可以看出清真對南宋詞壇的深刻影響。鄭文焯在校詞過程中一再强調夢窗對清真入聲字律的依照，如其批校《西平樂慢》（岸壓郵亭）云：

此曲入聲字律，凡四見清真詞，爲夢窗所本。夢窗於入聲字律步趨清真，無少出入，其苦心可知，所謂善學者也。（鄭校王刻本）

他不僅將夢窗與清真比勘，還把夢窗與白石聯繫起來，如對《暗香》（縣花誰葺）聲律的分析云：

（『作』字）入作平，白石『玉』字亦然，此律之微妙，玉田賦荷亦用此譜，然多逕改作平，以意爲簡易，不可從也。嘗攷白石《暗香》、《疏影》曲中，凡三字逗皆塙用夾協例，今以夢窗是詞審之，信然。爰以墨圍點出以示學者（作、隙、卻、急、簇）。

（鄭校王刻本）

二者前後互證，不但對認識夢窗詞有所裨益，又可爲白石詞訂律提供佐證。鄭文焯通過字聲的比勘，指出夢窗在聲律運用之法上對清真、白石的沿襲，而夢窗詞入聲字運用的發現，對於夢窗詞聲韻特質的探討意義重大。正如任銘善所説：『夢窗獨善用入聲，以成其孤唱，並其所取於清真、白石者，亦必斤斤不稍差池，是固讀夢窗者所宜知。大鶴於夢窗此事粲然有所發明，當令作者驚知己於地下。』〔九〕

晚近以來，杜文瀾、王鵬運、鄭文焯、朱祖謀、況周頤、陳洵、趙尊嶽、楊鐵夫等人均致力於夢窗詞的校讀。鄭文焯利用自己獨到的校詞方法，對夢窗詞做出了精彩的批校，其校勘成果已經廣爲後人接受。特别是他在王鵬運校詞五例之外，别開義例，並且成功地將其運用於校詞實踐，故其夢窗詞批校創獲頗多；而其敢於一定是非、勇於裁決的勇氣，更是校詞者所必須，此亦可補王、朱校詞原則之不足。由於鄭文焯校理夢窗詞的成果未能最終刊行，長期以來，我們對其校讀夢窗的過程與細節缺乏清晰的了解。幸運的是，浙江古籍出版社的同仁們將鄭校杜文瀾刻本《夢窗詞》、鄭校王鵬運刻本《夢窗甲乙丙丁稿》及鄭氏寫本《夢窗詞校議》彙爲一編，霑溉學林，厥功至偉！這些珍秘之書對於深入考察晚近的夢窗詞研究，以及研治詞籍批校本等方面均具有重要學術價值。

注

〔一〕王謇海粟樓藏鄭文焯友朋書札。筆者所見爲蘇州大學陳國安教授惠賜圖片，特致謝忱。

〔二〕吴熊和《鄭文焯手批夢窗詞》，《文史》第四十一輯，中華書局一九九六年四月。關於此批本之詳情，吴先生曾撰寫《鄭文焯批校夢窗詞》一文加以介紹。之後，臺灣『中央研究院』中國文哲研究所籌備處一九九六年六月以《鄭文焯手批夢窗詞》之名將此批本影印出版。

〔三〕王謇海粟樓藏鄭文焯友朋書札。

〔四〕吴熊和《鄭文焯手批夢窗詞》，《文史》第四十一輯，中華書局一九九六年四月。

〔五〕毛晉輯《宋名家詞》，上海古籍出版社二〇一四年影印本，第七九三—七九四頁。

〔六〕吴熊和先生《鄭文焯批校夢窗詞》一文已指出其失誤。

〔七〕《大鶴山人遺著》，《青鶴》第二卷十九期。

〔八〕黄墨谷輯録《〈詞林翰藻〉殘璧遺珠·鄭文焯致朱祖謀書》，《詞學》第七輯，華東師範大學出版社一九八九年，第二二〇頁。

〔九〕任銘善《鄭大鶴校夢窗詞手稿箋記》，《中華文史論叢》一九八一年第一期。

目録

夢窗乙稾

夢窗丙稾

夢窗詞 清光緒王鵬運四印齋刻本

夢窗乙稿

夢窗丁稿

夢窗補遺

夢窗甲乙丙丁稾

〔宋〕吴文英　著

鄭文焯　批校

底本爲上海圖書館藏清咸豐杜文瀾曼陀羅華閣刻本原書框高十六點八厘米寬十一點八厘米

石芝崦主重校定

夢窗詞 甲乙稾

己亥之夏五月既望臨桂王幼霞前輩給事以新校本夢窗詞稾見寄并屬任校夢圖而題詞寫猥以鄙人舊有勘本意在戊戌杜二家紕繆訂汲古之脫譌竄稾遂中十年不省至是受取舊勘未盡者復為審斠且於音譜略舉所知以箸于篇云

漚尹記

吳曾閻
宋乙天介稾

咸豐辛酉
登春開雕

光緒癸巳之歲大梁月既望 村問斠讀一過

重編吳夢窗詞敘

南宋端平淳祐之間工於倚聲者以吳夢窗爲最著夢窗名文英字君特據賨洲漁笛譜末附錄夢窗所題踏莎行自稱覺翁益晚年之號家於四明高尚不仕久客杭都及浙西淮南諸郡與吳履齋諸公游尹惟曉沈義甫張叔夏皆稱之與周草窗爲忘年之交草窗詞有玲瓏四犯一闋題爲戲調夢窗拜星月慢一闋題爲春暮寄夢窗朝中措一闋題爲擬夢窗而玉漏遲一闋則題夢窗霜花腴詞集傾倒尤至夢窗詞以緜麗爲尚筆意

幽邃與周美成姜堯章並爲詞學之正宗顧片玉詞白石歌曲均行於世而夢窗手定霜花腴詞集爲周草窗所題者散軼不傳後人補輯之甲乙丙丁四稾僅附刻於汲古閣六十家詞集中無單行本因摘出校勘付梓以廣其傳焉秀水杜文瀾敘

敍

觀察杜公博極羣書湥於詞律重編吳夢窗詞稾既成以定本見示屬爲作敍其校正之精刪移之善輯補之密評論之公具見自敍及凡例之中本無待於揚榷惟是夢窗之詞品諸書言之甚詳而夢窗之人品諸書言之甚畧故聲律之淵源可溯而行事之本末罕知汲古閣毛氏跋語言其絕筆於淳祐十一年辛亥今以詞中所述推之知其壽不止於此蓋夢窗嘗爲榮王府中上客丙稾內宴清都一闋題爲餞嗣榮王仲亨還京有琹

羽飛梁苑之語埽花游一闋題爲賦瑶圃萬象皆春堂
有正梁園未雪之語據周草窗癸辛雜識言榮邸瑶圃
則瑶圃即榮王府中園名故以梁王比榮王而以鄒枚
自比也榮王爲理宗之母弟度宗之本生父夢窗詞中
有壽榮王及壽榮王夫人之作雖未注明年月然必在
景定元年六月以後葢理宗命度宗爲皇子係寶祐元
年正月之事立度宗爲皇太子係景定元年六月之事
寶祐元年干支係癸丑後於辛亥二年景定元年干支
係庚申後於辛亥九年今按夢窗乙槀内燭影揺紅

闋題爲壽嗣榮王其詞云掌上龍珠照眼又云映蘿圖星暉海潤丙稾內水龍吟一闋題亦爲壽嗣榮王其詞云望中璇海波新甲稾內宴清都一闋題爲壽榮王夫人其詞云長虹夢入仙懷便洗日銅華翠渚又云東周寶鼎千秋華固何時地拂龍衣待迎入玉京閬圃齊天樂一闋題亦爲壽榮王夫人其詞云鶴胎會夢電繞又云少海波新所用詞藻皆係皇太子故實不但未命度宗爲皇子之時萬不敢用即已命爲皇子之後未立爲皇太子之前亦萬不宜用然則此四闋之作斷不在景定元年五月以前足證度宗冊立之時夢窗固得躬逢其盛矣據壽詞所言時令節候榮王生辰當在

八月初旬水龍吟詞云金風細裊又云半涼亡燭影搖紅詞云寶月將弦又云未須十日便中秋
榮王夫人生辰當亦在於秋月宴清都詞云蟠桃正飽風露齊天樂詞云萬象
澄秋又云涼入堂階綵戲水龍吟詞言璇海波新齊天樂詞言少海
波新必在甫經冊立之際則此兩闋當即作於庚申秋
間若燭影搖紅宴清都兩闋之作至早亦在辛酉秋間
是時夢窗尚無恙也況周草窗詞內拜新月慢一闋題
爲春草寄夢窗蘋洲漁笛譜此調有敘謂作於癸亥春
間是時夢窗仍無恙也安得謂辛亥之作爲絕筆乎夢
窗叟裾王門而老於韋布足見襟懷恬澹不屑藉藩邸

以攀援其品概之高固已超乎流俗若夫與賈似道往還酬答之作皆在似道未握重權之前至似道聲勢熏灼之時則竝無一闋投贈試檢丙稾內木蘭花慢一闋題爲壽秋壑其詞云想漢影千年荆江萬頃又云訪武昌舊壘又云倚樓黃鶴聲中宴清都一闋題亦爲壽秋壑其詞云翠币西門柳荆州昔未來時正春瘦又云對小弦月挂南樓就其中所用地名古迹推之必作於似道制置京湖之日乙稾內金盞子一闋題爲秋壑西湖小築其詞云轉城處他山小隊登臨待西風起丙稾內水龍吟一闋題爲過秋壑湖上舊居寄贈其詞云黃鶴樓頭月午奏玉龍江梅解舞亦均作於似道制置京湖

之日蓋水龍吟詞言黃鶴樓頭固京湖之確證金盞子詞言登臨小隊亦制置之明徵金盞子詞題言西湖小築必作於落成之初水龍吟詞題言湖上舊居必作於旣居之後其次第固顯然也似道官京湖制置使在淳祐六年九月其進京湖制置大使在淳祐九年三月迨十年三月改兩淮制置大使始去京湖夢窗此四闋之作當不出此數年之中或疑開慶元年正月似道爲京湖南北四川宣撫大使次年四月還朝此一年有餘亦在京湖夢窗之詞安見其非作於此際不知似道生辰

係八月初八日周草窗齊東野語言之甚詳開慶元年正月以後元兵分攻荆湖四川七八月間正羽檄飛馳之際似道膺專閫之任身在軍中而夢窗此四闋之詞皆係承平之語無一字及於用兵木蘭花慢詞云歲晚玉關長不閉靜邊鴻宴清都詞云正虎落馬靜晨嘶連營夜沉刁斗金盞子詞云應多夢喦扃冷雲空翠水龍吟詞云錦帆一箭攜將春去算歸期未卜豈得謂其作於此際乎似道晚節誤國之罪固不容誅而早年任事之才實有可取觀於元世祖攻鄂之時似道作木柵環城一夕而就世祖顧扈從諸臣曰吾安得如似道者用之其後廉希憲對世祖亦嘗稱

述此言是似道在彼時固嘗見重於敵國君相故周草窗雖深惡似道之擅權而於前此措置合宜者未嘗不加節取王魯齋爲講學名儒生平不肎依附似道而其致書似道亦嘗稱其援鄂之功則夢窗於似道未肆驕橫之時贈以數詞固不足以爲累況淳祐十年歲在庚戌下距景定庚申已及十年此十年之中似道之權勢日隆而夢窗未嘗續有投贈且庚申辛酉正似道入居揆席之初而夢窗但有壽榮邸之詞更無壽似道之詞不獨灼見似道專擅之跡日彰是以早自疏遠亦以疇

昔受知於吳履齋詞稾中有追陪游讌之作最相親善丁稾內浣谿紗一闋題爲出迓履翁舟中卽興補遺內金縷歌一闋題爲陪履齋先生滄浪看梅是時履齋已爲似道誣譖罷相將有嶺表之行夢窗義不肎負履齋故特顯絕似道耳否則似道當國之日每歲生辰四方獻頌者以數千計悉俾翹館謄考以第甲乙就中會膺首選者如陳惟善廖瑩中等人其詞備載於齊東野語夢窗詞筆超越諸人假令彼時果肎作詞非第一人無以位置勢必衆口喧傳一時紙貴焉有不在草窗所錄之內者乎縱使草窗欲爲故人曲諱又豈能以

一人之手揜天下之目而禁使弗傳乎然則夢窗始與似道會相贈答繼則惡其驕盈而漸相疏遠較之薛西原始與嚴嵩相酬唱繼則嫉其邪佞而不相往來先後洵屬同揆西原之集爲生前自定故和嵩之作一字不存夢窗之稾爲後人所編故贈似道之詞四闋具在然刪存雖異而志趣無殊夢窗之視西原初無軒輊則存此四闋豈但不足爲夢窗人品之玷且適足以見夢窗人品之高此知人論世者所當識也故詳爲推闡以見詞品之潔實由人品之純觀察尚友古人爲之刊布是

帙不特其詞藉以傳播卽其人亦藉以表章此實扶輪

大雅之盛意也夫

咸豐十年十二月既望儀徵劉毓崧敍

改補無所本是一大敝杜校踵戈氏之軌訂而以意補綴甚亡謂也

凡例

一毛子晉汲古閣刊本失於勘校脫落舛誤甚多此四稾別無宋刻可校因就各家選集逐闋核對約得十之五六校訂之語卽附注於各闋後

一選本所遺無從校訂而譌脫顯然尚可推測者謹就管見所及將擬改何字擬補何字附注而正文則仍存其舊其原空出者作原闕未空出者作原脫以別之

一毛氏先刻丙丁二稾於第三集後得甲乙二稾續入

鶯啼敘詞夢窗大書于豐樂樓非若其詞也

第六集中致有複誤如月中行疏桐翠井一闋金縷歌浪影龜紋皺一闋絳都春香深霧暝一闋賀新郎湖上芙蓉一闋均一詞兩收又醜奴兒東風未起一闋鸎啼敘橫塘棹穿豔錦天吳駕雲閬海二闋因醜奴兒一名愁春未醒鸎啼敘一名豐樂樓以一詞分作二調致兩集互列今於丙丁稾刪去

一丁稾原列補遺九闋刪複尚存八闋今檢各家選本又得毛本所無者十一闋別錄於後謂之續補遺

一原本有誤收他人之詞確有明證者如繞佛閣之暗

塵四斂慶宮春之雲接平岡大酺之對宿煙收均爲清眞詞淒涼犯之綠楊巷陌洞仙歌之花中慣識均爲白石詞又尾犯之夜雨滴空階樂章片玉集皆收之今併删去

凡錄网珊瑚載夢窗詞皆其手寫信有徵證不可妄易一字觀于江南春芳銘猶在棠笏內諸本誤棠字有謂誤不知覺翁所手錄實用唐書魏徵傳此笏即今之甘棠故事可徵不讀遍天下書不得妄下雌黄反貽古人以僻陋之誚已校者可弗春諸

汲古毛氏始刻夢窗甲乙丙丁稾隨得隨入不復詮第讎駁
錯複至戈順卿選宋七家詞乃稍稍訂正苦無善本足資佳
證戈氏又黯淺寡聞繇託聲家動以意竄易於毛刻之譌
說塙可斠訂者漫無關究秀水杜氏墨守一先生言粗為勘
正坿會寔多驗其擬改擬補疏妄等諸專輙之敝厥失惟
鈞耳為心殊遠自棄于高聽尔夫君特為詞用雋上之才別構一
格拈均習取古譜舉典務出奇麗如唐賢詩家之李賀文派之
孫樵劉蛻鎚幽鑿險開逕自行學者匪造次所能陳其細趣也今
加搜校黜戈砭杜略復舊觀其所蓋闕以俟宏達　叔問記

二

四庫全書提要　光緒甲午之歲七月初校越七年己亥復勘于蘇城

夢窗稾四卷補遺一卷

宋吳文英撰文英字君特夢窗其自號也慶元人所著詞有甲乙丙丁四稾毛晉初得其丙丁二稾刻於宋詞第三集中復摭其絕筆一篇佚詞九篇附於卷末續乃得甲乙二稾刻之第六集中晉原跋可考此本即晉所刻而四稾合爲一集則又後人所移併也所錄絕筆鶯啼敘一首殘闕過半而乃有全文在乙稾補遺之中絳都春一首亦先載

乙稾之中今卷末仍未削去是亦刋非一時失於
檢校之故矣其分爲四集之由不甚可解晉跋稱
文英謝世之後同游集其丙丁兩年稾釐爲二卷
案文英卒於淳祐十一年辛亥不應獨丙丁二年
有詞且丙稾有乙巳所作永遇樂甲辰所作滿江
紅而丙午歲旦一首乃介於其中丁稾有癸卯所
作思佳客壬寅所作六醜甲辰所作鳳棲梧而丙
午所作西江月亦在卷內則丙丁二稾不應分屬
丙丁二年且甲稾有癸卯作乙稾有端平丙申作

淳祐辛亥作亦絶不以編年爲敘疑其初不自收
拾後裒輯舊作得一卷卽爲一集以十干爲之標
目原未嘗排比先後耳文英及與姜夔辛棄疾游
倡和具載集中而又有壽賈似道諸作殆亦晩節
頽唐如朱希眞陸游之比其詞則卓然南宋一大
宗沈泰嘉樂府指迷稱其深得淸眞之妙但用事
下語太晦處人不易知張炎樂府指迷亦稱其如
七寶樓臺炫人眼目拆碎下來不成片段所短所
長評品皆爲平允蓋其天分不及周邦彥而研鍊

其取字多從長吉
詩中得來故造語
奇麗世士罕尋其
源輒疑太晦過矣

之功則過之詞家之有文英亦如詩家之有李商隱也其槀屢經傳寫多有譌脫如朱存理鐵網珊瑚載文英手書江南春詞題下注張筠莊杜衡山莊而刻本佚上三字是其明證他如夜飛鵲後闋輕冰潤句輕字上當脫一字解語花門橫皺碧一首後闋冷雲荒翠句翠字與全首之韻不叶塞翁吟別一首後闋吳女暈濃句女字據譜當作平聲高山流水後闋唾碧窗噴花茸句音律不叶文義亦不可解惜紅衣一闋仿白石調而作後闋當時

醉近繡箔夜吟句止八字考姜夔原詞作維舟試望故國渺天北句實九字不惟少一字且脱一韻齊天樂尾句畫旗塞鼓據譜尚脱一字垂絲釣前闋波光搖映燭花黯淡二句搖字不應叶又不宜作四字句繞佛閣蒨霞豔錦一首前闋東風搖颺花絮下闋三字然花絮二字乃句尾押韻以前詞怕教徹膽寒光見懷抱句推之則闋字當在花絮二字之上毛本校刊皆未及是正至乙亥之醜奴兒慢丙藁又易其名曰愁春未醒則因潘元質此

詞以愁春未醒作起句故後人又有此名據以追
改舊題尤乖舛矣

梅谷疑海客　汜
草窗國香慢題趙子固凌波圖云經年汜人重見

夢窗甲稾

宋　四明吳文英君特

鎖窗寒　玉蘭

紺縷堆雲清顋潤玉記人初見蠻腥未洗梅谷一懷悽惋渺征槎去乘閶風占香上國幽心展遺芳揜色眞姿凝淡返魂騷畹　一盼千金換又笑伴鴟夷其歸吳苑離煙恨水夢杳南天秋晚比來時瘦肌更銷冷薰沁骨悲鄉遠最傷情送客咸陽佩結西風怨

是題原作鎖寒窗從詞律改正　記人疑汜人之誤遺芳揜色句據周淸眞詞應作五字疑句首落一

皆与清真白石詞平仄未合唯柳七作視諸家稍有異按又一體必傳鈔沿誤也

字

尉遲杯 賦楊公小蓬萊

垂楊逕洞鑰啟時遣流鶯迎涓涓暗谷流紅應有緗桃千頃臨池笑靨春色滿銅華弄妝影記年時試酒湖陰褪花曾采新杏 蛛窗繡網元經纔石硯開皴雨潤雲凝小小蓬萊香一掬愁不到朱嬌翠靚清尊伴人閒日永斷琴和棋聲竹露冷笑從前醉臥紅塵不知仙在人境

湖陰原作新陰從詞綜改正 日永原作永日

永字句均混 原已永日是也

此不与何樓

渡江雲　西湖清明

羞紅顰淺恨，晚風未落，片繡點重茵。舊隄分燕尾，桂櫂輕鷗，寶勒倚殘雲。千絲怨碧，漸路入、仙塢迷津。腸漫回、隔花時見，背面楚腰身。　逡巡。題門惆悵，墮履牽縈，數幽期難準。還始覺、留情緣眼，寬帶因春。明朝事與孤煙冷，做滿湖、風雨愁人。山黛暝，澄波淡綠無痕。

緣眼寬帶，原刻眼寬二字倒誤，從毛斧季校本改正。

霜葉飛　重九

斷煙離緒。關心事，斜陽紅隱霜樹。半壺秋水薦黃花，香

夢窗詞　甲稾　曼陀羅華閣

嘆西風雨縱玉勒輕飛迅羽悽涼誰弔荒臺古記醉踏南屏彩扇咽寒蟬倦夢不知蠻素　聊對舊節傳杯塵箋蠹管斷闋經歲慵賦小蟾斜影轉東籬夜冷殘蛩語早白髮緣愁萬縷驚飆從卷烏紗去漫細將茱萸看但約明年翠微高處

蠻素一作樊素　蠻素夢窗習用謂香山小蠻樊素也

瑞鶴仙　秋感

淚荷拋碎璧正漏雲篩雨斜捎窗隙林聲怨秋色對小山不迭寸眉愁碧涼欺岸幘暮砧催銀屏翦尺最無聊

燕去堂空舊幕暗塵羅額　行客西園有分斷柳淒花
似曾相識西風破屐林下路水邊石念寒蛩殘夢歸鴻
心事那聽江村夜笛看雪飛蘋底蘆梢未如鬢白
斜捎原作斜梢從詞綜改正

又　春感

情絲牽緒亂對滄江斜日花飛人遠垂楊暗芙苑正旗
亭煙冷河橋風暝蘭情蕙盼惹相思春根酒畔又爭如
吟骨縈消漸把舊衫重翦　淒斷流紅千浪缺月孤樓
總難留燕歌塵凝扇待憑信拌分鈿試挑燈欲寫還依

此首訛脫尤多杜氏僅校定奇踐及揎字不知春巾爲春申之訛侍宣爲待宣之誤此二字未經訂正則讀者不求甚解已

不忍箋幅偷和淚卷寄殘雲賸雨蓬萊也應夢見

爭如疑爭知之誤　淒斷原誤作漢斷

又　贈絲鞵莊生

玩此詞意莊生蓋以製絲鞵擅名者與贈筆工劉衍同例

藕心抽瑩繭引翠鍼行處冰花成片金門從回輦兩玉鳧飛上繡絨塵輭絲絢侍宴曳天香春風宛轉傍星辰直上無聲緩躡素雲歸晚　奇踐乎康得意醉踏香泥潤紅黏綫良工詫見吳蠶唾海沈揎任眞珠妝綴春巾客屐今日風流霧散侍宣供禹步晨遊退朝燕殿

奇踐原誤作寄跡失韻揎原誤作擅　春巾巾必申字之誤

此用春申君門下客三千珠履故事宣供禹步謂貴履侍字必待之訛無疑

檀注履模文

覓字有作去聲叶者

又　餞郎糾曹之嚴陵分韻得直字

夜寒吳館窄漸酒闌燭暗猶分香澤輕颺展雲翩送高鴻飛過長安南陌漁磯舊跡有陳蕃虛牀挂壁拚庭扉蛛網黏花細草靜搖春碧　還憶洛陽年少風露秋檠歲華如昔長吟噎幘葺潮送富春客算玉堂不染梅花清夢宮漏聲中夜直正逋仙清瘦黃昏幾時覓得

覓字應去聲疑見字之誤

又　贈道女陳華山內夫人

綵雲棲翡翠聽鳳笙吹下飛軿天際晴霞剪輕袂澹春

凡擬補皆乞存
可刪之以免疏妄
彼棣黄翔

姿雪態寒梅凊泚東皇有意旋安排闌干十二早不知
爲雨爲雲盡日建章門閉　堪比紅綃纖素紫燕輕盈
內家標致游仙舊事星斗下夜香裏□華峰□□紙屏
橫幅春色長供午睡更醉乘玉井秋風采花弄水
　華峰上下脫三字從詞綜空出擬補自華峰歸後

滿江紅　澱山湖
雲氣樓臺分一派滄浪翠蓬開小景玉盆寒浸巧石盤
松風送流花時過岸浪搖晴練欲飛空算鮫宮祇隔一
紅塵無路通　神女駕淩曉風明月佩響丁東對兩蛾

四

當以原定為佳 晴楝
盡謂倒景樓臺若改
為練則平淡已戈氏所改
注之如此

邈音滅 美成
解連環 嗟情人
斷絕音信遼邈
同叶入
次句亦當叶

猶鎖怨綠煙中秋色未教飛盡雁夕陽長是墜疏鐘又一聲款乃過前巖移釣篷

晴練原作晴棟從戈順卿七家詞選改正

解連環 秋情

暮檐涼薄疑清風動竹故人來邈漸夜久閑引流螢弄微照素懷暗呈纖白夢遠雙成鳳笙杳玉繩西落揜練帷倦入又惹舊愁汗香闌角 銀瓶恨沉斷索歎梧桐未秋露井先覺抱素影明月空閑早塵損丹青楚山依約翠冷紅衰怕驚起西池魚躍記湘娥絳綃暗解褪花

是解審鼓諸名家詞
徵得其細趣美成詞呂
首句結字与次句絕叶
此以結与睫叶前一首薄
与竹亦叶此律之暗合處
知者蓋寡不然次句
曷皆用入聲字耶

何謂出均詞均實之于
夢窗後戈氏乃肊改洵
正謬也

墜蕚

又　留别姜石帚

思和雲積斷江樓望睫雁飛無極正岸柳衰不堪攀忍持贈故人送秋行色歲晚來時暗香亂石橋南北又長亭暮雪點點淚痕總成相憶　杯前寸陰似擲幾醂花唱月連夜浮白省聽風聽雨笙簫向别枕倦醒絮颺空碧片葉愁紅趁一舸西風潮汐歎滄波路長夢短甚時到得

雲積原作雲結出韻從弋選改正

夜飛鵲　蔡司戶席上南花

金規印遥漢，庭浪無紋。清雪冷沁花熏。天街曾醉美人畔，涼枝移插烏巾。西風驟驚散，念枝懸愁結，蔕剪離痕。中郎舊恨，寄横竹、吹裂哀雲。　空賸露華煙彩，人影斷幽芬，潄閉千門。渾似飛仙入夢，羅襪微步，流水青蘋。輕冰潤玉，悵今朝、不共清尊。怕雲槎來晚，流紅信杳，縈斷秋魂。

幽芬一作幽芳。四庫全書提要謂輕冰潤句輕字上當脱一字，按戈選於潤字下補玉字，從之。

一寸金　贈筆工劉衍

夢窗詞　甲稾　曼陀羅華閣

秋入中山臂隼牽盧縱長獵見駭毛飛雪章臺獻穎臞腰束縞湯沐疏邑筤管刋瓊牒蒼梧恨帝娥暗泣陶郎老憔悴元香禁苑猶催夜俱入　自歎江湖雕龍心盡相攜蠹魚篋念醉魂悠颺折釵錦字黠髯掀舞流觴春帖還倚荆谿㰚金刀氏尚傳舊業勞君爲脫帽篷窗寫情題水葉

又　秋感

秋壓更長看見姮娥瘦如束正古花搖落寒蛩滿地參梅吹老玉龍橫笛霜被芙蓉宿紅錦透尚欺暗燭年年

錦牋綿四字奪

記一種淒涼繡幌金圓挂香玉　頑老情懷都無懽事
良宵愛幽獨歎畫圖難仿橘村砧思笠蓑有約蓴洲魚
屋心景憑誰語商弦重衷寒轉軸疏籬下試覓重陽醉
擘青露蘱
笛字應叶詞律云橫竹之誤　幽獨原誤作幽燭重
韻

拜新月慢　姜石帚以盆蓮數十置中庭宴客其中

絳雪生涼碧霞籠夜小立中庭蕪地昨夢西湖老扁舟
身世歎遊蕩暫賞吟花酌露尊俎冷玉紅香罍洗眼眩
意迷古陶洲十里　翠參差淡月平芳砌甎花滉小浪

此調結句第四字宜用入作平

隋志已慧山

惠山寺池皆玉石甃暗通泉眼有龍首歕薄而出誦夢窗詞龍吻春霏玉濺可知龍首雖自古矣

魚鱗起霧盎淺障青羅洗湘娥春膩蕩蘭煙麝馥濃侵醉吹不散繡屋重門閉又怕便綠減西風泣秋檠燭外

侵醉原作侵酒失韻從詞律改正　淳　淚

水龍吟　惠山酌泉

豔陽不到青山古陰冷翠成秋苑吳娃點黛江妃擁髻空濛遮斷樹密藏谿草深迷市附雲一片二十年舊夢輕鷗素約霜絲亂朱顏變　龍吻春霏玉濺煮銀瓶羊腸車轉臨泉照影清寒沁骨客塵都浣鴻漸重來夜深華表露零鶴怨把閑愁換與樓前晚色權滄波遠

長吉詩□有詠五粒小松歌蓋唐宋時好古家所有松或云粒不知何謂太平御覽云松葉有五粒服之可長生又五代史華山有五粒松脂淪入地下千歲化為藥能辟三尸

古陰一作淡煙

又 賦張斗墅家古松五粒

有人獨立空山翠髯未覺霜顏老新香秀粒濃光綠浸千年春小布影參旗障空雲蓋沈沈秋曉駟蒼虬萬里笙吹鳳女驂飛乘天風裊　般巧霜斤不到漢遊仙相從最早皺鱗細雨層陰藏月朱弦古調問訊東橋故人南嶺倚天長嘯待淩霄謝了山溪歲晚素心才表

笙吹原作笙飛又倚天長嘯脫長字遵　欽定詞譜改正

又 壽尹梅津

望春樓外滄波舊年照眼青銅鏡煉成寶月飛來天上銀河流影紺玉鉤簾處橫犀麈天香分鼎記殷雲殿鎖裁花翦露曲江畔春風勁　槐省紅塵晝靜午朝回吟生晚興春霖繡筆鷺邊清曉金狨旋整閬苑芝仙貌生綃對綠窗深景弄瓊英數點宮梅信早占年光永

詞譜云前後段第六七八句均攤破作五字一句七字一句換頭藏一短韻爲又一體

又　送萬信州

幾番時事重論座中共惜斜陽下今朝翦柳東風送客功名近也約住飛花暫聽留燕更攀情話問千丐過闕

是詞鬢盡二韵并古通韵字亦然唐詩宋詞同一義例南宋後始有詞韵未足据以訂吴詞也

霜疑鬢之音訛

一封人奏忠孝事都應寫　聞道蘭臺淸暇幾鴟夷煙江一舸貞元舊曲如今誰聽惟公和寡兒騎空迎舜瞳回盼玉階前借便急回暝律天邊海上正春寒夜

又　癸卯元夕

淡雲籠月微黃柳絲淺色東風緊夜寒舊事春期新恨眉山碧遠塵陌飄香繡簾垂戶趁時妝面鈿車催去急珠囊袖冷愁如海情一綫　猶記初來吳苑未淸霜飛驚霜鬢嬉遊是處風光無際舞蔥歌蒨陳迹征衫老容華鏡慵悰都盡向殘燈夢短梅花曉角為誰吟怨

第二句緊字失韻疑軟字之誤　飛鷺霜鬢鬢字失韻姚子箴鈔本作髩宜從　歌倩原誤作歌舊　懽悰都盡盡字失韻疑換字之誤

第六句失協清真則於下闋第四句協此互異蓋通例也案一寸金第七句上前後闋互叶

擬補無據

玉燭新　春情

花穿簾隙透向夢裏消春酒中延晝嫩篁細招相思字墮粉輕黏練東章臺別後展繡絡紅蔫香舊□□□應數歸舟愁凝畫闌眉栁　移燈夜語西窗逗曉帳迷香問何時又素紈乍試還憶是繡嬾思酸時候蘭清蕙秀總未比娥眉螓首誰慰與惟有金籠春簧細奏

原闕三字宜用平去上擬補勞望眼　蘭清蕙秀原脫秀字

冷雲蕪翠句非當均詞律以意改乙院字戈氏從而改句杜氏校引為左證繆甚據草窓此調此句乃平非又一體如一寸金第三均上下闋有叶有不叶清真夢窗皆然詞律至

解語花　梅花

門橫皺碧路入蒼煙春近江南岸莫寒如翦臨溪影一一半斜清淺飛霙弄晚蕩千里暗香平遠端正看瓊樹三枝總似蘭昌見　酥瑩雲容夜暖伴蘭翹清瘦蕭鳳柔婉翠荒滨院幽棲久無語暗申春怨東風半面料準擬何郎詞卷歡未闌煙雨青黃宜晝陰庭館

翠荒滨院原作冷雲荒翠提要謂翠字與全首之韻不叶詞律謂翠字當是院字今從戈選改正

宴清都　連理海棠

繡幄鴛鴦柱紅情密膩雲低護秦樹芳根兼倚花梢鈿

徵此可字不操觚也

嫠之誤

燕虛註以形訛也
蓋着不得據戈
選爲佳證

合錦屏人妒東風睡足交枝正夢枕瑶釵燕股障灔蠟滿照歡叢婺蟾冷落虛度　人間萬感幽單華清慣浴春盎風露連環竝暎同心共結向承恩處憑誰爲歌長恨暗殿鎖秋燈夜語敍舊期不負春盟紅朝翠莫

燕股原作蕪股虛度原作羞度從戈選改正

又　壽榮王夫人

萬壑蓬萊路非煙霽五雲城闕深處璇源媲鳳瑶池種玉煉顏金姥長虹夢入仙懷便洗日銅華翠渚向瑞世獨占長春蟠桃正飽風露　殷勤漢殿傳卮隔江雲起

十

補二字無據

暗飛青羽南山壽石東周寶鼎千秋輩固何時地拂龍
衣待迎入玉京閶闔看□□贍擁湖船三千彩御
看字下脫二字擬補繡旂

又　秋感

萬里關河眼愁凝處渺渺殘照紅斂天低遠樹潮分斷
港路迴淮甸吟鞭又指孤店對玉露金風送晚恨自古
才子佳人此景此情多感　吳王故苑別來良朋雅集
空歎蓬轉揮毫刻燭飛觴趁月夢消香斷區區去情何
限倩片紙丁甯過雁寄相思寒雨燈窗芙蓉舊院

記燭二字亦新異
蓋取刻以記時之意

與字蓋字之以音譌
杜本改前字非以棟
字與簾鉤為對此二
句本例用偶也

當依原本作千里若
千樹則不可通

里字非失韵白石長亭
怨慢此與樹叶詞均紙
語固通用說詳余絕
妙好詞校錄

十一

斷港原作斷巷　刻燭原作記燭　趁月原作趕月均
遵詞譜改正　較前二闋多叶三韻詞譜列爲又一
體

齊天樂　齊雲樓

淩朝一片陽臺影飛來太空不去棟與字參橫簾鉤斗出
西北城高幾許天聲似語便閶闔輕排虹河平遡問幾
陰晴霸吳平地漫今古　西山橫黛瞰碧眼明應不到
煙際沉鷺臥笛長吟層霾乍裂寒月溟濛千樹里憑虛醉
舞夢凝白闌干化爲飛霧淨洗青紅驟飛滄海雨
棟與疑棟角之誤　千樹原作千里失韻

又　春草

新煙初試花如夢疑收楚峰殘雨茂苑人歸秦樓燕宿同惜天涯爲旅遊情最苦早柔綠迷津亂莎荒圃數樹梨花晚風吹墮半汀鷺　流紅江上去遠翠尊曾共醉雲外别墅淡月秋千幽香巷陌愁結傷春深處聽歌看舞駐不得當時柳蠻櫻素睡起懨懨洞簫誰院宇

又　别情

煙波桃葉西陵路十年斷魂潮尾古柳重攀輕鷗聚别陳迹危亭獨倚涼颸乍起渺煙積飛帆暮山橫翠但有

江花共臨秋鏡照憔悴　華堂燭暗送客眼波回盼處芳豔流水素骨凝冰柔葱蘸雪猶憶分瓜深意清尊未洗夢不溼行雲漫霑殘淚可惜秋宵亂蛩疏雨裏

嘹別原作聚別遵詞譜改正

此非原作刻者之脫筆耳

是解第二句第四字有作仄一體夢窗丁稾宴丁園一首云橫波潛墨林沿此首二字亦然十字盡作平

又　壽榮王夫人

玉皇重賜瑤池宴瓊筵第二十四萬象澄秋羣裾曳玉清澈冰壺人世鼇峰對起許分得鈞天鳳絲龍吹翠羽飛來舞鸞曾賦曼桃字　鵲胎曾夢電繞桂根看驟長玉榦金蘂少海波新芳茅露滴涼入堂階綵戲香霖乍

檥謂舟向岸也原作晚初蓋向晚初泊之意戈氏所改不當從之

洗擁蓮媛三千羽裳風佩聖姥朝元煉顏銀漢水

又　贈姜石帚

餘香纔潤鸞綃汗秋風夜來先起霧鎖林淡藍浮野濶
一笛漁蓑鷗外紅塵萬里就中決銀河冷涵空翠岸觜
沙平水楊陰下晚船檥初　桃谿人住最久浪吟誰到得
蘭蕙疏綺硯色寒雲籤聲亂葉蘄竹簟紋如水笙歌醉
裏步明月丁東靜傳環佩更展芳塘種花招燕子

晚船原作晚初從戈選改正

埽花遊　西湖寒食

冷空淡碧帶翳柳輕雲護花淡霧豔晨易午正笙簫競渡綺羅爭路驟卷風埃半揜長蛾翠嫵散紅縷漸紅溼杏泥愁燕無語　乘蓋爭避處就解佩旗亭故人相遇恨春太妒濺行帬更惜鳳鉤塵污酹入梅根萬點啼痕暗樹陗寒莫更蕭蕭隴頭人去

暗樹疑黯樹之誤

又　春雪

水雲共色漸斷岸飛花雨聲初陗步帷素裹想玉人誤惜章臺春老岫斂愁蛾半洗鉛華未曉檥輕櫂似山陰

十三

夜晴乘興初到　心事春縹緲記徧地梨花弄月斜照
舊時鬬草恨淩波路狹小庭深窈凍澀瓊簫漸入東風
郢調暝回早醉西園亂紅休掃
路狹原誤作路鑰

又　贈芸隱

草生夢碧正燕子簾幃影遲春午倦茶薦乳看風籤亂
葉老沙昏雨古簡蟫篇種得雲根療蠹最清楚帶明月
自鋤花外幽圃　醒眼看醉舞到應事無心與閒同趣
小山有語恨逋僊占卻暗香吟賦暝逼書林帶草春搖

翠露未歸去正長安輭紅如霧

又　送春古江村

水園沁碧驟夜雨飄紅竟空林島豔春過了有塵香墜鈿尚遺芳草步繞新陰漸覺交枝徑小醉深窈愛綠葉翠圓勝看花好　芳架雪未埽怪翠被佳人困迷清曉栁絲繫櫂問閶門自古送春多少倦蜨慵飛故撲簪花破帽酹殘照揜重城莫鐘不到

翠被一作繡被

應天長　吳門元夕

麗花鬬靨清麝濺塵春聲徧漏芳陌竟路障空雲幕冰
壺浸霞色芙蓉鏡詞賦客競繡筆醉嫌天窄素娥下小
駐輕鑣眼亂紅碧　前事頓非昔故苑年光渾與世相
隔向暮巷空人絕殘燈耿塵壁凌波恨簾戶寂聽怨寫
墮梅哀笛佇立久雨暗河橋譙漏疏滴

芙蓉鏡脫鏡字從花草粹編補

風流子　芍藥

金谷已空塵薰風轉國色返春魂半敧雪醉霜舞低鸞
翅絳籠螢炬綠映龍盆窈窕繡窗人睡起臨砌脈無言

慵整墮鬟怨時遲莫可憐顦顇啼雨黃昏　輕橈移花市秋娘渡飛浪濺溼行幕二十四橋南北羅薦香分念碎劈芳心縈思千縷贈將幽素偷翦重雲終待鳳池歸去催詠紅翻

又前題

温柔酣紫曲揚州路夢繞翠盤龍似日長傍枕墮妝偏髻露濃如酒微醉攲紅自別楚嬌天正遠傾國見吳宮銀燭夜闌暗聞香澤翠陰秋寂重返春風　芳期嗟輕誤詫君去腸斷妾若爲容惆悵舞衣疊損露綺千重料

秋被紅裏被字原無訛
按玉溪詩西亭翠被餘
香薄一夜將愁入敗荷
夢窗舉典本此訛
夫容將落故有秋被
紅裏之語戈氏所改
被為破則亡謂矣又吳
詞甲稾夢夫蓉題趙昌夫蓉圖
有曾共秋被之句與此同詠夫蓉足證秋被之無誤

繡窗曲理紅牙拍碎禁階敲徧白玉盂空猶記弄花相謔十二闌東

過秦樓 芙蓉

據李白理刻改正

藻國淒迷麴塵澄映怨入粉煙藍霧香籠麝水膩漲紅波一鏡萬妝爭妒湘女歸魂佩環玉冷無聲凝情誰語又江空月墮淩波塵起綵鴛愁舞 還暗憶鈿合蘭橈絲牽瓊腕見葯更憐心苦玲瓏翠幄輕薄冰綃穩稱錦雲留住生怕哀蟬暗驚秋破紅衰啼珠零露恭西風老盡羞趁東風嫁與

夢窗詞 甲稾 曼陀羅華閣

夜遊宮響字亦借叶

美成走解第六句
榮字非韻當以文
英詞為證

周詞翼字亦非均
但此字亦入聲

誰語原作誰想失韻蘭橈原作藍橈秋破原作秋被
均從戈選改正

還京樂 友人泛湖命樂工以箏笙琵琶方響迭奏

宴蘭溆促奏絲縈筦裂飛繁響似漢宮人去夜深獨語
胡沙淒哽對鴈斜玫柱瓊瓊弄玉臨秋影鳳吹遠河漢
去槎天風吹冷　汎清商竟轉銅壺敲漏瑤牀二八青
娥環佩再整菱歌四碧無聲變須臾翠翳紅暝歎梨園
今調絕音希愁深未醒桂檝輕如翼歸霞時點清鏡
次句響字應韻疑借叶者　鳳吹原作風吹遵詞譜
改正　瓊瓊疑飛瓊之誤

塞翁吟　贈宏菴

初印以黃蕘圃藏本補之麦

宋名家詞複均不忌
如吳詞末兩字孃時字均
周明綠頸絳屑去字均
清真花心動兩押就
字西河重水字均同四
例不得以重均為疑
但分上下闋耳

案鐵網珊瑚夢
窗手書作小春海
棠宜據訂正吾
新刻亦依毛本誤也

草色新宮綬還跨紫陌驕驄好花是晚開紅冷蘜最香
濃黃簾□□□□夢燈外換幾秋風敍往約桂花宮爲
別翦珍叢　雕櫳行人去秦腰褪玉心事稱吳女暈濃
向春夜閨情賦就想初寄上國書時唱入眉峰歸來其
酒紡窕紋窗蓮卸新蓬
原闕四字擬補䟢地遮塵　吳女之女字提要謂據
譜當作平聲詞律云必娥字之誤又按暈濃之濃字
重韻疑穠字之誤

丁香結　秋日海棠

香嫋紅霏影高銀燭曾縱夜遊濃醉正錦溫瓊膩被燕

江左寒〻無如花再發謂〻近春峰筆處園西府海棠無值十月尽日滿醉撫綃之野錦雅出柔特所詠秋風換故園譽寒〻由大吳中興出莫無不毛否但遊看秋海棠意亦是改作春秋日不出吳詞小而換用春日海棠故莫他此看〻此何並而

踏暝雪驚翻庭砌馬嘶人散後秋風換故園夢裏吳霜融曉陡覺暗動偷春花意　還似似海霧仙山喚覺環兒半睡淺薄朱脣嬌羞豔色自傷時背簾外寒挂淡月向日秋千地懷春情不斷猶帶相思舊字

下半闋第二句原作海霧似仙山朱脣原作朱辱均從詞律更正

十七

六么令　七夕

露蛩初響機杼還催織婺星爲情慵懶佇立明河側不見津頭艇子望絕南飛翼雲梁千尺塵緣一點回首西風又陳迹　那知天上計拙乞巧樓南北瓜果幾度淒

元巾箱本

清真是解原

於過片作三字句

杜校云諸家均屬

前結盖未詳審

涼寂寞羅池客人事迴廊縹緲誰見金釵擘今夕何夕

杯殘月墮但耿銀河浸天碧

隔浦蓮近　泊長橋過重午

榴花依舊照眼愁褪紅絲腕夢繞煙江路汀菰綠薰風

晚年少驚送遠吳蠶老恨緒縈抽繭　旅情嬾扁舟繫

處青帘濁酒須換一番重午旋買香蒲浮琖新月湖光

蕩素練人散紅衣香在南岸

是題蓮原作簾按白樂天有隔浦蓮曲調名本此

下半闋起句三字諸家均屬前結似以屬下爲是

人散散字短韻原誤作教　南岸一作雨岸此字宜

平　平

詰疑語字之譌 或語字形近

詞人自述姓字之例 見白石點絳唇 數聲啼鳥也學淸真調 淸真即謂美成 此以當時詞人入詞之例

此三闋可證片玉第二首之拜謁日湖漁唱和之上有朱考處

荔支香近 送人遊南徐

錦帶吳鉤征思橫淮水夜吟敲落霜紅船傍楓橋繫相思不管年華喚酒吳娃市因詰駐馬新堤步秋綺 淮楚尾吳雲送人千里細雨南樓香密錦溫曾醉花谷依然秀靨偷春小桃李爲語夢窗顦顇

詞律云因詰之詰字必誤 駐馬原誤作駐車

又七夕

輕睡時聞晚鵲噪庭樹又說今夕天津西畔重歡遇蛛絲暗鎖紅樓燕子穿簾處天上未比人間更情苦 秋

十六

此校錯在因底字下又有低字遂疑衍一低而字皆從底及看諸本其實底低二字連屬不誤於又以考證底字下復可是加一畫字不知言諸己失已

鬟改妒月姊長眉嫵過雨西風數葉井梧愁舞夢入藍橋幾點疏星映朱戶淚溼沙邊凝佇

浪淘沙慢 賦李尚書山園

夢僊到吹笙路杳度巘雲滑谿谷冰綃未裂金鋪晝鎖乍掣見竹靜梅深春海闊有新燕畫簾低說念漢履無聲跨鯨遠年年謝橋月　曲折畫闌盡日憑熱半蜃起玲瓏樓閣畔縹緲鴻去絕飛絮颺東風天外歌闋睡紅醉纈還是催寒食看花時節花下蒼苔盛羅襪銀燭短漏壺易竭料池柳不攀春送别倩玉兒别擣秋香更醉

踏千山冷翠飛晴雪

有新燕畫簾低說句原脫畫字低誤作底從姚子箴鈔本改補

西平樂慢　春感　重過西湖先賢堂

岸壓郵亭路攲華表隄樹舊色依依紅素新晴翠陰寒食天涯倦客重歸歎綠草平煙帶苑幽渚塵香蕩晚當時燕子無言對立斜暉追念吟風賞月十載事夢惹綠楊絲　畫船爲市夭妝豔水日落雲沈人換春移誰更與苔根澆石菊井招魂漫省連車載酒立馬臨花猶認蔫紅傍路枝歌斷讌闌榮華露草冷落山邱到此徘徊

斜字均用淵明三徑荒意

迷字衍　此字諸家註用側聲故知為衍文次解可證

齊雲樓舊為白香山守蘇郡時所造此梅津

細雨西城羊曇醉後花飛

歎綠草草字脫從戈選補　原刻誤以斜暉分段從詞律更正

瑞龍吟　送梅津

黯分袂腸斷去水流萍住船繫柳吳宮嬌月嬈花醉題恨倚蠻江豆蔻　吐春繡筆底麗情多少眼波眉岫新圍鎖卻愁陰露黃迷漫委寒香半畝　還背垂虹秋去四橋煙雨一宵歌酒猶憶翠微攜壺烏帽風驟西湖到日重見梅鈿皺誰家聽琵琶未了朝驄嘶漏印剖黃金籀待來共凭齊雲話舊莫唱朱櫻口生怕遺樓前行雲

夢窗詞　甲稾　曼陀羅華閣

當是宮吳郡故用香山故事詞中有吳宮字可證

按今所謂三叠者古亦云雙曳頭蓋詞分上下闋本只於過片處一換頭耳此長調三段亦只得謂之雙曳頭者猶云兩過片也

知後唳鴻怨角空教人瘦

此調爲雙拽頭應作三疊原刻誤以烏帽風驟分段唳鴻原作淚鴻從詞繫改正詞繫怨角作悲角此字宜去聲　前結較周清眞詞及佗作均多一字

二十

又　德清淸明競渡

大谿面遥望繡羽衝煙錦梭飛練桃花三十六陂鮫宮睡起嬌雷乍轉　去如箭催趁戲旗遊鼓素瀾雪濺東風冷溼蛟腥淡陰送晝輕霏弄晚　洲上青蘋生處鬭春不管懷沙人遠幾日半開一川花影零亂山屏醉纈連櫂東西岸闌干倒千紅妝靨鉛香不斷傍暝疏簾卷

柳嬌桃嫩句与玉及前一首
並用均此異誤
是句上三下二字例當揭
杜校不案乃以爲贊
言那作箕塗既設不知
諸之句逗不可移易也

壓字均用藍田日煖
玉生烟之意壓當是
璧之誤

陶籬二句与石帚柳老悲桓
松高對沉同一雕琢

翠漣皺淨笙歌未散簟柳嬌桃嫩猶自有玉龍黃昏吹
怨重雲暗閣春霏一片
原刻誤作雙調以一川花影零亂分段　春霏原作
春霖遵詞選改正

大酺　荷塘小隱

陏石帆收歸期差林沼半銷紅碧漁蓑樵笠畔買佳鄰
翻蓋浣花新宅地鑿桃陰天澄藻鏡聊與漁郎分席滄
波耕不碎似藍田初種翠煙生壁料情屬新蓮夢驚春
草斷橋相識　平生江海客秀懷抱雲錦當秋織任歲
晚陶籬薌晴遁冢梅荒總輸玉井嘗甘液忍棄紅香葉

簪柳門陌嫩　見清真白雪選本　元刻嫩字嫩之誤

夢窗詞　甲稾　曼陀羅華閣

陌上情無奈
舊字無讀書例
聲讀者

集楚裳西風催著正明月秋無極歸隱何處門外垂楊天窄放船五湖夜色

此詞應單字領調附字疑悄字之誤第二句差字應爪疑左字之誤下半闋第七句著字應叶疑應作著楚裳西風催集原刻以著集二字倒誤耳

著之均平水均論不可以之詞協也

解蹀躞　別情

醉雲又兼醒雨楚夢時來往倦蜂剛著梨花惹遊蕩還做一段相思冷波葉舞愁紅送人雙槳　暗凝想情共天涯秋黯朱橋鎖深巷會稀投得輕分頓惆悵此去幽曲誰來可憐殘照西風半妝樓上

三

清真集末句或作六字与上闋同毛刻本亦然當以君特是解正之

倒犯 贈黃復菴

茂苑其鬵花醉吟歲華如許江湖夜雨傳書問雁多幽阻淸谿上慣來往扁舟輕如羽到與孄歸來玉冷耕雲圃按瓊簫賦金縷　回首詞場動地聲名春雷初啟戶枕水臥漱石數間屋梅一隖待共結良朋侶載淸尊隨花追野步要未若城南分取谿隈仕晝長看栖舞

詞譜追野步作迎野步

花犯 謝黃復菴除夜寄古梅枝

翦橫枝淸谿分影翛然鏡空曉小窗春到憐夜冷孀娥

相伴孤照古苔淚鎖霜痕飽蒼華人共老料淺雪黃昏驛路飛香遺凍草　行雲夢中認瓊娘冰肌瘦窈窕風前纖縞殘醉醒屏山外翠禽聲小寒泉貯紺壺漸暝年事對青燈驚換了但恐舞一簾蝴蝶玉龍吹又杳

夜冷原作夜令痕飽原作千點均從戈選改正　凍草原作冷草此字應去聲從詞鵠改正

又　水僊　朱刻作郭希道送水仙索賦

小娉婷清鉛素靨蜂黃暗偷暈翠翹攲鬢昨夜冷中庭月下相認睡濃更苦淒風緊驚回心未穩送曉色一壺蔥蒨纔知花夢準　湘娥化作此幽芳淩波路古岸雲

過片虞暗香白石
疏影詞意

杜氏未知上下閡重
韵不忌故託詞證
以改之　詞譜从錄細珊瑚
改紺鬒如此改也
今吳俗猶沿襲遊
之例

沙遺恨臨砌影寒香亂凍梅藏韻薰鑪畔旋移傍枕又還見玉人垂紺鬒料喚賞清華池館臺杯須滿引

詞律云化作作字宜平疑爲字之誤按爲字不及作字健葢以入聲作平者　原註重押鬢字按詞譜紺鬢作紺鬒遵之

浣谿沙　觀吳人歲旦遊承天

千蓋籠花鬬勝春東風無力埽香塵盡沿高閣步紅雲閒裏暗牽經歲恨街頭多認舊年人晚鐘催散又黃昏

又　琴川慧日寺蠟梅

蜨粉蜂黃大小喬中庭寒盡雪微銷一般清瘦各無聊
窗下和香封遠訊牆頭飛玉怨鄰簫夜來風雨洗春
嬌

又 春情

門隔花深夢舊遊夕陽無語燕歸愁玉纖香動小簾鉤
落絮無聲春墮淚行雲有影月含羞東風臨夜冷於
秋

又 桂

曲角深簾隱洞房正嫌玉骨易愁黃好花偏占一秋香

弁陽武林舊事云都城自歲冬孟駕回則已有乘肩小女鼓吹舞綰者數十隊以貢貴邸豪家幕次之翫引文英此詞為故實升庵未見武林舊事書乘肩易何杜氏譏稱剽之豈亡疏于考古耶

夜氣清時初傍枕曉光分處未開窗可憐人似月中孀

原刻於此闋尾另行作梨花欲謝恐難禁七字必有脫簡刪之

玉樓春　京市舞女

茸茸貍帽遮梅額金蟬羅翦胡衫窄乘肩爭看小腰身倦態強隨閒鼓笛　問稱家住城東陌欲買千金應不惜歸來困頓殢春眠猶夢婆娑斜趁拍

楊升庵詞品乘肩作乘輿殢作滯

白石元夕詞鷓鴣天白頭居士無呵殿只有乘肩小女隨之更為佳證

點絳脣　春草

時霎淸明載花不過西園路嫩陰綠樹政是春留處
燕子重來往事東流去征衫貯舊寒一縷淚溼風簾絮

又 試燈夜初晴

卷盡愁雲素娥臨夜新梳洗晴塵不起酥潤淩波地
輦路重來彷彿燈前事情如水小樓薰被春夢笙歌裏

第三句晴字宜去聲疑暗字之誤

訴衷情 春曉

陰陰綠潤暗啼鴉陌上斷香車紅雲深處春在飛出建
章花 春此去那天涯幾煙沙忍教芳草狼藉斜陽人

未歸家

又 春情

柳腰空舞翠帬煙盡日不成眠花塵浪卷清晝漸變晚陰天　吴社水繫遊船又經年東風不管燕子初來一夜春寒

是題原誤作春清

又 七夕

西風吹鶴到人間涼月滿緱山銀河萬里秋浪重載客槎還　河漢女巧雲鬟夜闌干釵頭新約鍼眼嬌顰樓

上秋寒

夜遊宮 竹窗聽雨坐久隱几就睡既覺見水仙娟娟於燈影中

窗外捎谿雨響映窗裏嚼花燈冷渾似瀟湘繫孤艇見幽僊步淩波月邊影 香苦欺寒勁牽夢繞滄濤千頃夢覺新愁舊風景紺雲敧玉搔斜酒初醒

首韻響字借叶 前還京樂一闋同

又春晴

春語鶯迷翠柳煙隔斷晴波遠岫寒壓重簾幔拖繡衷鑪香倩東風與吹透 花訊催時候舊相思偏供閒晝

詞此時全託詠美人
當作花姊去選
注未檢何本杜氏妄
自改正傎已甚矣
花柳語意反俗

春淡情濃半中酒玉痕消似梅花更清瘦

醉桃源 贈盧長笛

沙河塘上舊遊嬉盧郎年少時一聲長笛月中吹和雲和雁飛　驚物換歎星移相看兩鬢絲斷腸吳苑草淒淒倚樓人未歸

又 芙蓉

青春花柳不同時淒涼生較遲豔妝臨水最相宜風來吹繡漪　驚舊事問長眉月明儂夢回凭闌人但覺秋肥花愁人不知

夢窗詞　甲稾　曼陀羅華閣

花栁原作花姊從戈選改正

又　會飲豐樂樓

翠陰濃合曉鸎隄春如日墜西畫圖新展遠山齊花深十二梯　風絮晚醉魂迷隔城聞馬嘶落紅微沁繡鴛泥秋千教放低

如夢令　春景

秋千爭鬧粉牆閒看燕紫鸎黃啼到綠陰處喚回浪子閒忙春光春光正是拾翠尋芳

詞繫云用平韻僅見此剏

照乃靈溪雲盟龐居士女

望江南 賦畫靈照女

衣白苎雪面墮愁鬟不識朝雲行雨處空隨春夢到人間畱向畫圖看 慵臨鏡流水洗花顏自織蒼煙湘淚冷誰撈明月海波寒天淡霧漫漫

又 茶

松風遠鶯燕靜幽芳妝褪宮梅人倦繡夢回春草日初長磁椀試新湯 笙歌斷情與絮悠颺石乳飛時離鳳怨玉纖分處露花香人去月侵廊

定風波 春情

塵字自佳
擬補語近傖

密約偷香□踏青小車隨馬過南屏回首東風消鬢影重省十年心事夜船燈　離骨漸塵橋下水□□到頭難滅景中情兩岸落花殘酒醒煙冷人家垂柳未清明

首句原闕一字擬補藉字　漸塵疑漸沈之誤　下半闋第二句應夾短韻脫二字擬補何計二字　酒醒原誤作酒醉此亦應換仄韻者

月中行　和黃復菴

疏桐翠竹早驚秋葉葉雨聲愁燈前倦客老貂裘燕去柳邊樓　吳宮寂寞空煙水渾不認舊采菱洲秋花旋結小盤虯蜨怨夜香畱

二七

柳字本以形訛不須云失韵從戈氏選改良如此類皆刻本之誤何必詞費

虞美人　秋感

背庭緣恐花羞墜心事遥山裏小簾愁卷月籠明一寸秋懷禁得幾蛩聲　井梧不放西風起供與離人睡夢和新月未圓時起看檐蛛結網又尋思

菩薩鬘　春情

綠波碧草長隄色東風不管春狠藉魚沫細痕圓燕泥花唾乾　無情牽怨抑畫舸紅樓側斜日起凭闌垂楊舞曉寒

怨抑原作怨柳失韻從戈選改正

賀新郎　湖上有所贈

湖上芙蓉早向北山煙淡霧冷更看花好流水茫茫城下夢空指遊仙路杳笑蘿障雲屏親到雪玉肌膚春溫夜飲湖光山綠成花貌臨淵水弄清照　著愁不盡宮眉小聽一聲相思曲裏賦情多少紅日闌干鴛鴦枕那枉帬腰褪了算誰識垂楊秋裏不是秦樓無緣分點吳霜羞帶簪花帽但滯酒任天曉

煙淡原作山淡秋裏原作枝裏從丁稾夜刻改正

又　爲德清趙令居賦小垂虹

浪影龜紋皺蘸平煙青紅半溼枕谿窗牖千尺晴虹慵臥水萬疊羅屏擁繡漫幾度吳船回首歸雁五湖應不到問蒼茫釣雪人知否樵唱杳度滾秀　重來趁得花時候記留連空山夜雨短亭春酒桃李新栽成蹊處盡是行人去後但東閣官梅清瘦款乃一聲山水綠燕無言風定紅簾晝寒正悄韆吟裏

晴虹原作晴霞臥水原作臥冰紅簾原作垂簾均從戈選改正

婆羅門引　為懷甯趙仇香賦

香霏汎酒瘴花初洗玉壺冰西風乍入吳城吹徹玉笙

補捹字無据

何處曾説董雙成柰司空經慣未暢高情　瑤臺幾層

但夢繞曲闌行空憶雙蟬口𡾰寂寂秋聲堂空露零倩

誰喚行雲來洞庭團扇月只隔煙屏

雙蟬下原闕一字擬補捹字露零原作露涼失韻

又　郭清華席上爲放琴客而新有所盼賦以見喜

風漣亂𡾰酒霏飄汗洗新妝幽情暗寄蓮房弄雪調冰

重會臨水葬追涼正碧雲不破素月微行　雙成夜滨

斷舊曲解明璫别有紅嬌粉潤初試霓裳分蓮調郎又

黏惹花茸碧唾香波暈切一盼秋光

二九

黏拈同字

此題爲丁宏菴妾已歸妾白雪
得趣當是人名
題自可解

是題放字疑訪字之誤　夜溪別本作夜笙此字應叶疑仍有誤　分蓮原作分篷遵詞譜改正　黏惹原作拈惹

祝英臺近　悼得趣贈宏菴

黯春陰收燈後寂寞幾簾戶一片花飛人駕綵雲去應是蛛網金徽拍天寒水恨聲斷孤鴻洛浦　對君訴團扇輕委桃花流紅爲誰賦□□□□從今醉何處可憐顛領文園曲屏春到斷腸句落梅愁雨

是題有脫誤　下半闋第四句四字原闕

又　上元

娥蛾同用字

酤 醅

酤 詩無酒酤我 與沽同用 說文一宿酒也 徐曰 謂造之一夜而熟 若今雞鳴酒也 之對麴塵

晚雲潤朝雪霽時節又燈市夜約遺香南陌少年事笙簫一片紅雲飛來海上繡簾卷緗桃春起　舊遊地素娥城闕年年新妝趁羅綺玉練冰輪無塵涴流水曉霞紅處啼鴉良宵一夢畫堂正日長人睡

素娥原作素蛾

西子妝慢　湖上清明薄遊

流水麴塵豔陽醅酒畫舸遊情如霧笑拈芳草不知名乍淩波斷橋西堍垂楊漫舞總不解將春繫住燕歸來問綵繩纖手如今何許　懽盟誤一箭流光又趁寒食

三十

文英手稾本作棠筠蓋用唐書魏徵列傳甘棠筠之典此刻吳詞乃改作堂殊覺無謂幼霞前輩新校刊本亦從俗改失考已甚

去不堪衰鬢著飛花傍緑陰冷煙深樹元都秀句記前度劉郎曾賦最傷心一片孤山細雨乍淩波乍字原脫遵詞譜補入　細雨細字歷代詩餘作煙此字宜去聲

江南春　張筠莊杜衡山莊

風響牙籤雲寒古硯芳名猶在堂筠秋牀聽雨妙謝庭春草吟筆城市喧鳴轍清谿上小山秀潔便向此援松訪石葺屋營花紅塵遠避風月　瞿塘路隨漢節記羽扇綸巾氣淩諸葛青天萬里料漫憶蒓絲鱸雪車馬從休歎榮華事醉歌耳熱天與此翁芳芷嘉名紉蘭佩兮

瓊玦

按江南春只寇萊公自度小令無慢詞疑夢窗自度曲也提要云朱存理鐵網珊瑚載文英手書江南春詞題下註張筠莊杜衡山莊而刻本失上三字詞繫芳名作芳銘向此作從此事作夢又天與上有眞箇是三字

夢芙蓉 趙昌芙蓉圖梅津所藏

西風搖步綺記長隄驟過紫騮十里斷橋南岸人在晚霞外錦溫花共醉當時曾共秋被自別霓裳想紅消翠冷霜枕正慵起　慘淡西湖柳底搖蕩秋魂夜月歸環佩畫圖重展驚認舊梳洗去來雙翡翠難傳眼恨眉意

此曲上下闋收處並同
字句上第八句原作應字
是平聲下第九句
仙雲仙字亦平聲可
蓋是處當用平聲
字則詞譜所改想
字恐未盡善戈
氏補但字尤未協自
以淡原作為佳且
花犯下闋亦用瑤娘
此易瑤仙亦嫌亡謂

夢斷瓊仙但雲淡路杳城影蘸流水

第八句想字原作應遵詞譜改正下半闋第八九句原作夢斷瓊娘仙雲淡路杳遵詞譜删娘字從戈選補但字

高山流水

丁基仲側室善絲桐賦詠曉達音呂備歌舞之妙

素絃一一起秋風寫柔情多在春葱徽外斷腸聲霜霄暗落驚鴻低顰處翦綠裁紅仙郎伴新製還賡舊曲映月簾櫳似名花竝蒂日日醉春濃　吳中空傳有西子應不解換徵移宮蘭蕙滿襟懷唾碧總噴花茸後堂深想費春工客愁重時聽蕉寒雨碎淚溼瓊鍾恁風流也

此夢窗自度曲宋詞舊譜無此調

葉譜何所本此亦贅語

稱金屋貯嬌慵

提要總作窗云唾碧窗噴花茸句音律不叶文義亦不可解按姚子箴鈔本作碧窗唾噴花茸

霜花腴　重陽前一日泛石湖

翠微路窄醉晚風憑誰爲整攲冠霜飽花腴燭銷人瘦秋光做也都難病懷强寛恨雁聲偏落歌前記年時舊宿淒涼暮煙秋雨野橋寒　妝靨鬢英爭艷度清商一曲暗墜金蟬芳節多陰蘭情稀會晴暉稱拂吟牋更移畫船引佩環邀下嬋娟算明朝未了重陽紫萸應耐看

歌前葉譜作尊前

約字韻叶

杜氏校詞全從戈氏詞林正韻致多艱壓不知兩宋詞家無專韻之譜多以唐韻同用之例為之不得以後人詞韻等求古人轉多支閡

澡蘭香 淮安重午

盤絲繫腕巧篆垂簪玉隱紺紗睡覺銀瓶露井彩箑雲窗往事少年依約為當時曾寫榴帬傷心紅綃褪萼黍夢光陰漸老汀洲煙蒻　莫唱江南古調怨抑難招楚江沈魄薰風燕乳暗雨梅黃午鏡澡蘭簾幕念秦樓也擬人歸應翦菖蒲自酌但悵望一縷新蟾隨人天角

詞譜黍字上有炊字以夢字為句下半闋第三句魄字應韻按落魄之魄作托音疑借叶者

玉京謠 陳仲文自號藏一蓋取坡詩中萬人如海一身藏語為度夷則商犯无射宮腔製此贈之

古文書韻腔

夢窗詞　甲稾　曼陀羅華閣

敝弊古同用如弊邑弊帚等字經籍中恒見非誤也吳文鈔本承寫古體

蜨夢迷清曉萬里無家歲晚貂裘敝載取琴書長安閒看桃李爛錦繡人海花場任客燕飄零誰計春風裏香泥九陌文梁孤壘　微吟怕有詩聲翳鏡慵看但小樓獨倚金屋千嬌從佗鴛暝秋被蕙帳移煙雨孤山待對影落梅清泚終不似江上翠微流水

第三句敝字原誤作弊第七句任字誤作住按此詞載入藏一之子世崇所著隨隱漫錄中從之改正

探芳新　吳中元日承天寺遊人

九街頭正軟塵酥潤雪消殘溜禊賞祇園花豔雲陰籠晝層梯陗空麝散擁淩波縈翠袖歎年端連環轉爛漫

三三

波岫謂眼眉

遊人如繡　腸斷迴廊佇久便寫意濺波傳愁蹙岫漸沒飄紅空惹閒情春瘦椒杯香朝醉醒怕西窗人散後莫寒深遲回處自攀庭柳

首句頭字詞譜註韻爲平仄通叶　第六句詞律云必落一仄聲字詞律訂作漫字今遵詞譜補附字酥潤原作潤酥遵詞譜改正　朝醉原作乾醉從詞律改正

鳳池吟　慶梅津自畿漕除右司郎官

萬丈巍臺碧罘罳外衮衮野馬遊塵舊文書几閣昏朝醉莫覆雨翻雲忽變清明紫垣敕使下星辰經年事靜公門如水帝甸陽春　長年父老相語幾百年見此獨

駕冰輪又鳳鳴黃幕玉霄平遡鵲錦新恩畫省中書半

黃梅子薦鹽新歸來晚待賡吟殿閣南薰

新恩原作輕恩畫省原作事省賡吟原作慶吟遵詞譜改正　半黃原作半紅從戈選改正

念奴嬌　賦德明縣圃明秀亭

思生晚眺岸烏紗平步春雲層綠罨畫屏風開四面各㨾鶯花結束寒欲殘時香無著處千樹風前玉遊蜂飛過隔牆疑是金谷　偏稱晚色橫煙愁凝峩髻淡生綃帬幅縹緲孤山南畔路相對花房竹屋谿足沙明嵒陰石秀夢冷吟亭宿松風古澗高調月夜淸曲

白石歌曲中無一與覺翁贈答之詞豈三十五年之游舊交情猶未洽耶

箔字叶白石國字亦均

易中實云謂石帚當別是一人非白石又按夢窗此詞詠懷石帚而用白石自製曲且詞中並依其律譜非白石而誰與

惜紅衣 余從姜石帚遊苕霅間三十五年矣重來傷今感昔聊以詠懷

鷺老秋絲蘋愁茸雪鬢那不白倒柳移栽如今暗溪碧烏衣細語傷伴惹茸紅曾約南陌前度劉郎尋流花蹤跡　朱樓水側雪面波光汀蓮沁顏邑當時醉近繡箔夜吟寂三十六磯重到清夢冷雲南北買釣舟谿上應有煙蓑相識

此爲姜白石自製無射宮曲

夜吟寂脫寂字失韻遵詞譜補入

江南好 友人還中吳密圍坐客杯深情浹不覺霑醉越一日吾儕載酒問奇字時齊示江南好詞紀前夕之事聊次韻

夢窗詞　甲稾　曼陀羅華閣

蓋原作暗逗戈氏何所據改正映立二字杜校必附會之拆已謬矣

賦題即詠雙燕著
唐五代詞多以曲名為題至兩宋始別賦題文諳會者蓋寡

自是餘寒為妙若餘香不得言簾外矣

行錦歸來畫眉添嫵暗塵重拂雕籠穩瓶泉暝花隘鬭
春容圍密籠香晻靄煩纖手新點團龍溫柔處垂楊鄭
髻映立花紅　行藏多是客鷺邊話別橘下相逢算江
湖幽夢頻繞殘鐘好結梅兄礬弟莫輕似西燕南鴻偏
宜醉寒欺酒力簾外凍雲重
第五句鬭原作鬪前結映立原作暗豆均從戈選改
正

雙雙燕　賦題

小桃謝後雙雙燕飛來幾家庭戶輕煙曉暝湘水莫雲
遙度簾外餘香未卷共斜入紅樓深處相將占得雕梁

三五

似約韶光留住　堪舉翩翩翠羽楊柳岸泥香半和梅
雨落花風輭戲逐亂紅飛舞多少呪喃意緒盡日向流
鶯分訴還憐又過短牆誰會萬千言語

萛雲原作萛雨餘香原作餘寒戲逐原作戲從還憐又過短牆句落憐又二字均遵詞譜改補

洞仙歌 方菴春日花勝宴客爲得雛慶花翁賦詞俾屬韻末

芳辰良宴人日春朝竝細縷青絲裹銀餅更玉犀金綵
譆座分簪歌圍暖梅壓桃脣鬬勝　露房花曲折鷺入
新年添个宐男小山枕待枝上飽東風結子成陰藍橋
去還覓瓊漿一飲料別館西湖最情濃爛畫舫月明醉

宮袍錦

云々戈改則可曰正則大謬
况改數字便尔淺俚何
可從之
杜氏一意從戈之所改
未審詞例上下闋不礙
複均並據多本以考
之猶勝僭易名句也

夢窗乙稾

宋　四明吳文英君特

江神子　李別駕招飲海棠花下

翠紗籠袞映紅霏冷香飛洗凝脂睡足嬌多還是夜深空翻怕迴廊花有影移燭暗放簾垂　尊前不按駐雲詞料花枝妒蛾眉丁祝屬東風莫把片紅吹春重錦堂人盡醉和曉月帶花歸

下半闋第五句原作莫送片紅飛飛字重韻從戈選改正

又　送桂花吳憲時已有檢詳之命未赴闕

簌々

天街如水翠塵空建章宮月明中人未歸來玉樹起秋風寶粟萬釘花露重催賜帶過垂虹　夜涼沈水繡簾櫳酒香濃霧濛濛釵列吳娃腰裊帶金蟲三十六宮蟾觀冷畱不住佩丁東

又　十日荷塘小隱賞桂呈朔翁

西風來晚桂開遲月宮移到東籬蔌蔌驚塵吹下半冰規擬喚阿嬌來小隱金屋底亂香飛　重陽還是隔年期蜨相思客情知吳水吳煙愁裏更多詩一夜看承應未別秋好處雁來時

又　送翁五峰自鶴江還鄉

西風一葉送行舟淺遲留艤汀洲新浴紅衣綠水帶香流應是離宮城外晚人佇立小簾鉤　新歸重省別來愁黛眉頭半痕秋天上人間斜月繡鍼樓湘浪莫迷花蜨夢江上約負輕鷗

風入松　爲友人訪琴客賦

春風吳柳幾番黃懽事小蠻窗梅花正結雙頭夢玉龍口吹散幽香昨夜燈前敧黛今朝陌上啼妝　最憐無侶伴雛鶯桃葉已春江曲屏先暖鴛衾慣夜寒深都是

補曲字不協
即謂有脫字上
當于玉上補空一
字

思量莫道藍橋路行雲只隔幽坊

玉龍句脫一字擬補曲字　下半闋起句鷺借作鴦音另有木蘭花慢一闋亦江陽韻押鷺

又　春晚感懷

聽風聽雨過清明愁草瘞花銘樓前綠暗分攜路一絲柳一寸柔情料峭春寒中酒交加曉夢啼鶯　西園日掃林亭依舊賞新晴黃蜂頻撲秋千索有當時纖手香凝惆悵雙鴛不到幽階一夜苔生

交加一作迷離

又　桂

慰 疑尉誤

蘭舟高蕩漲波涼愁被矮橋妨苒煙疏雨西闈路誤秋娘淺約宮黃還泊郵亭喚酒舊曾送客斜陽 蟬聲空曳別枝長似曲不成商御羅屏底翻歌扇憶西湖臨水開窗和醉重尋幽夢殘衾已斷薰香

又 鄰舟妙香

畫船簾密不藏香飛作楚雲狂傍懷半卷金鑪燼怕暵銷春日朝陽清馥晴熏殘醉斷煙無限思量 憑闌心事隔垂楊樓燕鎖幽妝梅花偏惱多情月慰谿橋流水昏黃哀曲霜鴻悽斷夢魂寒蛩悠颺

後字校誤

暗熏原作晴薰從戈選改正

鶯啼敍 節齋新建豐樂樓夢窗於淳祐十一年二月甲子作是詞大書於壁

天吴駕雲閬海凝春空燦綺倒銀海蘸影西城四碧天鏡無際綵翼曳扶搖宛轉雩龍降尾交新霽近玉虛高處天風笑語吹墜　清濯緇塵快展曠眼傍危闌醉倚面屏障一一鶯花薜蘿浮動金翠慣朝昏晴光雨色燕泥動紅香流水步新梯藐視年華頓非塵世　麟翁衮舄領客登臨坐有誦魚美翁笑起離席而語敢詫京兆以後爲功落成奇事明良慶會賡歌熙載隆都觀國多

詞繫異字多無據不當引證

閒暇遣丹青雅飾繁華地平瞻太極天街潤納璇題露牀夜沈秋緯　清風觀闕麗日罘罳正午長漏遲爲洗盡脂痕茸唾淨卷麴塵永晝低垂繡簾十二高軒駟馬峩冠鳴佩班回花底修禊飲御鑪香分惹朝衣袂碧桃數點飛花湧出宮溝遡春萬里

是調原作豐樂樓按武林舊事云豐樂樓舊爲衆樂亭政和中改名淳祐間趙京尹重建宏麗爲湖山冠吳夢窗嘗大書所賦鶯啼敘於壁據此則豐樂樓爲題名非調名也因改正　御鑪香句分字下脫一字詞律謂落染字按此闋丁稾複刻作惹字從之　詞繫云遡春一作陽春

又　春晚感懷

殘寒政欺病酒掩沈香繡戶燕來晚飛入西城似說春事遲暮畫船載清明過卻晴煙冉冉吳宮樹念羈情遊蕩隨風化爲輕絮　十載西湖傍柳繫馬趁嬌塵輭霧遡洄漸招入仙谿錦兒偷寄幽素倚銀屏春寬夢窄斷紅溼歌紈金縷暝隄空輕把斜陽總還鷗鷺　幽蘭旋老杜若還生水鄉尚寄旅別後訪六橋無信事往花委瘞玉埋香幾番風雨長波妒盼遙山羞黛漁燈分影春江宿記當時短楫桃根渡青樓彷彿臨分敗壁題詩淚墨慘澹塵土　危亭望極草色天涯歎鬢侵半苧暗點

檢離痕歡唾尚染鮫綃嚲鳳迷歸破鸞慵舞殷勤待寫
書中長恨藍霞遼海沈過雁漫相思彈入哀箏柱傷心
千里江南、怨曲重招斷魂在否
殷勤原作殷動從詞緯改正　藍霞疑藍闕之誤

又　詠荷和趙修全韻

橫塘櫂穿豔錦引鴛鴦弄水斷霞晚笑折花歸紺紗低
護燈蘂潤玉瘦冰輕倦浴斜拕鳳股盤雲墜聽銀牀聲
細梧桐漸覺涼思　窗隙流光過如迅羽愬空梁燕子
誤驚起風竹敲門故人還又不至記琅玕新詩細招早

陳迹香痕纖指怕因循羅扇恩疏又生秋意　西湖舊日畫舸頻移嘆幾縈夢寐霞佩冷疊瀾不定麝靄飛雨乍溼鮫綃暗盛紅淚練單夜共波心宿處瓊簫吹月霓裳舞向明朝未覺花容顇嫣香易落回頭淡碧銷煙鏡空畫羅屏裏　殘蟬度曲唱徹西園也感紅怨翠念省慣吳宮幽憩暗柳追涼曉岸參斜露零鷗起絲縈寸藕畱連懽事桃笙平展湘浪影有昭華穠李冰相倚如今鬢點淒霜半篋秋詞恨盈蠹紙

櫂穿二字原作穿櫂

蟬葉與蠅苞可云
巧對戈氏妄易又
改北枝瘦南枝以爲
詮大謬杜氏竟依
據而曰改正不知所
學何事
梅先發南枝故云
小北枝未著花故云
瘦古人一字皆有
細趣戈氏直不了
會耳

天香 蠟梅

蟬翼黏霜蠅苞綴凍生香遠帶風陰嶺上寒多谿頭月冷枝北枝南開小玉奴有姊先占立牆陰春早初試宮黃淡薄偷分壽陽纖巧　銀燭淚深未曉酒鐘慳貯愁多少記得短亭歸馬莫衙蜂鬧豆蔻釵梁恨裊但悵望天涯歲華老遠信難封吳雲雁杳

蟬翼原作蟬葉又枝北枝南開小原作北枝瘦南枝小均從戈選改正按夢窗另有壽筠塘內子一闋亦不作折腰句也

玉漏遲 春情

按此二首陽春白
雪作趙聞禮絕妙
好詞作樓采又一首
草堂詩餘作寇祁
并宜刪

絮花寒食路晴絲罥日綠陰吹霧客帽欺風愁滿畫船煙浦綵柱秋千散後悵塵鎖燕簾鶯戶從閒阻夢雲無準鬢霜如許　夜久繡閣藏嬌記掩扇傳歌翦燈留語月約星期細把花鬚頻數彈指一襟怨恨漫空倩啼鵑聲訴淡院宇黃昏杏花微雨

綵柱原作綵挂從戈選改正

又　春情古腔

杳香飄禁苑須知自古皇州春早燕子來時繡陌亂薰芳草蕙圃夭桃過雨弄碎影紅篩碧沼淡院悄綠楊盡

六

廿鶯聲爭巧　早是賦得多情更對景臨風鎮孤歡笑數曲闌干故人漫勞登眺天際微雲過盡亂峰鎖一竿殘照歸路杳東風淚零多少

是題似有脫誤　首句不叶韻與前闋異餘同

金盞子　賦秋壑西湖小築

卜築西湖種翠蘿猶傍輭紅塵裏來往載清吟爲偏愛吾廬畫船頻繫笑攜雨色晴光入春明朝市石橋鎖煙霞五百名仙第一人是　臨酒論深意流光轉鶯花任亂委泠然九秋肺腑應多夢品局冷雲空翠漱流枕石

非書顏黃門引禮云見似目瞿聞名心瞿此君特見似人而喜之旨 珠謂桂蘂珠也 當從原作珠塵蛛塵與桂蘂何涉更不得從莓砌埽之杜氏不假思索妄下雌黃也此類之校改雖有所本殊不得解

幽情寫漪蘭綠綺轉城處佗山小隊登臨待西風起

臨酒酒字應叶疑醉字之誤

又

吳城連日賞桂一夕風雨悉已零落獨寓窗晚花方作小蕾未及見開有新邑之役揭來西館籬落間嫣然一枝可愛見似人而喜爲賦此解

賞月梧園恨廣寒宮樹曉風搖落莓砌埽蛛塵空腸斷薰鑪燼消殘蕚殿秋尚有餘花鎖煙窗雲幄新雁又無端送人江上短亭初泊　籬角夢依約人一笑惺忪翠裛薄悠然醉魂喚醒幽叢畔淒香霧雨漠漠晚吹乍顫秋聲早屛空金雀明朝想猶有數點蜂黃伴我斟酌

七

同時知竹山之不可據而返今順佈之此段乃可據耶
詞之語意固有語意不斷者未宜一槩論之

褪字均本通用
戈氏以意改散字
則不可通已

蛛塵原作珠塵從詞律改正　焦氏循云吳夢窗自度金盞子調新雁又無端送人江上此九字句所謂緩調字字可停頓也乃或據蔣竹山詞而讀又字爲句竹山固本諸夢窗乃據竹山以衡夢窗可乎

永遇樂　過李氏晚妝閣見壁閒舊有所題詞遂再賦

春酌沈沈晚妝的的仙夢游慣錦溆維舟青門倚蓋還被籠鸚喚裴郎歸後崔娘沈恨漫客請傳芳卷聯題在頻經翠衷勝隔紺紗塵幔　桃根杏葉膠黏緗縹幾回凭闌人換㦸鬢愁雲蘭香膩粉都爲多情散離巾拭淚征袍染醉强作酒朋花伴畱連怕風姨浪妒又吹雨斷正

籠鸚原作籠鷺多情散散字原作褪失韻從戈選改

語似二字倒轉之下通
補簷字大繆

又　探梅次時齋韻

閣雪雲低卷沙風急驚雁失敍戶拚寒宵屏閒冷夢燈颭口脣語堪憐窗景都閒刺繡但續舊愁一縷鄰歌散羅襟印粉裛溼蒨桃紅露　西湖舊日留連清夜愛酒幾將花誤遺巇塵消題帬墨黯天遠吹笙路吴臺直下緗梅無限未放野橋香度重謀醉揉香弄影水清淺處

燈颭下原作脣語似三字按此句應叶盍語字爲韻而脣字上脫一字耳擬補簷字似字已刪　緗梅原誤作緗悔

玉蝴蝶　秋感

角斷籤鳴疏點倦螢透隙低弄書光一寸悲秋生動萬種凄涼舊衫染唾凝花碧別淚想妝洗蜂黃楚魂傷雁汀沙冷來信微茫　都忘孤山舊賞水沈熨露岸錦宜霜敗葉題詩御溝應不到流湘數客路又隨淮月羨故人還買吳航兩凝望滿城風雨催送重陽

又　秋恨

晚雨未摧宮樹可憐閒葉猶抱涼蟬短景歸秋吟思又接愁邊漏初長夢魂難禁人漸老風月俱寒想幽歡土花庭甃蟲網闌干　無端啼蛄攪夜恨隨團扇苦近秋

是梅溪詞宜删

蓮一曲當樓謝娘懸淚立風前故園晚强畱詩酒新雁遠不致寒暄隔蒼煙楚香羅東誰伴嬋娟

此闋詞律作史梅谿詞　未摧原作未催從詞綜改正

絳都春 元夕

融和又報乍瑞靄霽色皇都春早翠幰競飛玉勒爭馳都門道鼇山綵結蓬萊島向晚景雙龍銜照絳綃樓上彤芝蓋底仰瞻天表　縹緲風傳帝樂慶三殿共賞羣仙同到迤邐御香飄滿人間聞嬉笑須臾一點星球小漸隱隱鳴鞘聲杳游人月下歸來洞天未曉

聲杳原作聲香誤

又 爲郭清華內子壽

香淡霧暝正人在錦瑟年華淡院舊日漢宮分得紅蘭滋吳苑臨池羞落梅花片弄水月初勻妝面紫煙籠處雙鸞共跨洞簫低按　歌管紅圍翠束凍雲外似覺東風先轉繡畔晝遲花底天寬春無限仙郎驕馬瓊林宴待卷上珠簾教看更傳鬢入新年寶釵夢燕

又 爲李賀房量珠賀

情黏舞綫帳駐馬灞橋天寒人遠旋翦露痕移得春嬌

貿字自佳
妝字是杜改原作靡慧
沙杜失解改作妝淡則不可通
霧字疑是杜所改宜以原作
一作是何本當指出
且杜不得其解以
意為之未可深信

裁瓊苑流鶯長語煙中怨恨三月飛花零亂豔陽歸後
紅藏翠掩小坊幽院　誰見新腔按徹背燈暗共倚寶
屏葱蒨繡被夢輕金屋妝淡沈香換梅花重洗春風面
正谿上參橫月轉竝禽飛上金沙瑞香霧暝

妝淡原作裝淡此字應去聲　寶屏一作貿屏　霧暝原作雲暝

又　燕亡久矣京口適見似人悵怨有感

南樓墜燕又燈暈夜涼疏簾空卷葉吹芎喧花露晨晞
秋光短當時明月娉婷畔悵客路幽扃俱遠霧鬟依約
除非照影鏡空不見　別館秋娘乍識似人處最在雙

波凝盼蒨邑舊香閒雨閒雲情終淺丹青雖畫眞眞面便只作梅花頻看更愁花變棃雲又隨夢散

蒨邑原作舊邑從詞潔改正

又　余往來淸華池館六年賦詠屢以感昔傷今益不堪懷乃復作此解

春來鴈渚弄豔冶又入垂楊如許困舞瘦腰啼溼宮黃池塘雨碧沿蒼蘚雲根路尙追想淩波微步小樓重上憑誰爲唱舊時金縷　凝佇煙蘿翠竹欠羅裏爲倚天寒日暮强醉梅邊招得花奴來尊俎東風須惹春雲住更莫把飛瓊吹去便教移取熏籠夜溫繡戶

更葺把更字脫從詞匯增入

惜秋華　重九

細響殘蛩傍燈前似說深秋懷抱怕上翠微傷心亂煙殘照西湖鏡掩塵沙翳曉影秦鬟雲擾新鴻喚淒涼漸入紅萸烏帽　江上故人老視東籬秀色依然娟好晚夢趁鄰杵斷乍將愁到秋娘淚溼黃昏又滿城雨輕風小閑了看芙蓉畫船多少

此四詞下半闋第四五句句法各異

又　七夕

露罥蛛絲小樓陰墮月秋驚華鬢宮漏未央當時鈿釵遺恨人間夢隔西風算天上年華一瞬相逢縱相疏勝卻巫陽無準　何處動涼訊聽露井梧桐楚騷成韻絲雲斷翠羽散此情難問銀河萬古秋聲但望中婺星清潤輕俊度金鍼漫牽方寸

鈿釵下原多一送字遵詞譜删

又七夕前一日送人歸鹽官

數日西風打秋林棗熟還催人去瓜果夜淡斜河擬看星度怱怱便倒離尊悵遇合雲銷蓱聚畱連有幾蟬韻

玉斋心王

晩時歌金縷　綠水暫如許柰南牆冷落竹煙槐雨此
去杜曲已近紫霄尺五扁舟夜宿吴江正水佩霓裳無
數眉嫵問別來解相思否

又　木芙蓉

路遠仙城自玉郎去卻芳卿顦顇錦段鏡空重鋪步幛
新綺凡花瘦不禁秋幻膩玉腴紅鮮麗相攜試新妝乍
畢交扶輕醉　長記斷橋外驟玉驄過處千嬌凝睇昨
夢頓醒依約舊時眉翠愁邊莫合碧雲倩唱入六幺聲
裏風起舞斜陽闌干十二　原注大曲六幺王子喬芙蓉城事有樓名碧雲

按芙蓉城乃王子高之事與王子喬無涉子高名迥與東坡同時詳見蘇集原注作喬蓋因形似而訛

惜黃花慢

次吳江小泊夜飲僧窗惜別邦人趙簿攜小妓侑尊連歌數闋皆清眞詞酒盡已四鼓賦此詞餞尹梅津

送客吳皋正試霜夜冷楓落長橋望天不盡背城漸杳離亭黯黯恨水迢迢翠香零落紅衣老暮愁鎖殘柳眉梢念瘦腰沈郎舊日曾繫蘭橈　仙人鳳咽瓊簫悵斷魂送遠九辯難招醉鬟留盼小窗翦燭歌雲載恨飛上銀霄素秋不解隨船去敗紅趁一葉寒濤夢翠翹怨紅料過南譙

十二郎 垂虹橋上有垂虹亭屬吳江 圭

素天際水浪拍碎凍雲不凝記曉葉題霜秋燈吟雨曾繫長橋過艇又是賓鴻重來後猛賦得歸期纔定嗟繡鴨解言香鱸堪釣尙廬人境 幽興爭如共載越娥妝鏡念倦客依前貂裘茸帽重向淞江照影酹酒蒼茫倚歌平遠亭上玉虹腰冷迎醉面暮雪飛花幾點黛愁山暝

塡詞圖譜越娥越字作月

燭影搖紅 壽嗣榮王

天桂飛香御花簇座千秋宴笑從王母摘仙桃瓊醴雙金盞掌上龍珠照眼映蘿圖星暉海潤浮槎遠到水淺蓬萊秋明河漢　寶月將弦晚鉤斜挂西簾卷未須十日便中秋爭看清光滿淨洗紅塵障面賀朝霖催班正殿喜同天上紫府開筵瑤池宣勸

蘿圖原作羅圖

又　賦德清縣圃古紅梅

莓鎖虹梁稽山祠下當時見橫斜無分照谿光珠網空凝徧姑射青春對面駕飛虯羅浮路遠千年春在新月

苔池黃昏山館　花滿河陽爲君羞褪晨妝蒨雲根直
下是銀河客老秋槎變雨外紅鉛洗斷又晴霞驚飛莫
管倚闌只怕弄水鱗生乘東風便

十四

愁絲宜從原作
波明宜從原作空明

醜奴兒　麓翁飛翼樓觀雪

東風未起花上纖塵無影附雲溼凝酥深鳴乍洗梅青
釣卷游絲冷浮虹氣海波明若耶門閉扁舟去嬾客思
鷗輕　幾度問春倡紅冶翠空媚陰晴看真色千嵒一
素天淡無情醒眼重開玉鉤簾外曉峰青相扶輕醉越
山更上臺最高層

釣卷游絲原作釣簾愁絲又波明原作空明均從戈選改正　越山更上臺最高層原作越王臺上更最高層從圖譜及戈選改正

又　雙清樓在錢塘門外

空濛乍斂波影簾花晴亂正西子梳妝樓上鏡舞青鸞潤逼風襟滿湖山色入闌干天虛鳴籟雲多易雨長帶秋寒　遙望翠凹隔江時見越女低鬟算堪羨煙沙白鷺暮往朝還歌管重城醉花春夢半香殘乘風邀月持杯對影雲海人間

低鬟原作鬟低失韻從戈選改正

木蘭花慢 陪倉幕游虎邱時魏益齋已被親擢陳芬窟李方庵皆將滿秩

紫驪嘶凍草曉雲鎖岫眉顰正蕙雪初消松腰玉瘦顦
顇眞眞輕藜漸穿險磴步荒苔猶認瘞花痕千古興亡
舊恨半邱殘日孤雲　開尊重弔吳魂嵐翠冷洗微醺
問幾曾夜宿月明起看劍水星紋登臨總成去客更輭
紅先有探芳人回首滄波故苑落梅煙雨黃昏

鎖原誤作銷

又 重游虎邱

步屧邱□□翠莽處更春寒漸晚色催陰風花弄雨愁

酒霑粉污乃對華杜氏所改潸字不知所謂

垂虹疑承上而言如唐詩中垂虹之例杜氏所補垂虹不知何據

起闌干驚翰帶雲去杳任紅塵一片落人間青冢麒麟有恨臥聽簫鼓游山　年年葉外花前嬌豔楚鬟成潸嘆寶奩瘞久青蘚共化裂石空磐塵緣猶霑粉污問何人從此濯清泉一笑掀髯付與寒松瘦倚蒼巒

首句脫二字擬補直上　猶霑原作酒霑

又　重泊垂虹

酹清杯問水慣曾見幾逢迎白越櫂輕飛秋蓴歸後杞菊荒荆孤鳴舞鷗慣下又漁歌忽斷晚煙生雪浪閒銷釣石冷楓頹落江汀　長亭春恨何窮目易盡酒微醒

十六

悵斷魂西子淩波去杳環佩無聲陰晴㝡無定處被浮雲多翳鏡華明□曉東風霽色綠楊樓外山青

是題有脫字　曉字上原闕擬補破字

又

施芸隱隨繡節過浙東作詞留別用其韻以餞

幾臨流送遠漸荒落舊郵亭念西子初來當時望眼啼雨難晴娉婷素紅共載到越吟翻調倚吳聲得意東風去櫂怎憐會重離輕　雲零夢轉浮觴流水畔敘幽情恨賦筆分擕江山委秀桃李荒荊經行問春在否過汀洲暗憶百花名鸎縷爭堪細折御黃隄上重盟

觴疑觥之誤　夢窗固習用古同用韻例　庚陽並通　但未可一例視之

喜遷鶯 同丁基仲過希道家看牡丹

凡塵流水正春在絳闕瑤階十二曛日明霞天香盤錦低映曉光梳洗故苑浣花沈恨化作妖紅斜紫困無力倚闌干還倩東風扶起　公子留意處羅蓋牙籤一一花名字小扇翻歌密圍留客雲葉翠溫羅綺豔波紫金杯重人倚妝臺微醉夜和露翦殘枝點點花心清淚

又 福山蕭寺歲除

江亭年暮趁飛雁又聽數聲柔艣婪尾杯單膠牙餳淡重省舊時羈旅雪舞野梅籬落寒擁漁家門戶晚風陗

按酒巡匝為婁尾　三盃藍尾酒婁　香山詩所作藍尾　婁藍同用唐宋人詩中亦恆見杜氏乃以為誤不學之甚

作初番花信春還知否　何處圍豔冶紅燭畫堂博簺
良宵午誰念行人愁先芳草輕送年華如羽自剔短檠
不睡空索綵桃新句便歸好料鷰黃已染西池千縷

婁尾原誤作藍尾

探芳信　與李方庵聯舟入杭時方庵至嘉興索舊燕同載是夕雪大作林麓洲渚皆瓊瑤方庵馳小敍求詞且約訪蔡公甫

夜寒重見羽葆將迎飛瓊入夢整素妝歸處中宵按瑤
鳳舞春歌夜棠黎岸月冷和雲凍畫船中太白仙人錦
袍初擁　應過浯溪否試笑挹中郎還叩淸弄粉黛湖

七

綃字上疑奪一字此非又一體

山欠攜酒其飛鞚洗杯時換銅瓢亦待作梅花供問何時帶雨鋤煙自種

又 丙申歲吳燈市盛常年余借宅幽坊一時名勝遇合置杯酒接殷勤之懽甚盛事也分鏡字韻

暝風定正賣花吟春去年曾聽旋自洗幽蘭銀瓶釣金井斗窗香暝慳留客街鼓還催暝調雛鶯試遣深杯喚將愁醒 燈市又重整待醉勒游韁緩穿斜徑暗憶芳盟綃帕淚猶凝吳宮十里吹笙路桃李都羞靚繡簾人怕惹飛梅翳鏡

聲聲慢 詠桂花

藍雲籠曉玉樹懸秋交加金釧霞枝人起昭陽禁寒粉粟生肌濃香最無著處漸冷香風露成霏繡茵展怕空階驚墜化作螢飛　三十六宮愁重問誰持金鍤和月都移掣鎖西廂清尊素手重攜秋來鬢華多少任烏紗醉壓花低正搖落嘆淹畱客又未歸

又　四香　友人以梅蘭瑞香水仙供客曰四香分韻得風字

雲深山隖煙冷江臯人生未易相逢一笑燈前釵行兩兩春容清芳夜爭眞態引生香撩亂東風揉花手與安排金屋懊惱司空　顛頓敧翹委佩恨玉奴消瘦飛趁

瑣鎖同用原作非誤

輕鴻試問知心尊前誰最情濃連呼紫雲伴醉小丁香纔吐微紅還解語待攜歸行雨夢中

又　飲時貴家即席三姬求詞

春星當戶眉月分心羅屏繡幕圍香歌緩輕塵□□暗蔌文梁秋桐泛商絲雨恨未回飄雪垂楊連寶鏡更一家姊妹曾入昭陽　鸞燕堂深誰到爲殷勤須放醉客疏狂量減離懷孤負蘸甲清觴曲中倚嬌佯誤算只圖一顧周郎花鎮好駐年華長在瑣窗

第五句脫二字擬補餘音　瑣窗原作鎖窗

樓丁掌辭落晚題作題萬花洲居扇此題贈萬花洲當脫一居字玩詞意益信不則題有贈字便宗

又

宏庵宴席客有持桐子侑俎者自云其姬親剝之

寒篝驚墜香豆初收銀牀一夜霜淡亂寫明珠金盤來薦清斟綠窗細剝檀皺料水晶微損春簪風韻處惹手香酥潤櫻口脂侵　重省追涼前事正風吟莎井月碎苔陰顆顆相思無情漫攪秋心銀臺翦花杯散夢阿嬌金屋沈沈甚時見露拾香釵燕墜金

檀皺原作擅皺

又　贈萬花洲居（此字宜補）

六銖衣細一葉舟輕黃蘆堪笑浮槎何處汀洲雲瀾錦

十九

淚無涯秋姿淡凝水色豔眞香不染春華笑歸去傍金波開戶翠屋爲家　回首紅妝青鏡與一川平綠五月晴霞頳玉杯中西風不到窗紗端的舊蓮深意料采菱新曲羞誇秋瀲灩對年年人勝似花

又　餞魏繡使泊吳江爲友人賦

旋移輕鷁淺傍垂虹還因送客遲留淚雨橫波遙山眉上新愁行人倚闌心事問誰知只有沙鷗念聚散幾楓丹霜渚蓴綠春洲　漸近香菰炊黍想紅絲織字未遠青樓寂寞漁鄉爭如連醉溫柔西窗夜深翦燭夢頻生

末句有奪誤

不放雲收其帳望認孤煙起處是舟

舟原作洲重韻從詞綜改正

又夏景

梅黃金重㭨細絲輕圍林草煙如織殿角風微簾外燕喧鷺寂池塘綵鴛乍起露荷翻千點珠滴閒晝永稱瀟湘竿窔爛柯仙客　日午槐陰低轉茶甌罷清風頓生兩腋撚玉盤中朱李淨沈寒碧朋儕閒歌白雪卸紗巾尊俎狠藉有皓月照黃昏眠又未得

下半闋第二三句作三六句法與諸詞異

高陽臺 豐樂樓

修竹凝妝垂楊駐馬憑闌淺畫成圖山色誰題樓前有雁斜書東風緊送斜陽下弄舊寒晚酒醒餘自銷凝能幾花前頓老相如　傷春不在高樓上在燈前攲枕雨外熏鑪怕艤游船臨流可奈清癯飛紅若到西湖底攪翠瀾總是愁魚莫重來吹盡香綿淚滿平蕪

莫重來原作莫愁來從詞綜改正

又 落梅

宮粉雕痕仙雲墮影無人野水荒灣古石埋香金沙鎖

原作半字自佳不宜從戈氏所改

骨連環南樓不恨吹橫笛恨曉風千里關山嘆飄零庭院黃昏月冷闌干　壽陽宮理愁鸞問誰調玉髓暗補香瘢細雨歸鴻孤山無限春寒離魂難倩招淸些夢縞衣解佩谿邊最愁人啼鳥晴明葉底淸圓

嘆飄零嘆字原作半字庭院原作庭上從戈選改正下半闋起句戈選及詞綜均作壽陽宮裏愁鸞鏡七字按鸞字叶韻後闋詞場場字亦叶恐另一體應仍其原

又　送王歷陽以右曹赴闕

淝水秋寒淮隄柳色別來幾换年光紫馬行遲纔生夢草池塘便乘丹鳳天邊去禁漏催春殿稱觴過松江雪

弄飛花冰解鳴璫　芳洲酒社詞場賦高臺陳迹曾醉
吳王重上逋山詩清月瘦昏黃春風侍女衣篝畔早鵲
袍已暝天香到東闌應費新題千樹苔蒼

又　壽毛荷塘

風裊垂楊雪消蕙草何如清潤潘郎風月襟懷揮毫倚
馬成章仙都觀裏桃千樹映麴塵十里荷塘未歸來應
戀花洲醉玉吟香　東風晴晝濃如酒正十分皓月一
半春光燕子重來明朝傳夢西窗朝寒幾暝金鑪燼料
洞天日月偏長杏園詩應待先題嘶馬平康

倦尋芳 上元

海霞倒影空霧飛香天市催晚暮靨宮梅相對畫樓簾卷羅韈輕塵花笑語寶釵爭豔春心眼亂簫聲正風柔柳弱舞肩交燕 念窈窕東鄰深巷燈外歌沈月上花淺夢雨離雲點點漏壺淸怨珠絡香銷空念往紗窗人老羞相見漸銅壺閉春陰曉寒人倦

念往原誤作念住

三姝媚 詠春情

吹笙池上道爲王孫重來旋生芳草水石淸寒過半春

戈選無所本即篆
改何以見得漸字覩
已字佳已字從便字
意貫止此一字結句
有不盡意致漸字
則已謂原已意謂
便歸去已過芳時
其旨至易明也

猶自燕沉鷺悄稗柳闌干晴蕩漾禁煙殘照往事依然
爭忍重聽怨紅淒調　曲榭方亭初埽印蘚迹雙鴛記
穿林窈頓隔年華似夢回花上露晞平曉恨逐孤鴻客
又去清明還到便鞚牆頭歸騎青梅漸老
漸老原作已老從戈選改正

又　過都城舊居有感

湖山經醉慣漬春衫啼痕酒痕無限又客長安嘆斷衿
零袂汙塵誰浣紫曲門荒沿敗井風搖青蔓對語東鄰
猶是曾巢謝堂雙燕　春夢人閒須斷但怪得當年夢

此三字當引絕妙好詞校訂不得尊今而不信古杜氏之謬如是如是

緣能短繡屋秦箏傍海棠偏愛夜深開宴舞歇歌沈花未減紅顏先變佇久河橋欲去斜陽淚滿

經醉原作逕醉怪得原作惟得夜深原作夜淺均從戈選改正

晝錦堂 有感

舞影燈前簫聲酒外獨鶴華表重歸舊雨殘雲仍在門巷都非愁結春情迷醉眼老憐秋鬢倚蛾眉難忘處猶恨繡籠無端誤放鸚飛　當時征路遠懽事差十年輕負心期楚夢秦樓相遇共嘆相違淚香霑溼孤山雨瘦腰折損六橋絲何時向窗下翦殘紅燭夜杪參移

審定應從所改
不如闕疑

懽事差之差字應仄甲稾大酺一闋歸期差差字亦應仄初疑爲左字之誤此又作差或方音作仄聲者

慶春澤　過種山卽越文種墓

帆落迴潮人歸故國山椒感慨重游弓折霜寒機心已墮沙鷗燈前寶劍淸風斷正五湖雨笠扁舟最無情嵒上閒花腥染春愁　當時白石蒼松路解勒回玉輦霧揜山羞木客歌闌青春一夢荒邱年年古苑西風到雁怨啼綠水蓱秋莫登臨幾樹殘煙西北高樓

是題原刻又字詞潔亦收入畫錦堂因與前闋句調字數不同復考詞律則萬紅友已繹爲慶春澤從之

漢宮春　追和尹梅津賦俞園牡丹

一作蓋印杜之箋作君字自言誤用劉潜老王章笑看詩言杜良未審

二十四

花姥來時，帶天香國豔，羞掙名姝。日長半嬌半困，宿酒微蘇。沈香檻北，比人閒、風異煙姝。春恨重，盤雲墜髻，碧花翻吐瓊盂。　洛苑舊移仙譜，向吳娃深館，曾奉君娛。猩脣露紅未洗，客鬢霜鋪。蘭詞沁壁，過西園、重載雙壺。休漫道，花扶人醉，醉花卻要人扶。

（君娛一作歡娛）

花心動　郭清華新軒

入眼青紅，小玲瓏、飛簷度雲微溼。繡檻展春，金屋寬花，誰管采菱波狹。翠深知是深多少，都不放、夕陽紅入。待

原作袖字疑佃字之誤此句當从杜氏以垂袖句配綬字又誤以為均詢兩條也七年字樣亦誤

妝綴新漪漲翠小圓荷葉　此去春風滿篋應時鎖蛛絲淺虛塵榻夜雨試燈晴雪吹梅趁取玳簪重盍卷簾不解招新燕春須笑酒慳歌澀半窗掩日長困生翠蜨

飛簷原誤飛簾吹梅原作次梅

又　柳

十里東風裊垂楊長似舞時腰瘦翠館朱樓紫陌青門處處燕鶯晴晝乍看搖曳金絲綬青淺映鵝黃如酒嫩陰裏煙滋露染翠嬌紅溜　此際雕鞍去久空追念郵亭短枝盈首海角天涯寒食清明淚點絮花霑袁（去）年年

自是春殘

絶妙好詞題作庚幕杜氏豈未之見乃云以當爲倉字之誤不值一笑也

折贈行人遠今年恨依然纖手斷腸也羞眉畫應未就
金絲綬綬字原作裹重韻青淺原作春淺年年原作遠年均遵詞譜改正

八聲甘州 陪庾幕諸公遊靈嵒

渺空煙四遠是何年青天墜長星幻蒼嵒雲樹名娃金屋殘霸宮城箭徑酸風射眼膩水染花腥時靸雙鴛響廊葉秋聲 宮裏吳王沈醉倩五湖倦客獨釣醒醒問蒼波無語華髮柰山青水涵空闌憑高處送亂鴉斜日落漁汀連呼酒上琴臺去秋與雲平

是題陪庚幕諸公按宋時提舉常平使者有倉臺庾節之稱其僚屬或稱倉幕或稱庾幕前水蘭花慢題

三五

陪倉幕遊虎邱此庚幕當爲倉字之誤或作庾形尤相似　蒼波原作蒼天閑憑原作闌干均從絕妙好詞箋改正

又姑蘇臺和施芸隱韻

步晴霞倒影洗閑愁淡杯灧風漪望越來清淺吳歛杳靄江雁初飛輦路淩空花蔭粉冷濯妝池歌舞煙霄頂落景沈暉　别是靑紅闌檻對女牆山色碧淡空眉問當時游鹿應笑古臺非有誰招扁舟漁隱但寄情西子卻題詩閑風月暗消磨盡浪打鷗磯

花蔭原作九險落景原作樂景均從戈選改正

夢窗詞　乙稾　曼陀羅華閣

更字當是杜補

當作樓據圖譜不可

又　和梅津

記行雲夢影步淩波仙衣翦芙蓉念杯前燭下十香搵裛玉嚬屛風分種寒花舊盎蘚土蝕吳葢人遠雲槎渺煙海沈蓬　重訪樊姬鄰里怕等閒易別那忍相逢試潛行幽曲心蕩更悤悤井梧凋銅鋪低亞映小眉瞥見立驚鴻空惆悵醉秋香畔往事朦朧

更悤悤更字原脫

新雁過妝樓　秋感

夢醒芙蓉風簾近渾疑佩玉丁東翠微流水都是惜別

寒字行事改正

行蹤宋玉秋花相比瘦賦情更苦似秋濃小黃昏紺雲暮合不見征鴻　空城當時放客認燕泥舊迹返照樓空夜闌心事燈外敗壁殘蛩江寒夜楓怨落怕流作題情腸斷紅行雲遠料澹娥人在秋月香中

風簾原作風檐從圖譜改正　殘蛩原作寒蛩從戈選改正　秋月香中原作秋香月中遵詞譜改正

又　中秋後一夕李方庵月庭延客命小妓過新水令坐間賦詞

閬苑高寒金樞動冰宮桂樹年年翦秋一半難破萬戶連環織錦相思樓影下鈿釵暗約小簾閒共無眠素娥慣得西墜闌干　誰知壺中自樂正醉圍夜玉淺鬬嬋

詞律云云不足稱引
此解過片本對筆
原作分明無譌也

娟雁風自勁雲氣不上涼天紅牙潤霑素手聽一曲清歌雙霧鬟徐郎老恨斷腸聲在離鏡孤鸞

東風第一枝 情

傾國傾城非花非霧春風十里獨步勝如西子妖嬈更比太眞淡泞鉛華不御漫道有巫山洛浦似恁地標格無雙鎭鎖畫樓深處 會被風容易送去曾被月等閒留住似花翻使花羞似柳任從柳妒不教歌舞恐化作綵雲輕舉信下蔡陽城俱迷看取宋玉詞賦

下半闋起句詞律云應作會容易被風送去 恐化作三字原作化下二字遵詞譜改正

夜合花　自鶴江入京泊葑門外有感

柳暝河橋鸎晴臺苑短策頻惹春香當時夜泊溫柔便入淚鄉詞韻窄酒杯長翦蠟花壺箭催忙共追游處淩波翠陌連檣橫塘　十年一夢淒涼似西湖燕去吳館巢荒重來萬感依前喚酒銀缸谿雨急岸花狂趁殘鴉飛過蒼茫故人樓上憑誰指與芳草斜陽

鸎晴原作鸎暗短策原作短縈均從戈選改正

石芝崦主重校定

夢窗詞丙丁稾　草窗詞上下卷

夢窗丙稾

宋　四明吴文英君特

丹鳳吟　賦陳宗之芸居樓

麗錦長安人海避影繁華結廬深寂燈窗雪戶光映夜寒東壁心彫鬢改鏤冰刻水縹簡離離風籤索索怕遣花蟲蠹粉自采秋芸熏架香汎纖碧　更上新梯窈窕暮山淡著城外邑舊雨江湖遠問桐陰門巷燕曾相識吟壺天小不覺翠蓬雲隔桂斧月宮三萬手計元和通籍輭紅滿路誰聘幽素客

癸辛雜識南渡之初中原士大夫之落南者衆高宗愍之有西北士大夫許占寺宇之命此詞云瓜涇蕭寺蓋亦夢窗僑寓之所

白石此調柳字俱同

傷字亦自可解

香汎或作香沉此字應仄　桂斧一作桂府

喜遷鶯　甲辰冬至寓越兒輩尚留瓜涇蕭寺

冬分人別渡倦客晚潮傷頭俱雪雁影秋空蜨情春蕩幾處路窮車絕把酒共溫寒夜倚繡添慵時節又底事對愁雲江國離心還折　吳越重會面檢點舊吟同看燈花結兒女相思年華輕送鄰戶斷簫聲噎待移杖藜雪後猶怯蓬萊寒濶晨起嬾任鴉林催曉梅窗沈月

傷頭之傷字疑誤

柳梢青　與龜翁登研意觀雪懷癸卯歲臘朝斷橋竝馬之游

不宜从戈改

夢斷游輪孤山路杳越樹陰新流水凝酥征衫霑淚都是離痕　玉屛風冷愁人醉爛漫梅花翠雲傍夜船回惜春門搩一鏡香塵

夢斷原作斷夢從戈選改正

生查子　稽山對雪有感

莫雲千萬重寒夢家鄉遠愁見越谿娘鏡裏梅花面醉情啼枕冰往事分釵燕三月灞陵橋心翦東風亂

玉漏遲　中秋

雁邊風訊小飛瓊望杳碧雲先晚露冷闌干定怯藕絲

乙稾春情一首無暗叶以宵饒二詞之適然合之非有夾協之例

冰腕淨洗，浮雲片玉勝花影，春燈相亂。秦鏡滿，素娥未肎分秋一半。每圓處即良宵，甚此夕偏饒，對歌臨怨。萬里嬋娟，幾許霧屏雲幔。孤兔淒涼照水，曉風起，銀河西轉。摩淚眼，瑤臺夢回人遠。

有以宵饒為夾協仄韻者

一翦梅　贈友人

遠目傷心樓上山。愁裏長眉，別後蛾鬟。莫雲低壓小闌干。教問孤鴻，因甚先還。　瘦倚谿橋梅夜寒。雪欲銷時，淚不禁彈。翦成釵勝待歸看。春在西窗，燈火更闌。

點絳脣 越山見梅

春未來時酒攜不到千嵓路瘦還如許晚色天寒處無限新愁難對風前語行人去暗銷春素橫笛空山莫

絳都春 題蓬萊閣燈屏

螺屏暝翠正霧卷莫色星河浮霽路幕遞香街馬衝塵東風細梅槎淩海橫鼇背倩穩載蓬萊雲氣寶街斜轉冰娥素影夜淸如水 應記千秋化鶴舊華表認得山川猶是暗解繡囊爭擲金錢游人醉笙歌曉度晴霞外又上苑春生一葦便教接宴鶯花萬紅鏡裏

寶衔衔字與上文街馬複疑衢字之誤

祝英臺近 除夜立春

翦紅情裁綠意花信上釵股殘日東風不放歲華去有人添燭西窗不眠侵曉笑聲轉新年鶯語 舊尊俎玉纖曾擘黃柑柔香繫幽素歸夢湖邊還迷鏡中路可憐千點吳霜寒銷不盡又相對落梅如雨

燭影搖紅 元夕微雨

碧澹山姿暮寒愁沁歌眉淺障泥南陌潤輕酥燈火深深院入夜笙歌漸暖綵旗翻宜男舞徧恣游不怕素韈

敘字以形近誤

塵生行帬紅濺　銀燭籠紗翠屏不照殘梅怨洗妝清靨溼春風空帶啼痕看楚夢留情未散素娥愁天長信遠曉窗移枕酒困香殘春陰簾卷

埽花游　賦瑤圃萬象皆春堂

暝波印日倒秀影秦山曉鬟梳洗步幃豔綺正梁園未雪海棠猶睡藉綠盛紅怕委天香到地畫船繫舞西湖暗黃虹臥新霽　天夢春枕被和鳳筑東風宴歌曲水海宮對起燦驪光乍溼杏梁雲氣夜邑瑤臺禁蠟初傳翡翠喚春醉問人閒幾番桃李

天夢天字疑香字之誤

西江月　賦瑠圃青梅枝上晚花

枝裏一痕雪在葉藏幾豆春濃玉奴最晚嫁東風來結梨花幽夢　香力添熏羅被瘦肌猶怯冰綃綠陰青子老谿橋羞見東鄰嬌小

宴淸都　餞嗣榮王仲享還京

翠羽飛梁苑連催發暮橋留話江燕塵階墮珥瑤扉乍鑰綵繩雙罥新煙暗葉成陰效翠嫵西陵送遠又趁得蘂露天香春留建章花晚　歸來笑折仙桃瓊樓宴萼

金漏催箭蘭亭秀語烏絲潤墨漢宮傳翫紅歌醉玉天
上倩鳳尾時題畫扇問幾時重駕巫雲蓬萊路淺
是題原脫王字

桃源憶故人

越山青斷西陵浦一片密陰疏雨潮帶舊愁生莫曾折
垂楊處 桃根桃葉當時渡嗚咽風前柔艣燕子不留
春住空寄離檣語

浣谿沙 題史菊屏扇

門巷深深小畫樓闌干曾識凭春愁新蓬遮卻繡鴛游

腕疑椀之譌謂
酒盞也

杳一横畫係字無誤
杳是查之譌
寒窗吟深查信早
夢清都望查信約長在
惜查信之證吳詞所
習用者皆據以改訂
校詞非校經可比但得本
集中一二佳證據然可
據不須闕疑也

桃觀日斜香揜戶蘋谿風起水東流紫萸玉腕又逢秋

五

木蘭花慢　壽秋壑

記瓊林宴起輭紅路幾西風想漢影千年荊江萬頃杳信長通金狨錦韉賜馬又霜橫漢節棗仍紅細柳春陰喜色四郊秋事年豐　從容歲晚玉關長不閉靜邊鴻訪武昌舊壘山川相繆日費詩筒鬬宮繫書翠羽帶天香飛下玉芙蓉明月瑤笙奏徹倚樓黃鶴聲中

水龍吟　過秋壑湖上舊居寄贈

小湖北嶺雲多小園暗碧鶯啼處朝囘勝賞墨池香潤
吟船繫雨霓節千妃錦颿一箭攜將春去算歸期未卜
青煙散後春城詠飛花句　黃鶴樓頭月午奏玉龍江
梅弄舞薰風紫禁嚴更清夢思懷幾許秋水生時賦情
還在南屏別墅看章臺走馬長隄種取柔絲千樹
小湖疑西湖之誤

夜行船　贈趙梅壑

碧甃清漪方鏡小綺疏淨半塵不到古鬲香淡宮壺花
換畱取四時春好　樓上眉山雲窈窕香衾夢鎮疏清

曉竝蒂蓮開合歡屏暝玉漏又催朝早

窈窕原倒誤

朝中措　贈趙梅壑

吳山相對越山青湘水一春平粉字情深題葉紅波香染浮萍　朝雲莫雨玉壺塵世金屋瑤京晚雨西陵潮汎沙鷗不似身輕

塞翁吟　餞梅津除郎赴闕

有約西湖去移櫂曉折芙蓉算終是稱心紅染不盡薰風千桃過眼春如夢還認錦疊雲重弄晚色舊香中旋

撐入濙叢　從容情猶賦冰車健筆人未老南屏翠峰轉河影浮查信早素妃叫海日歸來太液池東紅衣卸了結子成蓮天勁秋濃

詞律謂此調應分三疊自起至薰風爲第一段千桃至濙叢爲第二段所謂雙拽頭也　算終是之終字空仄詞律謂總字之誤　天勁疑香勁之誤

風入松　壽梅壑

一驅江上草潮平騎鶴過瑤京湘波山色青天外紅香蕩玉佩東丁西圃仍圓夜月南風微弄秋聲　阿咸才俊翠壺冰王母最憐生萬年枝上千年葉垂楊鬢春共

夢窗詞　丙稾　曼陀羅華閣

上字似無可疑

青青連喚碧簫傳酒雲囘一曲雙成

燭影搖紅 越上霖雨應禱

秋入燈花夜深簷影琵琶語越娥青鏡洗紅埃山鬬秦眉嫵相間金茸翠畝認城陰春耕舊處晚春相應新稻炊香疏煙林莽　清磬風前海沈宿裊芙蓉炷阿香秋夢起嬌啼玉女傳幽素八駕海查未渡試梧桐聊分宴俎采菱別調留取蓬萊霎時雲住

是題越上之上字疑中字或土字山字之誤

尾犯 贈浪翁重客吳門

七

鶯柳詞今不當
從一字

翠被落紅妝流水膩香猶共吳越十載江楓冷霜波成纈燈院靚涼花乍翦桂園深幽香旋折醉雲吹散晚樹細蟬時替離歌咽　長亭曾送客爲偷賦錦雁留別淚接孤城渺平蕪煙濶半菱鏡青門重售采香隄秋蘭共結故人顦顇遠夢越來谿畔月

偷字上原落爲字從毛斧季校本增

水龍吟　壽嗣榮王

望中璇海波新汎杳又匝銀河轉金風細裊龍枝聲奏釣簫秋遠南極飛仙夜來催駕祥光重見紫霄承露掌

緊

瑤池蔭窗蟠桃秀蝨蓮綻　新楝晴暈淩漢半涼生蘭
緊書卷繡裳五色昆臺十二香淡簾卷花萼樓高處連
清曉千秋傳宴賜長生玉宇鸞迴鳳舞下蓬萊殿
下半闋第二句半字詞緊作早

宴清都　壽秋壑

翠匝西門柳荆州昔未來時正春瘦如今賸舞西風舊
色勝東風秀黃粱夜溼秋江轉萬里雲檣蔽晝正虎落
馬靜晨嘶連營夜沈刁斗　含章換幾桐陰千官邃幄
韶鳳還奏席前夜久天低燕窗御香盈袖星槎信約長

當云粱字从米毛本譌作从木不得謂原作

凝香字用香山詩意

在醉與渺銀河賦就對小絃月挂南樓涼浮桂酒

詞律云第二句與諸調異　黃粱原作黃梁

聲聲慢　壽方泉

鸎團桭徑鱸躍蒓波重來雨過中秋酒市漁鄉西風勝似春柔宿春去年村墅看黃雲還委西疇鳳池去信吳人有分借與遲留　應是香山續夢又凝香追詠重到蘇州青鬢江山足成千歲風流圍腰御仙花底襯月中金粟香浮夜燕久攬秋雲平倚畫樓

永遇樂　乙巳中秋風雨

風拂塵徽雨侵涼榻纔動幽思緩酒消更移燈傍影淨洗芭蕉耳銅華滄海愁霾重嶂燕北雁南天外算陰晴渾似幾番渭城故人離會　青樓舊日高歌取醉□□玉妃梳洗紅葉流光蘋花兩鬢心事成秋水白凝虛曉香吹輕爐倚窗小瓶疏桂問湲宮嫦娥正在妒雲第幾

玉妃下原脫二字按此句宜用仄仄平平平仄擬於玉妃上補喚起二字　輕爐原作輕鑪

西江月　登蓬萊閣看桂

清夢重游天上古香吹下雲頭簫聲三十六宮愁高處花驚風驟　客路羈情不斷闌干晚色初收千山濃綠

戈改先為初便弱

未成秋誰見月中人瘦

初收原作先收從戈選改正

朝中措 題陸桂山詩集

殷雲凋葉晚晴初籬落認奚奴鑱近西窗燈火旋收殘夜琴書 秋聲露重天空海濶玉界香浮木落秦山清瘦西風幾許工夫

秋蘂香 和吳見山賦落桂

寶月驚塵墮曉愁鎖空枝殘照古苔幾點露螢小銷滅秋光旋少 佩丸尚憶春酥裏故人老斷香忍和淚痕

埽魂返東籬夢杳

愁鎖原誤作愁瑣

惜秋華　八日飛翼樓登高

思渺西風悵行蹤浪逐南飛高雁怯上翠微危樓更堪凭晚蓬萊對起幽雲澹楚邑山容愁卷清淺瞰滄波靜銜秋痕一綫　十載寄吳苑慣東籬滾處把露黃偷翦移算景照越鏡意銷香斷秋娥賦得閒情倚翠尊小酌初展滾勸待明朝醉巾重岸

聲聲慢　和沈時齋八日登高韻

曉字不可通

憑高入夢搖落關情寒香吹盡空峊墜葉銷紅欲題秋訊難緘重陽正隔殘照趁西風不響雲尖乘半暝看殘山灌翠賸水開籢　暗省長安年少幾傳杯弔甫把菊招潛身老江湖心隨飛雁天南烏紗倩誰重整映風林鉤玉纖纖漏聲起亂星河入影畫檐

點絳脣　和吳見山韻

金井空陰枕痕歷盡秋聲鬧夢長難曉月樹愁鴉悄梅壓檐梢寒蝶尋香到窗黏了翠池春小波冷鴛鴦覺

末韻覺一作曉

不字作平

又　有懷蘇州

明月茫茫夜來應照南橋路夢游熟處一枕啼秋雨
可惜人生不向吳城住心期誤雁將秋去天遠青山暮

慶春宮　題錢得閒園池

春屋圍花秋池沿草舊家錦籍川原蓮尾分津桃邊迷
路片紅不到人間亂篁蒼暗料惜把行題共刪小晴簾
卷獨占西牆一鏡淸寒　風光未老吟潘嘶騎征塵祗
付憑闌鳴瑟傳杯辟邪翻燼繫船香斗春寬脫林青外
亂鴉著斜陽幾山粉銷莫染猶是秦宮綠擾雲鬟

蝶戀花　和吳見山韻

明月枝頭香滿路。幾日西風，落盡花如雨。倒照秦眉天鏡古。秋明白鷺雙飛處。　自摘霜蔥宜薦俎。可惜重陽，不把黃花與。帽墮笑憑纖手取。清歌莫送秋聲去。

玉樓春　和吳見山韻

闌干獨倚天涯客。心影暗凋風葉寂。千山秋入雨中青，一雁莫隨雲去急。　霜花強弄春顏色。相弔年光澆大白。海煙沈處倒殘霞，一杼鮫綃和淚織。

柳梢青　題錢得閒四時圖畫

翠嶂圍屏畱連迅景花外油亭淡邑煙昏濃光清曉一幅閒情　輞川落日漁罾寫不盡人閒四弁亭上秋聲鷺能春語難入丹青

燭影搖紅　餞馮深居翼日深居初度

飛蓋西園晚秋恰勝春天氣霜花開盡錦屏空紅葉新裝綴時放清杯泛水暗淒涼東風舊事夜吟不就松影闌干月籠寒翠　尋唱陽關但憑綵裏歌千歲秋星入夢隔明朝十載吳宮會一櫂回朝渡葦正西窗燈花報喜桃蠻櫻素試酒爭憐不教不醉

齊天樂　與馮深居登禹陵

三千年事殘鴉外無言倦憑秋樹逝水移川高陵變谷那識當時神禹幽雲怪雨翠蓱溼空梁夜深飛去雁起青天數行書似舊藏處　寂寥西窗坐久故人慳會遇同翦燈語敗蘚殘碑零圭斷璧重拂人間塵土霜紅罷舞漫山色青青霧朝煙暮岸鎖春船畫旗喧賽鼓

提要云畫旗賽鼓據譜尚脫一字今從詞匯補

水龍吟　壽梅津

杜陵折柳狂吟硯波尚溼紅衣露仙桃宴早江梅春近

十三

還催客句宮漏傳雞禁門嘶騎宦情熟處正黃編夜展
天香字暝春葱翦紅蜜炬　宮帽鸞枝醉舞思飄颺耀
仙風舉星羅萬卷雲驅千陣飛豪海雨長壽杯瀲灔春
腔穩江湖同賦又看看便繫金狨鶩曉傍西湖路

又　用見山韻餞別

夜分谿館漁燈巷聲乍寂西風定河橋送遠玉簫吹斷
霜絲舞影薄絮秋雲淡蛾山色宦情歸興怕煙江渡後
桃花又汛宮溝上春流緊　新句欲題還省透香煤重
牋誤隱西園已負林亭移酒松泉薦茗攜手同歸處玉

奴喚綠窗春近想驕驄又踏西湖二十四番花信

浣谿沙　陳少逸席上用聯句韻有贈

秦黛橫愁送莫雲越波秋淺暗啼昏空庭春草綠如帬綵扇不歌原上酒青門頻返月中魂花開空憶倚闌人

又

一曲鸞簫別綵雲燕釵塵澀鏡華昏灞橋舞色褪藍帬湖上醉迷西子夢江頭春斷倩離魂旋緘紅淚寄行人

蓬或本作篷游篷字君特詞中嘗用之姚本蓬萊不知所據且既改之字縱以乎異矣當作游蓬聽雨之不如聞雨註不應從姚本改

掞春慢 遯翁下世後登研意

苔徑曲淺淺不見故人輕敲幽戶細草春迴目送流光一羽重雲冷哀雁斷翠微空愁蜨舞逞鳴鞭蓬萊小夢枕殘鶯寤 還識西湖醉路向柳下竝鞍銀袍吹絮車影難追耶負燈牀聽雨冰谿憑誰照影有明月乘興去暗相思悔孤鶴瘦共江亭草

蓬萊原作游蓬從姚子箴鈔本改聽雨原作聞雨鶴瘦原脫鶴字遵詞譜改補

塞垣春 丙午歲旦

漏瑟侵瓊筦潤鼓借烘鑪暖藏鉤怯冷畫雞臨曉鄰語

十四

鸎囀殢綠窗細呪浮梅琖換蜜炬花心短夢驚回林鴉起曲屏春事天遠　迎路柳絲帬看爭拜東風盈灞橋岸髻落寶釵寒恨花勝遲燕漸街簾影轉還似新年過郵亭一相見南陌又燈火繡囊塵香淺

畫雞原作畫雞遵詞譜改正

一翦梅　賦處靜以梅花枝見贈

老色頻生玉鏡塵雪澹春姿越看精神谿橋人去幾黃昏流水泠泠都是啼痕　細雨輕寒莫揜門萼綠燈前酒帶香溫風情誰道不因春春到一分花瘦一分

廣陽古同用夢窗詞
多用古均此鶯字均
非借廿之例乙亥風
入秋詞鶯字同

木蘭花慢 餞韓似齋赴江東鹺幕

十五

潤寒梅細雨卷燈火暗塵香正萬里胥濤流花漲膩春共東江雲檣未傳燕語過罘罳垂柳舞鵞黃啚取行人繫馬輭紅深處聞鶯 悠颺霽月清風凝望久鄮山蒼又紫簫一曲還吹別調楚際吳傍山方東中祕寶遺蓬萊弱水變飛霜寒食春城秀句赴花飛入宮牆

赴花疑趁花之誤

探芳信 賀雲麓先生祕閣滿月

探春到見綵花釵頭玉燕來早正紫龍眠重明月弄清

何以定爲正格

曉夜塵不沁銀河水金盆供新澡鎮帷犀護緊東風秀藏芝草　星斗燦懷抱問霧輭藍田玉長多少禁苑傳香柳邊語聽鶯報片雲飛趁春潮去紅輭長安道試回頭一點蓬萊翠小

燕歸梁　對雪醒坐上雲麓先生

一片游塵拂鏡灣素影護梅殘行人無語看春山背東風雨蒼顏　夢飛不到梨花外孤館閉更寒誰憐消渴老文園聽谿聲瀉冰泉

下半闋第二句以六字折腰爲正格

避字均寫別情極幽
曲之致言去驅之速反
若為辟東風戈氏不解
妄以意竄易可恨也
戈選註所改均宜從原作
避字均改尤繆妄杜氏
必處處墨守不究詞旨
不亦傎哉

解語花 立春風雨中餞處靜江上之役

十六

檐花舊滴，帳燭新啼，香潤殘冬被。澹煙疏綺。淩波步、暗阻傍牆挑薺。梅痕似洗。空點點、年華清淚。花鬢愁釵股籠寒，綵燕霑雲膩。　還鬭辛盤塈翠。念青絲牽恨，曾試纖指。雁回潮尾。東風到、似與去帆相避。泥雲萬里。應翦斷、紅情緣意。年少時、偏愛輕憐，和酒香空睡。

征帆去　東風

清淚原作別淚　塈翠原作蔥翠　又東風到似與去帆相避原作征帆去似與東風相避　均從戈選改正

祝英臺近 餞陳少逸被倉臺檄行部

問流花，尋夢草，雲暝翠微路。錦雁峰前，淺約晝行處。不

教嘶馬飛春一籢越鏡邪銷盡紅吟綠賦　送人去長絲初染柔黄晴和曉煙舞心事偷占鸎漏漢宮語趁得羅蓋天香歸來時候共留取玉闌春住

烏夜啼　題趙三畏舍館海棠

醉痕深暈潮紅睡初濃寒食來時池館舊東風　銀燭換月西轉夢魂中明日春和人去繡屏空

浪淘沙　有得越中故人贈楊梅者爲賦贈

綠樹越谿灣過雨雲殷西陵人去暮潮還鉛淚結成紅粟顆封寄長安　別味帶生酸愁憶眉山小樓燈外楝

花寒衫裏醉痕花唾在猶染微丹

踏莎行

潤玉籠綃檀櫻倚扇繡圈猶帶脂香淺榴心空疊舞裙紅艾枝應壓愁鬟亂　午夢千山窗陰一箭香瘢新褪紅絲腕隔江人在雨聲中晚風菰葉生秋怨

齊天樂　與江湖諸友泛湖

麴塵猶沁傷心水歌蟬暗驚春換露藻清啼煙蘿淡碧先結湖山秋怨波簾翠卷嘆霞薄輕綃汜人重見傍柳追涼暫疏懷裏負紈扇　南花清闘素靨畫船應不載

坡靜詩卷泛酒芳篇題名蠹壁重集湘鴻江燕平蕪未翦怕一夕西風鏡心紅變望眼愁生萍天菱唱遠

坡靜一作坡靖

繞佛閣 與沈野逸東皋天街盧樓追涼小飲

夜空似水橫漢靜立銀浪聲杳瑤鏡篋小素娥乍起樓心弄孤照絮雲未巧梧隕露井偏惜秋早暗情多少怕教徹膽寒、光見懷抱　浪迹尙爲客恨滿長安千古道還記暗螢穿簾街語悄歎步影歸來人鬢花老紫簫天渺又露飲風前涼墮輕帽酒杯空數星橫曉

梧隕原作梧韻偏惜原作偏借均從戈選改正

六

秋蘂香　七夕

嬾浴新涼睡早雪靨酒紅侵笑倚樓起把繡鍼小月冷秋波夢覺　怕聞井葉西風到恨多少粉河不語墮秋曉雲雨人間未了

疏影　賦墨梅

占春壓一卷陌寒萬里平沙飛雪數點酥鈿□□□□淩曉東風吹裂獨自曳橫梢瘦影入廣平裁冰詞筆記五湖淸夜推篷臨水一痕微月　何遜揚州舊事五更

夢半醒胡調吹徹若把南枝圖入淩煙香滿玉樓瓊闕相將初試紅鹽味到煙雨青黃時節想雁空北落冬淡澹墨晚天雲潤

第五句四字原闕

聲聲慢 畿漕廨建新樓上梅津

清漪銜苑御水分流阿閣西北青紅朱栱浮雲碧窗宿霧濛濛瓏題淨橫秋影笑南飛不過新鴻延桂景見素娥梳洗微步瓊空 城外湖山十里想無時長敞罨畫簾櫳暗柳回隄何須繫馬金狨鷺花翰林千首綵毫飛

海雨天風鳳池上又相思春夜夢中

罨畫原作罨盡

木蘭花慢　送翁五峰游江

送秋雲萬里算舒卷總何心歎路轉羊腸人營燕壘霜滿蓬簪愁侵庾塵滿更便封侯那羨漢淮陰一醉蓴絲膾玉忍教菊老松深　離音又聽西風金井樹動秋吟向暮江目斷鴻飛渺渺天色沈沈雲襟四絃夜語問楊瓊往事到寒砧爭似湖山歲晚靜梅香底同斟

舒卷原誤作卷舒

瑞鶴仙　丙午重九

亂雲生古嶠記舊游惟怕秋光不早人生斷腸草歎如今搖落暗驚懷抱誰臨晚眺吹臺高霜歌縹緲想西風此處留情肎著故山衰帽　聞道萸香西市酒熟東鄰浣花人老金鞭騕褭追吟賦倩年少想重來新雁傷心湖上銷減紅淺翠窈小樓寒睡起無聊半簾晚照

晚照一作夕照

浪淘沙　九日從吳見山覓酒

山遠翠眉長高處淒涼菊花清瘦杜秋娘淨洗綠杯牽

露井聊薦幽香　烏帽壓吳霜風力偏狂一年佳節過西廂秋色雁聲愁幾許都在斜陽

水調歌頭　賦方泉望湖樓

屋下半流水屋上幾青山賞心千頃明鏡入座玉光寒雲起南峰未雨雲斂北峰初霽健筆寫青天俯瞰古城堞不礙小闌干　繡鞍馬軟紅路乍回班層梯影轉停午信手展細編殘照游船收盡新月書簾纔卷人在翠壺閒天際笛聲起塵世夜漫漫

思佳客　賦半面女髑髏

櫳當作攏

案方千里和清真垂綸於柱字均㕥屬上當是則是詞應於波光閃屬下元巾箱本亦玉詞垂綸釣上以三字句為過片

釵燕櫳雲睡起時隔牆折得杏花枝青春半面妝如畫細雨三更花又飛　輕愛別舊相知斷腸青冢幾斜暉亂紅一任風吹起結習空時不點衣

垂絲釣　雲麓先生以畫舫載洛花燕客

聽風聽雨春殘花落門掩乍倚玉闌旋翦夭豔攜醉靨放遡谿游纜波光閃映燭花黯澹　碎霞澄水吳宮初試菱鑑舊情頓減孤負深杯灩衣露天香染通夜飲問漏移幾點

花落原作落花從詞律改正　天豔原誤作夭豔又波光閃原作波光掩重韻均遵詞譜改正　通夜飲

夢窗詞　丙稾　曼陀羅華閣

柳贊字宜春

之飲字應叶或宴字之誤　三十

喜遷鶯　賦王臞庵與閒堂

煙空白鷺乍飛下似呼行人相語細縠春波微痕秋月曾認片帆來去萬頃素雲遮斷十二紅簾鉤處黯愁遠向虹腰時送斜陽凝佇　輕許孤夢到海上幾宮玉冷深窗戶遙指人間隔江燈火漠漠水蘋搖莫看葺斷磯殘釣替卻珠歌雪舞吟未了去怱怱清曉一闌煙雨

西河　陪鶴林先生登花園

春乍霽清漣畫舫融洩螺雲萬疊黯凝秋黛蛾照水漫

此与清真同一體結處醉字是均与清真對均同據此足訂片玉詞長安道一首雄名畫是當有是字但元刻草堂汲古諸本誤奪此一字推詞譜有之證吾吳詞益信　琳閒記

將西子比西湖谿邊人更多麗　步危徑攀豔蘂掬霞到手紅碎青蛇細折小迴廊去天半咫畫闌入草起東風棋聲吹下人世　海棠藉雨半繡地幾寒褪初卸羅綺除酒消春何計向沙頭更續斜陽一醉雙玉杯和流花洗

此調應作三疊原刻以青蛇細折分段又半咫作半尺失韻又向沙頭向字誤作高均從戈選改正

點絳脣

推枕南窗楝花寒入單紗淺雨簾不卷空礙調雛燕　一握柔蔥香染榴巾汗音塵斷畫羅閒扇山色天涯遠

練花並謂衣中所織花文未可率改

此又一年調

改辨蓮作不可通
原作小蓮是也順行
因文字誤易辨字
禮記文不諱况古人

楝花原作練花畫羅原作畫羅均從詞綜改正　三

滿江紅　餞方蕙嵒赴闕

竹下門敲又呼起蝴蝶夢淸閒裏看鄰牆梅子幾度仁生燈外江湖多夜雨月邊河漢獨晨星向草堂淸曉卷琴書猿鶴驚　宮漏靜朝馬鳴西風起已關情料希音不在女瑟媧笙蓮蕩折花香未晚野舟橫渡水初晴看高鴻飛上碧雲中秋一聲

祝英臺近　春日客龜谿游廢園

採幽香巡古苑竹冷翠微路鬭草谿根沙印辦蓮步自

所作多足事窗在
心瞿離黃門氏探
為所引未志有識
入段大猶之在西之後
者猶復錯遞補後四
戲矣如戈氏者之近
輶褻其親已

戈選以避其父字而改
非着意律也杜氏比揣宜去
辨不如小字雖剛多已
杜氏明知原作小字而
獨墨守戈選不亦傎
哉戈順卿之父字小
蓮遂以意改獨不
知臨文不諱出之已在
尚守是例古人所
用字而諱莫如深邪

憐兩鬢清霜一年寒食又身在雲山深處　晝閒度因
甚天也慳春輕陰便成雨綠暗長亭歸夢趁風絮有情
花影闌干鶯聲門徑解留我霎時凝佇

瓣蓮瓣字原作小此字宜去聲從戈選改正

珍珠簾　春日客龜谿過貴人家隔牆聞簫鼓聲疑是按舞佇立久之

蜜沈爐煖餘煙裊層簾卷佇立行人官道麟帶壓愁香
聽舞簫雲渺恨縷情絲春絮遠悵夢隔銀屏難到寒梢
有東風垂柳學得嬌小　還近綠水清明歎孤身如燕
將花頻繞細雨溼黃昏半醉歸懷抱蠹損歌紈人去久

夢窗詞　丙稾　曼陀羅華閣

戈改註繆改渡為嬌更失作者本旨栗卿之意亦謂不知妄作也杜校必阿諛之甚可悶矣

此詞仄調是舊譜白石始翻為平調而以殺聲三字疑有神助凡作仄調宜用入聲韻

漫淚霑香蘭如笑書杳念客枕幽單看春漸老

原脫層簾卷三字從毛斧季校本補入　雲杪原作雲渺銀屏原作銀瓶嬌小原作腰小均從戈選改正

滿江紅　甲辰歲盤門外寓居過重午

結束蕭仙嘯梁鬼依還未滅荒城外無聊閒看野煙一抹梅子未黃愁夜雨榴花不見簪秋雪又金羅紅字寫香詞年時節　簾底事憑燕說合歡縷雙條脫自香銷紅臂舊情都別湘水離魂菰葉怨揚州無夢銅華闕倩臥簫吹裂晚天雲看新月

木蘭花慢　餞趙山臺

指罘罳曉月動涼信又催歸正玉漲松波花穿畫舫無限紅衣青絲傍橋淺繫問笛中誰奏鶴南飛西子冰綃冷處素娥寶鏡圓時　淸奇好借秋光臨水色瀉瑤巵向醉中織就天孫雲錦一杼新詩依稀數聲禁漏又東華塵染帽簷緇爭似西風小隊便乘鱸膾秋肥

極相思　題陳藏一水月梅扇

玉纖風透秋痕涼與素懷分乘鸞歸後生綃淨翦一片冰雲　心事孤山春夢在到思量猶斷詩魂水淸月冷香銷瘦影人立黃昏

鍉即鍼之别體非誤
蟫是蟬之譌

醉蓬萊　和方南山韻

碧天書信斷寶枕香留淚痕盈裛誰識秋娥比行雲纖瘦象尺薰鑪翠鍉金縷記倚牀同繡月蟫瓊梳冰銷粉汗南花熏透　盡是當時少年清夢臂約痕淚帊綃紅皺憑鵲傳音恨語多輕漏潤玉留情沈郎無奈向柳陰期候數曲催闋雙鋪淚拚風鐶鳴獸

翠鍉疑翠鍼之誤　月蟫之蟫字應爪疑蟬字或蝕字之誤

三部樂　賦姜石帚漁隱

江鶂初飛蕩萬里素雲霽空如沐詠情吟思不在秦箏

當之原本之際

金屋夜潮上明月蘆花傍釣簑夢遠句清敲玉翠罌汲曉款乃一聲秋曲　越裝片篷障雨半竿渭水伴鷺汀幽宿郵知煗袍挾錦低簾籠燭鼓春波載花萬斛帆鬣轉銀河可掬風定浪息蒼茫外天浸寒綠

霽空如沐原作際空如沐遵詞譜改正　換頭句原作片篷障雨乘風從毛斧季校本改正蒼茫原誤作滄茫

秋思耗　荷塘為括蒼名姝求賦聽雨小閣

堆枕香鬟側驟夜聲偏稱畫屏秋色風碎串珠潤侵歌板愁壓眉窄動羅箑清商寸心低訴敘怨抑映夢窗零

夢窗詞　丙稾　曼陀羅華閣

客識淸并叶

葉韻無據

三句第二字不屬對與起例同是此首句第二字次句第四字白石片玉及夢窗諸名家詞作入聲字此律之微妙知者蓋寡或以爲適然相合非也

亂碧待漲綠春深落花香汎料有斷紅流處暗題相憶歡夕簷花細滴送故人粉黛重飾漏侵瓊瑟丁東敲斷弄晴月白怕一曲霓裳未終催去驂鳳翼歎謝客猶未識漫瘦卻東陽燈前無夢到得路隔重雲雁北

雁字葉譜作南

法曲獻仙音　賦秋晚紅白蓮

風拍波驚露零秋覺斷綠衰紅江上豔拂潮妝澹凝冰靨別翻翠池花浪過數點斜陽雨啼綃粉痕冷宛相向丨指汀洲素雲飛過清麝洗玉井曉霞佩響寸藕折長

吳詞庭進宮冷字與響叶方證

三字句諸家註屬換頭此詞上收杜氏不解吳音冷字却能棖浪切文英乃以借叶上聲為厲屬上灣無定譜況以之作前結則過片不成句調詞意且不可通杜說信杜誤也兩宋詞是調決無三字句屬上闋之例而杜云諸家均作前結皆妄言此詞曰繆也

絲何郎心似春風蕩半掬微涼嬌蟬聲遠度菱唱伴鴛
鴦秋夢酒醒月斜輕帳
宛相向三字諸家均作前結此詞上句冷字未叶則
亦屬上無疑而夢窗另作和丁宏庵韻則又屬下想
可不拘也　詞繫云冷字定誤

孫無心甚　白相爭盾如此

考唐均以次及者皆古音之通用令人淺矜未之博證經籍有均之
如冬江歌麻之類無如者梗青韵古本可通
文如詩易中諧音家古讀韻歎詠實出于諧聲之例詞為樂府
之遺五代兩宋作者聲文相會并藉諧之于韵本之出入而於律諸無
少再雖自吳斐軒詞均既行世後學始以為詞有專均至戈氏順卿引沚諸家詞
中習用之均意為條析從而增益敘所不見動以出均相繩至潛易昔賢名句而不自悟

夢窗詞　丙稾　曼陀羅華閣

其實闇甚矣專輒之敝寔足与論學吾故謂詞林正均之書出不數十年

學者已深薄古之病於雜揉撓之可也杜氏小舫校夢窗詞欲奉

為金科玉律拈一字一韵之小異或乞不得其解輒以意妄議其非而敢

于擬補此校勘家未之前聞也苟非戈氏所改于前杜氏之斷斷不繼補

於後雖是弊而增之由不信而不好斷文將不墜于天而墜于人矣

光緒柷犂之歲大梁月既望　栩閣復校過題記

芽焙二字必有一衍文

酒字下當敓一平聲字甲稾二首可證片玉詞

夢窗丁稾

瑞龍吟 賦蓬萊閣

宋 四明吳文英君特

墮紅際層觀冷翠玲瓏五雲飛起玉虬縈結城根淡煙半野斜陽半市 瞰危梯門巷去來車馬夢游宮蟻秦鬟古色凝愁鏡中暗換明眸皓齒 東海青桑生處勁風吹淺瀛洲清沚山影汎出瓊壺碧樹人世旗槍芽焙綠會試雲根味品流濺涎香怕攪驕龍春睡露草啼清淚酒口香斷文邱廢隧今古秋聲裏情漫黠寒鴉孤村

亦作平 杜氏云應仄誤甚
漢魏哥語本無謡二平仄之均詞為樂府遺音參句短協故可得其義例如換巢鸞鳳一曲上平下閡則仄同是一音之轉可知古人詞律之嚴在聲不在均雖上下閡複均之不忌後人泥斤斤於押均以為謹于音呂抑之末矣此詞梯字是叶均但已平聲字與它不同耳

流水半空裏畫角落月地

第二疊起句梯字應韻詞律云叶平恐誤 汎出下瓊壺二字原脫旗槍句據周清眞詞多一字疑芽字衍 酒下脫一字應爪擬補霧字

瑞鶴仙 壽方蕙喦寺簿

轆轤秋又轉記旋草新詞江頭憑雁乘槎上銀漢想車塵纔踏東華葉紅輭何時賜見漏聲凉移宮夜半問蒓鱸今幾西風未覺歲華遲晚 一片丹心白髮滴露研朱雅陪清燕班回梛院蒲團底小禪觀望罘罳明月初圓此夕應共嬋娟茂苑願年年玉兎長生聳秋井幹

春衍文

東葉疑楓葉之誤偶在東華執以塵土之語

思佳客 閏中秋

丹桂花開第二番東籬展卻宴期寬人間寶鏡離仍合海上仙槎去復還 分不盡半涼天可憐閒賸此嬋娟素娥未隔三秋夢贏得今宵又倚闌

沁園春 賦方泉

澄碧西湖軟紅南陌銀河地穿見華星影裏仙棊局靜清風行處瑞玉圭寒斜谷山深望春樓遠無此峥嶸小渭川春一泓地解不波不涸獨障狂瀾 老蘇雨後坡

唐宋諸詞中旋字往取作去聲

仙纖蘜井佳名相與傳試摩挲勁石無令折角丁甯明月葺涴規圓漫結鷗盟那知魚樂心止中流别有天無塵夜聽吾伊正在秋水闌干

崢嶸之崢字原誤作哨一泓地應作三字句春字疑衍老蘇句疑有誤

齊天樂　毘陵陪兩别駕宴丁園

竹深不放斜陽入横波瀲墨林沼斷莽平煙殘荷賸水空得秋深纔好荒亭旋埽正著酒寒輕弄花春小障錦西風半圍歌裏半吟草　口游清興易嬾景饒人未勝樂事長少柳下停車尊前岸幘同撫雲根一笑秋香未

二

晚字當是繞之譌因曉形近繞而譌作晚王刻作曉字未洽此詞中無曉景且首句既云斜陽尾句又云背日分明是暮景故疑作繞字近是就句而論谿樹曉寒不求甚解未若繞字之穩洽多矣

老漸風雨西城暗敧客帽背日移舟亂鴉谿樹晚

下半闋起句應作六字首脫一字擬補孤字　晚字應上聲應叶疑杪字之誤

玉樓春　爲故人壽母

華堂宿讌連清曉醉裏笙歌雲窈裊釀成千日酒初香過卻重陽秋更好　阿兒早晚成名了玉樹階前春滿抱天邊金鏡不須磨長與妝樓懸晚照

醉落魄　題薦花洲尼扇

春溫紅玉纖衣學翦嬌鴉綠夜香燒短銀屏燭偷擲金錢重把寸心卜　翠深不礙鴛鴦宿採菱誰記當時曲

夢窗詞　丁槀　曼陀羅華閣

戈選泰洋何本

青山南畔紅雲北一葉波心明滅淡妝束

蝶戀花　題華山道女扇

北斗秋橫雲髻影鷺羽衣輕腰減青絲賸一曲游仙聞玉磬月華淡院人初定　十二闌干和笑凭風露生寒人在蓮花頂睡重不知殘酒醒覺來幾度啼鴉暝

覺來二字原闕從戈選補

朝中措　題蘭室道女扇

楚皋相遇笑盈盈江碧遠山青露重寒香有恨月明秋佩無聲　銀燈炙了金鑪燼暝貝色羅屏病起十分清

三

瘦夢闌一寸春情

江城梅花引 贈倪梅村

江頭何處帶春歸玉川迷路東西一雁不飛雪壓凍雲低十里黃昏成曉色竹根籬分流水過翠微 帶書傍月自鉏畦苦吟詩生鬢絲半黃細雨翠禽語似說相思惆悵孤山花盡草離離半幅寒香家住遠小簾垂玉人誤聽馬嘶

細雨詞繫據菓譜作梅子

杏花天 詠湯

蠻薑豆蔻相思味算卻在春風舌底江清愛與消殘醉顦顇文園病起　停嘶騎歌眉送意記曉色東城夢裏紫檀暈淺香波細腰斷垂楊小市

是題疑有脫字

倦尋芳 花翁遇舊歡吳門老妓李憐邀分韻同賦此詞

墜缾恨井塵鏡迷樓空閉孤燕寄別崔徽清瘦畫圖春面不約舟移楊柳繫有緣人映桃花見敍分攜悔香瘢漫爇綵鬟輕翦　聽細語琵琶幽怨客鬢蒼華衫袖溼徧漸老芙蓉猶自帶霜重看一縷濃情朱戶掩兩痕愁

案此調及詞
清真集又特
端正二首音
律之少異又
并用入聲越
調集故律也
鶴注

起青山遠被西風又驚吹夢雲分散

空閉原作空閒重看原闕重字從戈選改補

滿江紅 劉朔齋賦菊和韻

露浥初英蚤遺恨參差九日還卻笑萸隨節過桂彫無色杯面寒香蜂共泛籬根秋訊蛩催織愛玲瓏篩月水屏風千枝結　芳井韻寒泉咽霜著處微紅溼共評花索句看誰先得好漉烏巾連夜醉莫愁金鈿無人拾算遺蹤猶有枕囊留相思物

朝中措 聞桂香

海東明月鎖雲陰花在月中心天外幽香清漏人間仙影難尋　幷刀翦葉一枝曉露綠鬢曾簪惟有别時難忘冷煙疏雨秋深

龍山會　陪毗陵幕府諸名勝載酒雙清賞芙蓉

石徑幽雲鋪步帳深深豔錦靑紅亞小喬和夢醒環佩杳煙水茫茫城下何處不秋陰問誰借東風豔冶最嬌嬈愁侵醉頰紅綃淚灑　搖落翠莽平沙欲挽斜陽駐短亭車馬曉妝羞未墮沈恨起金谷魂飛深夜驚雁落清歌酹花底舵船快瀉後歸來井梧上有玉蟾遙挂

与六么令無涉

首韻鎛字原作冷第五句沓字原作香醉頳原作醉霜又紅綃淚灑四字原刻倒誤又欲挽斜陽脫欲字醻花底脫底字後結三句原作去來捨月向井梧梢上挂均遵詞譜增改

夢行雲　即六么花十八和趙修全韻

簟波皺纖縠朝炊熟眠未足靑奴細膩未拌眞珠斛素蓮幽怨風前影搔頭斜墜玉　畫闌枕水垂楊梳雨靑絲亂如乍沐嬌笙微韻晚蟬理秋曲翠陰明月勝花夜挪愁春去速

碧雞漫志云六么曲內一疊名花十八　理原本作亂從毛斧季校本改正　詞繫云未拌句疑有誤

天香　壽筠塘內子

碧灕藏絲紅蓮竝蔕荷塘水暝香斗竊窕文窗滚沈書幔錦瑟歲華依舊洞簫韻裏同跨鶴青田碧岫菱鏡妝臺挂玉芙蓉豔褥鋪繡　西鄰障蓬漂手共華朝夢闌分秀未冷綺簾猶卷淺冬時候秋到霜黃半畝便準擬擕花就君酒花酒年華天長地久

謁金門　和勿齋韻

雞唱晚斜照西窗白暝一枕午酲幽夢遠素衾春絮輭紫燕紅樓歌斷錦瑟華年一箭偷果風流輸曼倩書陰爭繡綫

雪字入聲合律此句
清真夢窗詞用入聲
字並

點絳脣

香泛羅屛夜寒著酒宐偎倚翠偏紅墜喚起芙蓉睡
一曲伊州秋色芭蕉裏嬌和醉眼情心事愁隔湘江水

繞佛閣 贈郭李隱

蒨霞豔錦星媛夜織河漢鳴杼紅翠萬縷送幽夢與人
閒秀芳句怨宮恨羽孤劍漫倚無限淒楚賦情縹緲東
風搖颺□□□花絮　鏡裏半鬢雪詞老春溪鷺曉處
長閉翠陰幽坊楊栁戶看故苑離離偏生禾黍短藜青
屨笑寄隱閒追雞社歌舞最風流墊巾霑雨

原闕三字在花絮之下按絮字乃尾句押韻據提要此三字當空於花絮之上宜用平平去擬補殘寒亂三字

七

夜游宮

人去西樓雁杳敘別夢揚州一覺雲淡疏星楚山曉聽啼烏立河橋話未了　雨外蛩聲早細織就霜絲多少說與蕭娘未知道向長安對秋燈幾人老

詞律謂後結應作人幾老若用幾人老則調拗矣按夢窗另作一云酒初醒一云更清瘦皆作仄平仄似可不拘

如夢令

春在綠窗楊柳人與流鶯俱瘦眉底莫寒生簾額時翻
波皺風驟風驟花徑啼紅滿衷

醉桃源　荷塘小隱賦燭影

金丸一樹帶霜華銀臺搖豔霞燭陰樹影兩交加秋紗
機上花　飛醉筆駐吟車香浮小隱家明朝客夢付啼
鴉歌闌月未斜

絳都春　餞李太博赴括蒼別駕

長亭旅雁斂倦羽寄棲牆陰年晚問字翠尊刻燭紅箋
慳會展冰灘鳴佩舟如箭笑烏幘臨風重岸可憐垂柳

湕霜萬縷送將八遠　吳苑千金未散買新賦其賞文
園詞翰流水翠微明月淸風平分半花深驛路香不斷
萬玉舞罘罳東苑祇應花底春多輭紅霧暝
東苑苑字重韻疑院字之誤

漢宮春　壽王虞州

懷得銀符卷朝衣歸東猶惹天香星移太微幾度飛出
西江吳城駐馬趁肥鱸膾蟻初嘗紅霧底金門候曉爭
如小隊春行　何用倚樓看鏡算橋中深趣日月偏長
江上待吟秀句梅曆催妝東風水暝弄煙嬌語燕飛檣

來歲醉鵲樓勝處紅圍舞衷歌裳

瑤花　分韻得作字戲虞宓與

秋風采石羽扇揮兵認紫騮飛躍江蘺塞草應笑春空鎖淩煙高閣胡歌秦隴問鐃鼓新詞誰作有秀蕀來染吳香瘦馬青芻南陌　冰澌細響長橋蕩波底蛟腥不涴霜鍔烏絲醉墨紅衷暝十里湖山行樂老仙何處算洞府光陰如昨想地寬多種桃花豔錦東風成幄

詞律云應笑春之春字應仄疑誤

瑞鶴仙　壽雲麓先生

記年時秋半看畫堂凝香璇奎初煥天邊歲華轉向九重春近仙桃傳宴銀罌翠管寶香飛蓬萊小苑感玉皇恩重千秋翠麓峻齊雲漢　須看鴻飛高處野濶天寬弋人空羨梅清水暝茗谿畔幾吟卷算金門聽漏玉墀班早贏得風霜滿面總不如綠野身安鏡中未晚

暗香　送魏句濱宰吳縣解組分韻得閤字

縣花誰葺記滿庭燕麥朱扉斜闔妙手作新公館青紅曉雲溼天際疏星趁馬畫簾隙冰絃三疊盡換卻吳水吳煙桃李靚春靨　風急送帆葉正雁水夜清臥虹平

曾校白石暗香疏影二曲皆仙呂宮其旁譜字注同曲中凡三字句逗韻入聲字夾協今讀文英詞亦如是乃信前說非孤證也二曲本白石自製後之作者毋于此忽之

獨夢窗陳其細趣
盡能得詞律之精
微者南宋亦不數覯
耳
悔

帖輭紅路接塗粉闈淡早催入懷暎天香宴果花隊簇輕軒銀燭便問訊湖上柳兩隄翠帀

淒涼犯 又名瑞鶴仙影賦重臺水仙

空江浪闊清塵凝層層刻碎冰葉水邊照影華帬曳翠露搔淚溼湘煙葬合塵韤淩波半涉怕臨風欺瘦骨護冷素衣疊 樊姊玉奴恨小鈿疏脣洗妝輕怯汜人最苦粉痕淡幾重愁靨花溢香濃猛薰透霜綃細摺倚瑤臺十二金錢暈半□

水仙原作冰仙從詞緯改正 結韻原闕擬補滅字

華疑作譁
華當是醉之誤

十

思佳客 癸卯除夜

自唱新詞送歲華鬢絲添得老生涯十年舊夢無尋處
幾度新春不在家　衣嬾換酒難賒可憐此夕看梅花
隔年昨夜青燈在無限妝樓盡翠華　醉譁

宴清都 送馬林屋赴南宮分韻得動字

栁色春陰重東風力快將雲雁高送書檠細雨吟窗亂
雪天寒筆凍家林秀橘霜老笑分得蟾邊桂種應茂苑
斗轉蒼龍淮潮獻奇吳鳳　玉眉暗隱華年淩雲氣壓
千載雲夢名箋淡墨恩袍翠草紫驪青鞚飛香杏園新

句眩醉眼春游乍縱弄喜音鵲遶庭花紅簾影動

六醜 壬寅歲吳門元夕風雨

漸新鵞映柳茂苑鎖東風初掣館娃舊游羅襦香未滅玉夜花節記向畱連處看街臨晚放小簾低揭星河瀲灩春雲熱笑靨敧梅仙衣舞纈澄澄素娥宮闕醉西樓十二銅漏催徹　紅銷翠歇歎霜簪練髮過眼年光舊情盡別泥深厭聽啼鴂恨愁霏潤沁陌頭塵韈青鸞杳鈿車音絕卻因甚不把歡期付與少年花月殘梅瘦飛趁風雪丙夜永更說長安夢燈花正結

債當是賾之脫誤不須据說文以證之更不可据詞均以繩之

此詞與片玉同體

姑補既非妄擬而姚鈔本與明鈔合

青鸞杳之杳字原作香遵詞譜改正

蕙蘭芳引 賦陳藏一家吳郡王畫圖蘭

空翠染雲楚山迥故人南北秀骨冷盈盈清洗九秋澗綠奉車舊畹料未許千金輕債淺笑還輕語蔓草羅帬一幅　素女情多阿眞嬌重喚□起空谷弄野色煙姿玄埽怨娥澹墨光風入戶媚香傾國湘佩寒幽夢小窗春足

第四句原闕六字從姚子箴鈔本補　輕債債字音育說文賣也周禮以量度成賈而徵債按此字詞韻未收仍疑賾字之誤　喚字下原闕一字宊上聲擬補起字

探芳信

爲春瘦更瘦如梅花花應知否任枕函雲墜離懷半中酒雨聲樓閣春寒裏寂寞收燈後甚年年鬬草心期探花時候　嬌嬾强拈繡暗背裏相思閒供晴晝玉合羅囊蘭膏漬透紅豆舞衣疊損金泥鳳妒折闌干柳幾多愁兩點天涯遠岫

惜黃花慢　賦菊

粉靨金裳映繡屏認得舊日蕭娘翠微高處故人帽底一年最好偏是重陽避春祇怕春不遠傍幽徑偷理秋

十二

妝婦醉鄉寸心似翦漂蕩愁觴　潮頰笑入淸霜鬭萬花樣巧深染蜂黃露痕千點自憐舊色寒泉半掬百感幽香雁聲不到東籬畔滿城但風雨淒涼最斷腸夜深怨蝶飛狂

青玉案　重到谿葵園

東風客雁谿邊道帶春去隨春到認得踏靑香徑小傷高懷遠亂雲深處目斷湖山杳　梅花似惜行人老不忍輕飛送殘照一曲秦娥春態少幽香誰採舊寒猶在歸夢啼鶯曉

浣谿沙　題李中笙舟中梅屏

冰骨清寒瘦一枝玉人初上木蘭時嬾妝斜立澹春姿

月落谿窮清影在日長春去畫簾垂五湖水色掩西施

探芳信　雲麓小園早飲客供棋事琴事

轉芳徑見霧卷晴漪魚弄游影旋解纓濯翠臨杯撫瑤軫修林竹色花香處意足多新詠試把龍骨供來時舊寒纔定　門巷都深靜但酒敵曉寒棋消日永舊曲猗蘭待留向月中聽藻蘋密布官溝水任汎流紅冷小闌

千笑拍東風醉醒
原作撫瑤軫三字闕遵詞譜補入　原刻棋消作共
消猗蘭作漪瀾醉醒作醇醒均因形似致譌今校正

採桑子　瑞香

茜羅結就丁香顆顆顆相思猶記年時一曲春風酒一
卮　綵鸞依舊乘雲到不負心期清睡休迷香趁銀屏
蝴蜨飛
休迷原作濃時重韻從戈選改正

此戈氏不知宋賢詞例重韻不忌複均以意改之宜從原作

三姝媚　姜石帚館水磨方氏會飲總宜即事寄毛荷塘

酣春清鏡裏照清波明眸翦雲愁思半縷垂絲正楚腰

纖瘦舞衣初試燕客漂零煙樹冷青驄曾繫畫館朱橋
還把清尊慰春顦顇　離苑幽芳深閉恨淺薄東風褪
香消膩綵箋翻歌扇賦情偏在笑紅顰翠暗拍闌干看
散盡斜陽船市付與嬌鬟金衣清曉花淡未起

愁思原作愁斂失韻遵詞譜改正

水龍吟　雲麓新葺北墅園池

好山都在西湖斗城轉北多流水屋邊五畝橋通雙沼
平煙醮翠旋疊雲根半開竹徑鷗來須避四時長把酒
臨花傍月無一日不春意　獨樂當時高致醉吟篇如

今還纔。舉頭見日。葵心傾□□。□歸計。浮碧亭□。泛紅波迴。桃源人世。待天香□□開時。又勝翠陰青子。

舉頭原脫頭字　葵心二句原闕三字　亭字下原脫一字擬補高字　天香下原闕二字擬補染露

燭影搖紅　雲麓夜宴園亭

新月侵階綵雲林外笙簫透銀臺雙引繞花行紅墜香霑裏不管籤聲轉漏更明朝棋消永晝靜中閒看倦羽飛還游雲出岫　隨處春光翠陰那抵西湖柳去年谿上牡丹時還試長安酒都把愁懷抖擻笑流鶯啼春漫瘦曉風盡惡妬雪寒銷梅梢成豆

分明是晝字之誤何云失韵

茂陵園

永晝原誤作永畫失韻

又 毛荷塘生日留京不歸賦以寄意

西子西湖賦情合載鴟夷棹斷橋直去是孤山應爲梅花到幾度吟昏醉曉背東風偷閒鬬草亂鴉啼後解佩歸來春懷多少　千里嬋娟茂陵今夜同淸照櫻脂茸唾聽吟詩爭似還家好昵昵西窗語笑鳳雲淡瓊簫縹緲願春如舊柳帶同心花枝壓帽

茂陵原作茂園從戈選改正

望江南

三月暮花落更情濃人去秋千閒挂月馬停楊柳倦嘶風隄畔畫船空　厭厭醉長日小簾櫳宿燕夜歸銀燭外啼鶯聲在綠陰中無處覓殘紅

天香　賦薰衣香

珠絡玲瓏羅囊閒鬭酥懷暖麝相倚百合花鬚十分風韻半襲鳳箱重綺茜帷四角慵未結流蘇春睡薰度紅薇院落煙銷畫屏沈水　溫泉絳綃乍試露華侵透肌蘭泚漫省淺谿月夜暗浮花氣荀令如今老矣但未識韓郎舊風味遠寄相思餘醺夢裏

十五

此舟与月字叶韻舟字有誤當用九屑韻或作戴字王刻作月字是已

茜帷原闕帷字從戈選補

江神子　賦洛北碧沼小庵

長安門外小林邱碧壺秋浴輕鷗不放啼紅流水透宮溝時有晴空雲過影華鏡裏翳魚游　綺羅塵滿九街頭晚香樓夕陽收波面琴高仙子駕黃虬清磬數聲人定了池上月照虛舟

沁園春　送翁賓陽游鄂渚

情如之何萬途爲客忍看送君便江湖天遠中宵同舟（月）關河秋近何日清塵玉麈生風貂裘明雪幕府英雄今

幾人行清早料剛腸肎嫦淚眼難蠲　平生秀句清尊到帳動風開自有神聽夜鳴黃鶴樓高百尺朝馳白馬筆埽千軍賈傅才高岳家軍壯好勒燕然石上文□□□念故人老矣甘臥閒雲

是題鄂渚原作鄒渚　同舟舟字應仄疑誤　原闕三字宜用平平仄擬補還惆悵三字

採桑子

水亭花上三更月扇與人閒弄影闌干玉燕重抽攏鬢簪　心期偷卜新蓮子秋入眉山翠破紅幾半簟湘波生曉寒

清平樂 書梔子扇

柔柯翦翠蝴蝶雙飛起誰墮玉鈿花徑裏香帶薰風臨水 露紅滴下秋枝金泥不染禪衣結得同心成了任教春去多時

香帶一作暗帶 露紅句原闕下字從戈選補

燕歸梁 書水仙扇

白玉搔頭墜髻鬆怯冷翠帬重當時離佩解丁東淡雲低鼻江空 青絲結帶鴛鴦琖歲華晚又相逢綠塵湘水避春風步歸來月宮中

此亦用入聲起韻
詞例之嚴如此興瑞山
草窗筆則於是
律頗有出入矣
非盤讀清真君
特之作未易辨
其細趣也

西江月

江上桃花流水天涯芳草青山樓臺春鎖碧雲灣都入行人望眼　一鏡波平鷗去千林落日鴉還天風裊裊送輕帆鷁過星槎銀漢

滿江紅　夢窗賦是調共三闋諸用入聲韻

翠幕深庭露紅晚閑花自發春不斷亭臺成趣翠陰蒙密紫燕雛飛簾額靜金鱗影轉池心闊有花香竹色賦閒情供吟筆　閒問字評風月時載酒調冰雪似初秋入夜淺涼欺葛人境不教車馬近醉鄉莫放笙歌歇倩

七

雙成一曲紫雲迴○紅蓮折○

夜行船　寓化度寺

鴉帶斜陽歸遠樹無人聽數聲鐘暮日與愁長心灰香斷月冷竹房扃戶　畫扇靑山吳苑路傍懷東夢飛不去憶别西池紅綃盛淚腸斷粉蓮啼露

好事近　僧房聽琴

琴冷石牀雲海上偷傳新曲彈指一簾風雨碎芭蕉寒綠　冰泉輕瀉翠筒香林果薦紅玉早是一分秋意到臨窗脩竹

彈指一簾原作彈作一簷從詞選改正　十六

浣谿沙

波面銅花冷不收玉人垂釣理纖鉤月明池閣夜來秋
江燕話歸成曉別水花紅減似春休西風梧井葉先
愁

風入松　雲麓園堂宴客

一番疏雨洗芙蓉玉冷佩丁東轆轤聽帶秋聲轉早涼
生傍井梧桐歡宴涼宵好月佳人脩竹清風　臨池飛
閣乍青紅移酒小垂虹貞元供奉梨園曲稱十香淡蘸

書厭色橘柚作色杜
氏疑作惹失校

璚鍾醉夢孤雲曉色笙歌一派秋空

梧桐梧字原脫詞繫作疏桐

鷓鴣天 化度寺作

池上紅衣伴倚闌棲鴉常帶夕陽還殷雲度雨疏桐落明月生涼寶扇閒　鄉夢窄水天寬小窗愁黛淡秋山吳鴻好爲傳歸信楊柳閶門屋數閒

虞美人 詠香橙

黃包先著風霜勁獨占一年佳景點點吳鹽雪凝玉膾和虀冷　洋園誰識黃金徑一棹洞庭秋興香薦蘭皋

洋園乃用坡老
洋州園池詩故實
杜氏淺陋已甚疑作
灌園謬已

湯鼎殘酒西窗醒

黃包疑作黃苞　洋園疑作灌園

唐志洋州洋川郡武德元年析東坡集和子由洋川園池三十首香橙徑其一也

訴衷情　秋情

片雲載雨過江鷗水色澹汀洲小蓮玉慘紅怨翠被又
經秋　涼意思到南樓小簾鉤半窗燈暈幾葉芭蕉客
夢牀頭

花上月令

文園消渴愛江清酒腸怯怕深觥玉舟曾洗芙蓉水瀉
清冰秋夢淺醉霞輕　庭竹不收簾影去人睡起月空

宜從原作雲字

十九

重裝以刪去語
或鈔本脫下半

明瓦瓶汲井和秋葉薦吟醒夜深裏怨遙更

醉霞原作醉雲夜深裏裏字原作重遵詞譜改正詞繫云此調與夜游宮相仿但平仄稍異耳

卜算子

涼挂曉雲輕聲度西風小井上梧桐應未知一葉雲鬢裏　來雁帶書遲別燕歸程早頻撲秋香開未開恰是春來了

秋霽　賦雲麓水園長橋

一水盈盈漢影隔游塵淨洗寒綠秋沐平煙日回西照乍驚飲虹天北綵蘭翠馥錦雲直下花成屋試縱目空

際醉來風露跨黃鵠　追想縹緲釣雪松江恍然煙簑秋夢重續問何如臨池膾玉扁舟空檥洞庭宿也勝飲湘然楚竹夜久人悄玉妃喚月歸來桂笙聲裏水宮六六

鳳棲梧　甲辰七夕

開過南枝花滿院新月西樓相約同鍼綫高樹數聲蟬送晚歸家夢向斜陽斷　夜色銀河情一片輕帳偷歡銀燭羅屏怨陳迹曉風吹霧散簾鉤空帶蛛絲卷

江神子　喜雨上麓翁

玉字作平

一聲玉磬下星壇步虛闌露華寒平曉阿香油壁碾青鸞應是老鱗眠不得雲砲落海潮翻　身閒猶耿寸心丹灶鑪煙暗祈年隨處蛙聲鼓吹稻花田秋水一池蓮葉晚吟喜雨拍闌干

齊天樂　飲白醪感少年事

芙蓉心上三更露茸香漱泉玉井自洗銀舟徐開素酌月落空杯無影庭陰未暝度一曲新蟬韻秋堪聽瘦骨侵冰怕驚紋簟夜滚冷　當時湖上載酒翠雲開處共雪面波鏡萬感瓊漿千莖鬢雪煙鎖藍橋花徑留連葬

石湖是解起四字次五字
諸家詎無別體

此曲起句四字某是均（例）
杜氏以爲紅字爲句
大謬藕即藕字
疑（周時字作偶而）纈文言紅葉襯
游人之跡加藕字則
不可通且次句無云字例

景但閒覓孤歡强寬秋興醉倚修篁晚風吹半醒

閒覓原闕閒字遵詞譜改補

霜天曉角　題燕脂嶺陶氏門

煙林褪葉紅藕藉游人屧十里秋聲松路嵐雲重翠濤涉　佇立閒素箋畫屏蘿嶂疊明月雙成歸去天風裏鳳笙淒

詞繫藕作偶似紅字爲句

烏夜啼　桂花

西風先到嵒扃月籠明金露啼珠滴碎小雲屏…顆

三十

戈選補掛字言何据想來不是掛字不如蓋闕

顆一星星是秋情香裂碧窗煙破醉魂醒

滴碎之碎字原作翠從詞繫改正

夜行船

逗曉闌干霑露水歸期杳畫簷鵲喜粉汗餘香傷秋中酒月落桂花影裏　屏曲巫山和夢倚行雲重夢飛不起紅葉中庭綠塵斜掛應是寶箏慵理

斜掛掛字原闕從戈選補

鳳棲梧　化度寺池蓮一花最晚有感

湘水煙中相見早羅蓋低籠紅拂猶嬌小妝鏡明星爭

夢窗賦荷花屢用
玉溪西亭翠被餘香
薄詩意此其顯者
如過秦樓秋被紅衰
夢芙蓉曾共秋被諸
詞題詠芙蓉其舉典
如是而戈氏不加詧竟改
秋被紅衰之句杜氏即
引戈選以改字殊未證
以此詞俾無自悔其
孟浪乎　七夕校　叔問

晚照西風日送淩波杳　惆悵來遲羞窈窕一霎留連

相伴闌干悄今夜西池明月到餘香。翠。被空秋曉

日送一作目送

生查子　秋社

當樓月半籢曾買菱花處愁影背闌干素髮殘風露

神前雞酒盟歌斷秋香戶泥落畫梁空夢想青春語

尾犯　甲辰中秋

紺海掣微雲金井暮涼梧韻風息何處樓高想清光先

得江汜冷冰綃乍洗素娥歡菱花再拭影留人去忍向

暮莫二字連屬款脫一暮戈氏所增妄改值之

夜湲簾戶照陳迹　竹房苔徑小對日莫數盡煙碧露蓼香輕記年時相識二十五聲聲秋點夢不認屏山路窨醉魂悠颺滿地桂陰無人惜

數盡煙碧四字原作教煙碧三字從戈選增改

慶春宮

殘葉翻濃餘香棲苦障風怨動秋聲雲影搖寒波塵銷膩翠房人去湲扃晝成淒黯燕飛過垂楊轉青闌干橫莫酥印痕香玉腕誰憑　菱花乍失娉婷別岸圍紅千豔傾城重洗清杯同追湲夜豆花寒落愁燈近歡成夢

熏字之脫誤大可
多疑

幽字疑衍

煙字有誤疑應作嫣
以音訛

斷雲隔巫山幾層偷相憐處重盡金篝消瘦雲英

。重盡疑薰盡之誤

霜天曉角

香莓幽徑滑縈繞秋曲折簾額紅搖波影魚驚墜暗吹沫　浪潤輕櫂撥武陵曾話別一點煙紅春小桃花夢半林月

漢宮春　壽梅津

名壓年芳倚竹根新影獨照清漪千年禹梁蘚碧重發南枝冰凝素質遣凡桃羞濯塵姿寒正附東風似海香

烟雨黄時即寫黄梅雨景暗切梅字語意清美如杜氏所擬梅雨二字則甜俗無味箋伯所為而謂君特為之乎觀杜氏所疑誤擬補之字亦可知其學識之淺俚已乃欲以墨守一先生之言釐其中藏出而問世不獨為覺翁罪人且徒貽後學嗤冷甚非謂也

浮夜雪春霏　練鵲錦袍仙使有青娥傳夢月轉參移逋山傍鷺繫馬玉蘋新辭宮妝鏡裏笑人開花訊都遲春未了紅鹽薦鼎江南煙雨黄時

煙雨疑梅雨之誤

西江月　丙午冬至

添綫繡牀人倦翻香羅幕煙斜五更簫鼓貴人家門外曉寒嘶馬　帽壓半簷朝雪鏡開千靨春霞小帘沽酒看梅花夢到林逋山下

浣谿沙　中冬望後出訪履翁舟中即興

新夢游仙駕紫鴻數家燈火灞陵東吹簫樓外凍雲重石瘦谿根船宿處月斜梅影曉寒中玉人無力倚東風

戀繡衾

頻摩書眼怯細文小窗陰天氣似昏獸鑪暝慵添困帶茶煙微潤麝薰　少年驕馬西風冷舊春衫猶涴酒痕夢不到梨花路斷長橋無限葺雲

麝薰原作寶薰驕馬原作嬌馬均從戈選改正

無悶　催雪

寶薰亦可解
戈之妄改

被字戈氏所改緣甚
上句言護夢此韻自
應作被未知戈氏何所
據而改杜氏亦何所
因而從之

霓節飛瓊鸞駕弄玉杳隔平雲弱水倩皓鶴傳書衛姨呼起莫待粉河凝曉趁夜月瑤笙飛環佩蹇驢吟影茶煙竈冷酒亭門閉　歌罷泛碧蟾放繡箔半鉤寶臺臨砌要須借東君灞陵春意曉夢先迷蝴蝶早風戾重寒侵羅袂被還怕掩深院梨花又作故人淸淚

是題原作催雪詞律云此以無悶調賦雪後傳其題而遺其調名耳　蝴蝶原作楚蝶羅袂原作羅被均從戈選改正

杏花天

鬢稜初翦玉纖弱早春入屏山四角少年買困成歡謔

夢窗詞　丁稾　曼陀羅華閣

入字甚佳不當改臣杜之識好事者於兩疏處之甚

人在濃香繡幄　霜絲換梅殘夢覺夜寒重長安紫陌東風到戶先情薄吹老燈花半萼

到戶原作入戶從詞滙改正

醉桃源　元日

五更櫪馬靜無聲鄰雞猶怕驚日華平曉弄春明莫寒愁驟生　新歲夢去年情殘宵半酒醒春風無定落梅輕斷鴻長短亭

菩薩蠻

落花夜雨辭寒食塵香明日城南陌玉靨溼斜紅淚痕

二十五

千萬重　傷春頭竟白來去春如客人瘦綠陰濃日長
簾影中

絕妙好詞作帶

夢窗補遺

宋　四明吳文英君特

聲聲慢　閏重九飲郭園

檀欒金碧，婀娜蓬萊，游雲不蘸芳洲。露柳霜蓮，十分點綴殘秋。新彎畫眉未穩，似含羞、低度牆頭。愁送遠，駐西臺車馬，共惜臨流。　知道池亭多宴，掩庭花長是，驚落秦謳。膩粉闌干，猶聞凭袖香留。輸他翠漣拍甃，瞰新妝、終日凝眸。簾半卷，戴黃花、人在小樓。

是題升庵詞品云宴矦家園作也戴黃花戴字原作帶從詞品更正

夢窗詞　補遺　曼陀羅華閣

倦尋芳　餞周糾定夫

蓴帆挂雨，冰岸飛梅，春思零亂。送客將歸，偏是故宮離苑。醉酒曾同涼月舞，尋芳還隔紅塵面。去難留，悵芙蓉路窄，綠楊天遠。　便繫馬、鶯邊清曉，煙草晴花，沙潤香輭。爛錦年華，誰念故人游倦。寒食相思隄上路，行雲應在孤山畔。寄新吟，蓴空回，五湖春雁。

唐多令　惜别

何處合成愁，離人心上秋。縱芭蕉、不雨也颼颼。都道晚涼天氣好，有明月，怕登樓。　年事夢中休，花空煙水流。

唐法曲存于宋者惟獻仙音一調故云法曲

燕辭歸客尙淹畱垂柳不縈帬帶住漫長是繫行舟第三句也字詞律謂衍不知此調本有三五句法且有也字神韻較勝疑下半闋客字上脫一字耳草堂詩餘云一本缺有字客字

法曲獻仙音　和丁宏庵韻

落葉霞翻敗窗風咽暮色淒涼深院瘦不關秋淚緣生別情銷鬢霜千點悵翠冷搔頭燕那能語恩怨　紫簫遠記桃枝向隨春渡愁未洗鉛水又將恨染粉縞澀離箱忍重拈燈夜裁翦望極藍橋綵雲飛羅扇歌斷料鸚籠玉鎖夢裏隔花時見

過片三字句南宋諸詞家殊無異杜氏因丙稾一闋冷字均不解古音之叶轉謂諸家多屬前結意存文飾前說試取兩宋詞讀之是固有以三字句屬上者乎於此益徵杜誤歎已歎人淺見笑于大方之家亦白石淒涼犯之句數百餘年陰無人詞中屬四韻三字若以屬上則扞格難通杜氏豈之理耶

紫簫遠三字諸家多屬前結丙稾賦秋晚紅白蓮一闋亦屬上

今周美成姜白石兩家詞並未曾在下處視也

好事近 秋飲

雁外雨絲絲將恨和愁都織玉骨西風添瘦減尊前歌力 裛香曾枕醉紅顋依約唾痕碧花下淩波入夢引春雛雙鷁

憶舊游 别黄澹翁

送人猶未苦苦送春隨人去天涯片紅都飛盡正陰陰潤綠暗裏啼鴉賦情頓雪雙鬢飛夢逐塵沙歎病渴淒涼分香瘦減兩地看花 西湖斷橋路想繫馬垂楊依

是曲結句第四字例用入聲清真夢窗諸名家皆然

舊敧斜葵麥迷煙處問離巢孤燕飛過誰家故人爲寫淡怨空壁埽秋蛇但醉上吳臺殘陽草色歸思賒

第四句草堂詩餘無正字

宴淸都

病渴文園久梨花月夢殘春故人舊愁彈枕雨衰翻帽雪爲情僝僽千金醉躍驕驄試問取朱橋翠柳痛恨不買斷斜陽西湖醞入春酒　吳宮亂水斜煙留連倦客慵更回首幽蛩韻苦哀鴻叫絕斷音難偶題紅汎葉零亂想夜冷江楓暗瘦付與誰一半悲秋行雲在否

即蘇子美故園
後歸韓王見
中吳紀聞夢窗
詞全篇合於之
處為蘄王發
也

金縷歌 陪履齋先生滄浪看梅

喬木生雲氣訪中興英雄陳迹暗追前事戰艦東風慳借便夢斷神州故里旋小築吳宮閑地華表月明歸夜鶴歎當時花竹今如此枝上露濺清淚 遨頭小簇行春隊步蒼苔尋幽別塢看梅開未重唱梅邊新度曲催發寒梢凍蘂此心與東君同意後不如今今非昔兩無言相對滄浪水懷此恨寄殘醉

行春原作行香從中興集改正

中吳紀聞謂是中吳軍節度使孫承祐池館其後蘇子美得之章家廣
與章莊敏俱有其半今盡為韓王所得也

此詞亡[illegible][illegible]子集

夢窗詞續補遺

宋　四明吳文英君特

古香慢　滄浪看桂自度夷則商犯無射宮

怨蛾墜柳離佩搖葓霜訊南浦漫撚橋扉倚竹衷寒日莫還問月中游夢飛過金風翠羽把殘雲賸水萬頃暗熏冷麝淒苦　漸浩渺陵山高處秋淡無光殘照誰主露粟侵肌夜約羽林輕誤翦碎惜秋心更腸斷珠塵蘚露怕重陽又催近滿城風雨　從詞綜補

鐵網珊瑚云吳文英手書詞稾古香慢自度腔賦滄浪看桂　撚橋扉詞譜作惜佳人絕妙好詞箋撚作

憶

醉落魄 院姬口主出爲戍婦

柔懷難託老天如水人情薄燭痕猶刻西窗約歌斷梨雲留夢繞羅幕　寒更唱徧吹梅角香銷臂趁弓弰削主家衣在羞重著獨掩營門春盡柳花落

朝中措

晚妝慵理瑞雲盤鍼綫傍燈前燕子不歸簾卷海棠一夜孤眠　踏青人散遺鈿滿路雨打秋千尚有落花寒存綠楊未褪春縣以上二闋從陽春白雪詞補

從妙好詞選入

蘺　樹當作謝　下句對

思佳客

迷蜨無蹤曉夢沉寒香深閉小庭心欲知湖上春多少
但看樓前柳淺深　愁自遣酒孤斟一簾芳景憶同吟
杏花空帶斜陽看幾陣東風吹又陰 從詞潔補

采桑子慢　九日

桐敲露井殘照西窗人起悵玉手曾攜烏紗笑整風攲
水葉沈紅翠微雲冷雁慵飛樓高莫上魂銷正在搖落
江蘺　走馬斷橋玉臺妝榭羅帕香遺歎人老長安燈
外愁換秋衣醉把茱萸細看清淚溼芳枝重陽重處寒

花怨蝶新月東籬

青玉案

短亭芳草長亭柳記桃葉煙江口今日江村重載酒殘杯不到亂紅青塚滿地閒春繡　翠陰曾摘梅枝齅還憶秋千玉蔥手紅索倦將春去後薔薇花落故園蝴蝶粉薄殘香瘦

又

新腔一唱雙金斗正霜落分柑手已是紅窗人倦繡春詞裁燭夜香溫被煙滅銀壺漏　吳天雁曉雲飛後百

感情懷頓疏酒綵扇何時翻翠裏歌邊拚取醉魂和夢化作梅邊瘦

浪淘沙

燈火雨中船客思緜緜離亭春草又秋煙似與輕鷗盟未了來去年年　往事一潸然莫過西園淩波香斷綠苔錢燕子不知春事改時立秋千

好事近

飛露灑銀牀葉葉怨梧啼碧蘄竹粉蓮香汗是秋來陳迹　藕絲空纜宿湖船夢濶水雲窄還繫鴛鴦不住老

紅香月白

杏花天 重午

幽歡一夢成炊黍知綠暗汀菰幾度竹西歌斷芳塵去寬盡當年臂縷 梅黃後林梢更雨小池面啼紅怨莫當時明月重生處樓上宮眉在否 以上六闋從絕妙好詞補

踏莎行 敬賦草窗絕妙詞

楊柳風流蕙花清潤蘋洲未數張三影沈香倚醉調清平新辭□□□□□□ 鮫室裁綃□□□□□□白雪爭歌郢西湖同結杏花盟東風休賦丁香恨 從蘋州漁笛譜附錄

補

光緒祝犁之歲大梁月既望　外閒重校時旅蘇城迦蘭巷

越明年庚子孟陬月既望半唐以新校刊夢窗詞寄貽精嚴詳審一字不苟守宋闕毋僭之例可稱善本以視戈杜之跋妄汲古之沿譌相去美特一塵惟丙藁獻仙音一曲過變處仍毛氏之誤失之不考舊譜此調無異體蔣譜法曲者唐曲也存于宋者惟此（沈存中云）故諸家斷無以易之博稽兩宋賦是解者不下數

夢窗詞　續補遺　曼陀羅華閣

十百闋注無以三字過片屬上結之例蓋毛氏只以冷字均不叶遂以意竄易于上闋決非原本有是誤也今審夢窗又一首和丁宏菴均則仍屬下可證是解本無異據余既引古音諧例以證冷字搗並是韻則紅霞亦思過半已當書以諍之又杜校雖多無據亦間有一二用心甚處如瑞鶴仙躍莊生穿跳乃壽踐之形譌檀為楦之誤此類白而無可疑者楦即麒麟楦之出典要楦字注履模也此夢窗所本詰宜從杜校更正不特闋疑更未可沿誤又江南春榮翁是用魏徵故事徵好以容貌對太宗七百般多在前又曰在人不在翁此典甚博翁乃竟之愈之矣手書之詞斷無訛誤特後學多野氏以意妄刻之耳　鶴記

批校經籍叢編　集部〇三

上海圖書館
浙江大學圖書館　藏
中國國家圖書館

夢窗詞兩種（外一種）

下

〔宋〕吴文英　著
鄭文焯　批校

浙江古籍出版社

夢窗甲乙丙丁稿

〔宋〕吴文英 著

鄭文焯 批校

底本爲浙江大學圖書館藏清光緒王鵬運四印齋刻本原書框高十四點七厘米寬十點七厘米

夢窗甲乙丙丁稾

秋老山橋虎氣橫登臨呼酒暮愁生霜條水葉滿湖聲
自是江闊漂泊地不因詞賦誤蘭成

玉田醉落魄題趙霞谷所藏夢窗親書詞卷據此當知夢窗本有寫定之本以眎
明朱存理所刻午案專以新詞寫似方蕙崖者亦自碩異而毛刻以前統無所謂甲乙丙丁

夢窗詞

題簽應並如是書　稾之名信而有證矣

甲乙丙丁稾四卷
補遺附

是刻訂正毛杜之譌駁不少但朱存理刻手寫本甚麻
精審當一一張據秦本菁齋本並徵之文以所可信從者僅
此爾又毛本原文舊闕瑀無疑誤者杜本斠正亦有見到處
諸當墨守棻校標識並附近義三例正其譌并合諸證
本友復細勘庶以葆棹一斯得之也

鶴記

光緒壬寅九月廿八日半塘前輩來自大梁以是刻醬褎本見貽

集宋元人稱夢窗詞但云霜花腴集三卷絕無甲乙丙丁稾之目汲古敘稱四稿或云四卷或云廿年前董得丙丁二稾恐未足徵滂之校刻者

敘　是編凡先後校勘數十過今甫完書譬之可觀

光緒己亥臨桂王佑遐給諫校刊夢窗四稿敘述五例以程己能殺青甫畢謂余參預是役宜且弁辭簡端給諫苦邃於詞觸情協律新聲令慢疊稿巾箱麗製佳篇傳誦海內而尤勤蒐孤本雅耽鉛槧其四印齋所刻詞論者以為

國朝詞刻䇿書比於虞山毛氏江都秦氏角逐精富猶實過之茲編以杜校毛本踳駮尤多細意鉤稽每窮曛旦遐遺旣甄靈扃自啟錄秀水之勤匡正謬訛完四明之舊廣通疑滯精審博奥詳於例言蓋故籍

詎可以其嘗刊在先乃據爲吳詞定名耶學張草窗玉編選題爲夢窗霜花腴詞集者正名之據見之錢四柳湖夢窗手寫本三月是名甚是可喜

流傳舛誤斷闕緜來殊致有逸書旁見挹注而逢原或遺文竟亡大索而不得承疑踵陋妄改離真兩者皆傷離真爲最乾嘉鉅儒嚴絕忤斷以其用力寡而信心勇也劉勰有言凡操千曲而後曉聲圓照之象務先博觀故知給諫詳慎通識所爲賢於杜氏遠矣夢窗詞品在有宋一代頡頏清真近世柏山劉氏獨論其晚節標爲高潔或疑給諫亟刊其詞毋亦有微意耶余知給諫隱於詞者也樂笑翁題霜花腴卷後云獨憐水樓賦筆有斜陽還怕登臨愁未了聽殘鶯啼過柳陰古之傷心人別有褱袌讀夢窗詞當如此

易〻也

嘗攷清真集見
宋史藝文志又兩
宋說部記載無
稱片玉詞者竊見
元巾箱本後敘為
劉必欽作其云陳元
龍箋注因名之曰片玉
按陳劉皆元時人故
片玉之名實後起之號
元龍固未審以己所名書
証美成而後學未之察
故覺以證美成者并証

低徊矣若夫海角逢春天涯倦客撩人塵土久殢朝衣擊筑高陽尋帘易水昭王臺畔酒人漸稀醒眼抄書迴腸度曲愁邊易老不似當年況乃小雅道廢頌聲寖微五洲人物喧闐上國蜃樓海市彈指空中高臺落日俯瞰神州畫角吹愁幾時消盡然則紿諫日抱此編俛仰身世殆所謂人間秋士學作蟲吟字裏神仙偏存蟫迹必非如乾嘉諸老校讎經典鼓吹盛時六籍明矣寒藤老屋繞砌秋陰舊集重溫頻驚客夢為題醉墨强坿知音云爾歸安朱祖謀

元龍是亦妄人也已矣所
謂与玉田按劍叙夢其
澀深纖微蓋出元龍
目校訛之功而言戈氏
順卿玉頭宋緒煥游
輯与玉田詞柳太傅也
附世之兌吉人集名
不可不正之聞
漚尹侍郎復肯校
刻吳詞之役爰舉
以正名之義以規之
示存去也

案得程便接夢窗寫本
刻入編中蓋所謂霜花腴
能者寧以自度曲冒冠之
而寫本又無此解可怪也

壬寅十月初二日与鶩翁祖得吳河寶畫
舫公議日膳精饌酬值六餅銀載酒出閶
門西行朝發夕抵光福里盡三日之長備遊
鄧尉諸山歸途經木瀆更上靈巖步涉絕頂
踞琴臺高誦君特秋與雲平之句乘餘勇
又登天平訪白雲泉夕陽在山相與裴回眾不能去
迨返舟次已將夜半鶩翁謂生平遊興無今
茲豪者不可無詞得古香慢法曲獻仙音八聲
甘州湘月共四解余旋以事赴滬鶩翁亦一棹白門
爰紀歲月以識勝引云爾　老芝

古人書籍及詩文稿有以千文紀年名其集者未聞以甲乙丙次第更取為編集而自名之者汲古毛氏本嘗空亂之餘起得校讎之助加以專輯自行其是而所刻與所敘動相斟酌定為黃蕘翁姍笑之已又其所謂宋槧之鈔實與舊藏目多有未合則强其之顯著者耳

水龍吟

半塘給諫以新校刻夢窗詞寄示感憶題贈

絢空七寶樓臺古香一片花蟲語籤縢落次晨搜瞑討幽雲怪雨故國平居舊家俊賞連情緗素想甘蕉彈罷冷芸熏斷殘紅掃西風樹　還憶高秋烏府感淒吟寒蟬最苦凝香清夢憂時衰鬢賺人詞賦封寄吳皋零星墨淚隨風珠唾倩吹愁玉管新聲更補霜花腴譜

連雨兀坐聲來祓辭屬引淒異光緒己亥七月丙午朔先立秋三日文焯記

吾從竹垞[illegible]
齋今之讀[illegible]
吾固當[illegible]

題詞

余嘗以宋詞人用調嚴于入聲之律，謂半塘老人
極爲賞歎，又疑石帚、清真諸家二曲證以入聲
作去用者，以入爲閩音，[illegible]所通用者，此
觀戈氏錄詞書，因萬氏詞律考訂實字入聲字五之
十部之例編入諸韻，共掌錄一部，並此書無入五經左國
先生此人爲此二字，宋元及吳越書[illegible]作[illegible]鄉
長沙寓居世族交之澤，志秋征諸書異甚，此上一說[illegible]
詩與敘事，復王曲局白絕異，拘此之言入聲調之文韻之別
入聲通者與又入，[illegible]余之說與白石兩詞家入作平作去之義
讀古書者不錯，自沈約聲出而南方音韻隱於四方[illegible]
[illegible]

[illegible]古音淪亡，其言者殆無可讀入聲，所謂[illegible]一家之言也[illegible]
在不易，如古人[illegible]既氏辭聲音之道，[illegible]減之矣

吳梅生
於方壺書
宮之東
於秋聲
[illegible]
[illegible]

嘗與秉[illegible]往復之論[illegible]國方言之通變以變[illegible]之例
遵守時雅迺中輟
待同志成之其後
今疆邨據明鈔本一一
寫定行將付鍥者
夢窗詞定本一洗
三寫之譌洵壯役也

述例

一曰正誤　按夢窗詞世祇虞山毛氏秀水杜氏二刻毛刻失在不校舛謬致不可勝乙杜刻失在妄校每並毛刻之不誤者而亦改之是刻據二本對勘參以諸家總集凡譌字之確有可據者皆一一爲之是正若向誤丙梅誤悔之類必臚舉原文則亥豕縱横觸目生厭故卷中不復標明另爲劄記坿後以備參攷可疑者或注句疑字于本句下其譌字之未經諸本校出者依傍形聲推尋意義時亦間得一二已改者注曰毛作某或毛誤某未改

杜刻所據[illegible]校本其所據注之諸本每有錯未詳所自而佳證誠不可湮沒也木蘭花慢重泊垂虹下增入垂虹二字華蘭芳引竊謂[illegible]皆字句歷歷可勘斷非臆造

者曰疑作某或疑某誤並列行間以待商榷不敢自信以爲必然至毛本不誤而相承以爲譌經杜刻校改者間分注證明於本闋之末雖不免挂漏之譏或有資於隅反亦毛刻片玉詞例也

一曰校異　校勘家體例最重臚列異文以備攷訂此集世祗毛杜二刻唯有毛刻以前選本可据以爲異同又不少概見杜刻校語所列書目如詞潔詞匯詞緯詞鵠詞繫齋中皆無其書又傳有毛斧季校本亦僅見所引數條它如　御選歷代詩餘　欽定詞譜萬氏詞律朱氏詞綜周氏詞錄所錄

此謂明太原張氏舊
鈔本斠定畫一者
姚鈔之辭之文必有依據
根不並本塘老人一析
此語義相與高默大
譯一也 辛亥五月記

實曰原稿朱刻手稿
僅第十六闋沈鳩和
如不作注而集中如未
長一據以改正者訛其例
并此僅存者亡因毛刻而
失之如毛刻異於宋槧
之類從來宋刻以存其舊
則列諸異文以存義而備
存之例今予參叙之因略之

夢窗詞大都本之毛刻其校定譌字之可信者業已据正原文此外無甚出入若幽芬之一作幽芳繡被之一作翠被浿費楮墨何關校讐故祇惟是之求不能備列亦有因兩疑而並存者惟朱存理鐵網珊瑚所載十六闋[illegible]係出夢窗手稿爲可信從至毛刻原注一作某者恐舊本如是悉仍之不曰原注者以合毛杜兩本對勘舉毛所以别於杜也又有所謂杜校一作者以不知杜所自出故舉以實之其有明知改詞以就韻律避重文凡一切選家所妄易者則去之惟恐不盡不得以校勘之說

述例 二

相繩矣毛刻婆羅門引雙成夜笙笙字杜刻作深而注云別本作笙東風第一枝恐化作絲雲輕舉毛刻脫作字杜校云恐化作三字原作化下此二校皆不可解

一曰補脫　毛刻闕文極夥有已經空格者當是原闕然祇十之三四不逮脫簡之多杜刻次第擬補幾成完書是刻唯閒補一二虛襯字皆於空格之下注曰某本作某不令與原文相襍三四字以上則悉從蓋闕唯甲稿塞翁吟毛闕綠幕蕭蕭四字据詞旨補入正文以出宋人論著非後來選本所可例也其有不空格注曰某本多某字者按之句律多寡皆合不得以闕文論也又如甲稿浪淘沙

自述先後所以彙本錯簡錄於無景箸所據日本鈔本云前校本有三疑吳本一至五所引或云之甚次未審理詞集之定案也
張君依卿重校于吳中稿原吳君所究所言校勘記之例於卷末附考異異詞之校錄非所謂專存定本也於校刻義例殊多未安且并未存理所倚之本原難通得當之矣足徵證古人自寫所依況之自刻本不合者刻

慢有新燕簾底口說句毛刻脫一字按律當在底字下杜刻初印本擬補偷字雖不碻尙不失律覆校据姚抄本於簾上補晝字又改底爲低平側大謬爲吾友王夢湘太守所譏乙稿木蘭花慢步屧邱翠莽口口處更春寒句毛刻亦有脫文杜刻以翠莽處爲句而補直上字於屧邱下遍檢夢窗此調次句第二字無用側者此類至多不可枚舉故卷中脫簡不但不敢妄補即空格處亦詳審而後定至毛刻原空則悉仍其舊間有移易亦必有說

一曰存疑　夢窗工於鍛鍊亦有致成晦澀者淺人

既所指毋誤一過也夫
汲古初在綺古故刻猶誤
而校不能精詳惹人詬
病譬如校書世每如講
然見宋元翻刻必樂于
夢窗詞集四乃取以屬意
善本者之顧惡而國朱之
輕於搜之失之國安藏
求方便者遂物的之本讀
不校亦當此一刻乎

讀之往往驟不能解以毛刻之多誤字遂歸咎于校勘之不精任情點竄是以戈載七家詞選於夢窗塗抹尤甚稍掉輕心卽蹈此失如掃花遊換頭天夢春枕被句杜校謂天夢疑香夢之譌初頗謂然繼思詞爲題瑤圃萬象皆春堂圃爲嗣榮王別墅見癸辛雜志王乃理宗之母弟度宗之本生父蓋用秦穆公上天事語不誤也又塞垣春起句漏瑟侵瓊管初以爲必有譌字嗣讀秋思耗詞漏侵瓊瑟丁東敲斷云云始悟爲用温助教詩丁東細漏侵瓊瑟句宅如疏影之占春壓一一寸金之醉

得此說者當益其訛謬誤

今之學夢窗者但知於字面雕潤而儉腹羌無故實絕無蘊藉之功故㴞讀皆俗雖有妙義而辭不足以達之此夢窗所爲卓絕千古自宋以來鮮能知其一二知之者蓋亦寡矣

擘青露菊絳都春之漫客請傳芳卷定風波之離骨漸塵橋下水約十許處不敢謂其不誤亦不敢謂其必誤疑而存之以俟高明鑒定顧千里云天下有譌書然後天下無譌書殆有見于存疑之義云

案甲稿拜新月慢絳雪生寒一闋紙韻也乃叶酒字解語花門横皺碧一闋旱韻也乃叶翠字丁稿三姝媚酬春青鏡裏一闋紙韻也乃叶歛字論韻皆無說可通疑按律或融聲能入蓋夢窗用韻本極精嚴而大晟叶律又久同絕學此等處置之不

述例　　四

余嘗擬精選夢窗詞三十首以爲後學楷模覺玉田七寶樓臺之喻猶爲目論也

昔賢謂作家固難其人選家益世不數覯而未深驗斯言之不謬宋以來諸家詞選罕有當意者吾今觀益懷疑已

論不議猶不失不知蓋闕之旨亦存疑之一端也故坿箸之

一曰刪複　夢窗四稿毛氏刻非一時故有一詞兩見之失如月中行疏桐翠竹一闋金縷曲浪影龜紋湖上芙蓉兩闋醜奴兒慢東風未起一闋鶯啼序横塘櫂穿天吳駕雲兩闋絳都春香深霧暝一闋皆从杜刻刪後見者又有誤收它人之作毛跋已詳言之其杜刻已刪者周美成繞佛閣慶春宮大酺各一闋柳屯田尾犯一闋姜白石淒涼犯洞仙歌各一闋未刪者玉蝴蝶一闋見梅溪詞絳都

王令選家當以花間為絕代賞音但兩宋無復繼軌逐叚令曲外有極絕之歎此後世詞派為失其絕領袖也

不當也一字

春一闋見草堂詩餘玉漏遲二闋一見草堂一見陽春白雪及絕妙好詞按梅溪草堂皆出夢窗前陽春絕妙二選出夢窗同時人且收夢窗詞不少不應誤將所作宅屬故皆据刪之惟好事近秋飲一闋互見蒲江詞係据中興詞選補錄未刪

今年春與歸安朱古微學士校訂夢窗四稿擬五目以爲之的寫本觕定遂述之以爲例其捄正毛杜處非敢有心立異蓋恐迷誤後來且平心論之有虞山之刻然後霜腴遺稿不致無傳有秀水之校然後汲古誤書始有條理皆不得謂非四明功

臣不佞區區竊願㘺兩家爲諍友大雅宏廓或無譏焉然老嬾迂遲非得古微朝夕講求晰疑匡謬終恐汗青無日是古微又不佞之導師也光緒己亥端陽半塘老人王鵬運寫記

嘗攷夢窗詞中是本甲稾西子妝慢下注自度腔半塘老人謂鏡下九韻言之諒哉伯弢又言兩字稿不著甲乙之精稿以詞下題皆有物且無精貫似道之作此以意爲取舍耳如乙稾金盞子已有賦秋聲西湖以梁之題又何無名賢諸病耶此詞只云霜花映東籬皆自度腔譜寫之則宇妝慢之孔鑿董見其二且丹霜花腴上無之題爲證陝無疑又無尋目而致見也

夢窗詞自玉田有七寶樓臺之喻世眼遂目以奇麗堆垛目爲晦采從題字之甚遠致晦起句用代字雕潤故未夢窗精微之旨合皆達之空靈語亡以求義註之陋宜節氣存神之妙不能得手眼參求之斟定此首搜初錄淳本

校夢窗集中暗香疏影惜紅衣淒涼犯角招平調滿江紅皆白石自製曲見之詞敘中者亦夢窗填此數闋其音呂悉合姜譜其惜紅衣詞敘又稱從石帚遊苕霅間三十五年矣按夢窗之雅儷倡和之殷勤信有證揚白石集無

夢窗詞目

凡朱墨圈者皆從鐵網珊瑚本字解

甲稿

共選廿四首學者識乾索得之思過半矣 己酉秋記

一句之煉若之作者
陽老人所記白石一書
自述其生平文字之
交見東州後從南
渡英沈感與雅琴
歷歷可數吾來云稱
夢窗其人書
而不全讀其詞之
非四明之覺翁也
此不可甚解者友
易中實因年出謂
善為帝刻是一人
號夢窗為善白
石後筆亦超妙與
所及而宋元說部

詞目

紀錄及雲山題
贈衣挽詩篇
積善而常存又
止見夢窗集
中其實無一注
殊是可異也

壬寅十月
鶴道人記

余陽老人武林審字
據夢窗詞集載入
且白石詩敘自述所
居與白石洞天爲鄰
因以自號是其受字也
由甚顯然不知晁特何以
稱爲石帚 小舟

右詞四卷補遺一卷共三百四十一闋

汲古刻本較失有三曰形近音近義近誤鈔者之過五以此
三誤而從上下文衍入或手傳寫承訛而誤以意改竄妄校者之
過如凡集中字句悉可據此例訂正思過半矣

樂府原以曲名為題，詞例亦同。自美成提舉大晟，演為三犯四犯，要曲音拍漸審。古節陵替，詞義紛繁，聲文不能盡合，遂依謡填辭，別出題目。但宋刻多出自選家，每好分類編次，近所見草堂詩餘及元巾箱本宋鴻（?）遺本之清真集，皆屬類編，曲名下亦紀題叙，卒乎校刻者以類為之。夢窗詞叙亦往往失真，今粗為點定，以別之，示存古也。

凡可疑之題，並不加墨圍。

是本校訂諸條，併皆年來往葦，陳乞於雜究，複不復注，弟識者諒之。

夢窗甲稿

詞集　余明為歷世第一大原據所藏鈔本覆校兩過

辛亥閏六月遹尹再至滬重校，見示廿七字

宋　四明　吳文英　君特

鎖寒窗

今吳下有一種玉蘭花，大如盞，與木筆異，種從峰為西洋玉蘭，蓋來自欽海，其香亦烈，儂之不覺，疑夢窗所詠此也

玉蘭

明鈔作海谷　王半山送鄞州知府宋諫議詩：海谷移文者，稀聞盡至添　未說谷，疑是裔之誤

紺縷堆雲，清顋潤玉，氾人初見。蠻腥未洗，海谷一懷淒惋。渺征槎、去乘閬風，占香上國幽心展。遺芳掩色，真姿凝澹，返魂騷畹。一盼。千金換。又笑伴鴟夷，共歸吳苑。離煙恨水，夢杳南天秋晚。比來時、瘦肌更銷，冷薰沁骨悲鄉遠。最傷情、送客咸陽，佩結西風怨。

海谷疑本亡海客　朱疏　家平泉山居草木記有海嶠之木蘭　今吳人文字玉蘭為木筆，實即辛夷，而木蘭別有是一種，吳郡治舊有木蘭堂是也

尉遲杯

四印齋校本

此新字因下句新字而訛
宜據詞綜改正

○賦楊公小蓬萊

垂楊徑洞鑰啟時遺流鶯迎涓涓暗谷流紅應有緗桃千頃臨池笑靨春色滿銅華弄妝影記年時試酒新（詞綜作湖）陰褪花曾采新杏　蛛窗繡網玄經纔石研開匳雨潤雲凝小小蓬萊香一掬愁不到朱嬌翠靚清尊伴人間永日斷琴和棊聲竹露冷笑從前醉卧紅塵不知仙在人境

渡江雲

○西湖清明

羞紅顰淺恨晚風未落片繡點重茵舊隄分燕尾桂

棹輕鷗寶勒倚殘雲千絲怨碧漸路入仙塢迷津腸漫回隔花時見背面楚腰身　逡巡題門惆悵墮履牽縈數幽期難準還始覺留情緣眼寬帶因春明朝事與孤煙冷做滿湖風雨愁人山黛暝澄波澹綠無痕

霜葉飛

○重九

斷煙離緒關心事斜陽紅隱霜樹半壺秋水薦黃花香噀西風雨縱玉勒輕飛迅羽淒涼誰弔荒臺古記醉踏南屏彩扇咽寒蟬倦夢不知蠻素　聊對舊節

送與迭通用疑原本亦是以毛書作迭不得遽斥其誤也
詞意自以送爲佳言山者不能礙碧也作意送字之謂

傳杯塵牋蠹管斷闋經歲慵賦小蟾斜影轉東籬夜冷殘蛩語早白髮緣愁萬縷驚飆從捲烏紗去漫細將茱萸看但約明年翠微高處

瑞鶴仙

○秋感

淚荷拋碎璧正漏雲篩雨斜掐窗隙林聲怨秋色對小山不送（迭毛誤）寸眉愁碧涼欺岸幘暮砧催銀屏翦尺最無聊燕去堂空舊幕暗塵羅額行客西園有分斷柳淒花似曾相識西風破屐林下路水邊石念寒蛩殘夢歸鴻心事那聽江村夜笛看雪飛蘋底蘆

梢。未如鬢白。

。春感

晴絲牽緒亂。對滄江斜日。花飛人遠。垂楊暗吳苑。正旗亭煙冷。河橋風暖。蘭情蕙盼。惹相思春根酒畔。又爭知吟骨縈消。漸把舊衫重翦。淒斷。流紅千浪。缺月孤樓。總難留燕。歌塵凝扇。待憑信。拚分鈿。試挑燈欲寫。還依不忍。牋幅偷和淚捲。寄殘雲賸雨蓬萊。也應夢見。

。贈絲鞵莊生

藕心抽瑩繭。引翠鍼行處。冰花成片。金門從迴輦。兩玉皇飛上繡絨塵輭綵絢侍宴曳天香春風宛轉傍星辰直上無聲緩躡素雲歸晚　奇跡平康得意醉踏香泥潤紅沾綫戛工詫見吳蠶唾海沈擅任眞珠裝綴春申客屨今日風流霧散待宣供禹步宸遊退朝燕殿

○餞郎糾曹之嚴陵分韻得直字

夜寒吳館窄漸酒闌燭暗猶分香澤輕颸展雲翮送高鴻飛過長安南陌漁磯舊迹有陳蕃虛牀挂壁掩庭扉蛛網黏花細草靜搖春碧　還憶洛陽年少風露秋槃歲華如昔長吟墮幘暮潮送富春客算玉堂

不染梅花清夢宫漏聲中夜直正蓮仙清瘦黃昏幾時覓得

贈道女陳華山內夫人

綵雲棲翡翠聽鳳笙吹下飛軿天際晴霞翦輕袂澹春姿雪態寒梅清泚東皇有意旋安排闌干十二早不知爲雨爲雲盡日建章門閉　堪比紅綃纖素紫燕輕盈內家標致游仙舊事星斗下夜香裏口華峰口口紙屏橫幅春色長供午睡更醉乘玉井秋風采花弄水

滿江紅

○澱山湖

雲氣樓臺分一派滄浪翠蓬開小景玉盆寒浸巧石盤松風送流花時過岸浪搖晴棟欲飛空算鮫宮祇隔一紅塵無路通　神女駕淩曉風明月佩響丁東對兩蛾猶鎖怨綠煙中秋色未教飛盡雁夕陽長是墜疏鐘又一聲欸乃過前巖移釣篷

解連環　○秋情

暮簷涼薄疑清風動竹故人來邈漸夜久閑引流螢弄微照素懷暗呈纖白夢遠雙成鳳笙杳玉繩西落

掩練帷倦入又惹舊愁汗香闌角　銀瓶恨沈斷索歎梧桐未秋露井先覺抱素影明月空閑早塵損丹青楚山依約翠冷紅衰怕驚起西池魚躍記湘娥絳綃暗解褪花墜萼

留別姜石帚

思和雲結斷江樓望睫雁飛無極正岸柳衰不堪攀忍持贈故人送秋行色歲晚來時暗香亂石橋南北又長亭暮雪點點淚痕總成相憶　杯前寸陰似擲幾酬花倡月連夜浮白省聽風聽雨笙簫向別枕倦醒絮颺空碧片葉愁紅趁一舸西風潮汐歎滄波路

既張疑刻胥清真
體有句云遺鈿見鈿
離年如政收字詩詞
中多以平聲字用

長夢短甚時到得

夜飛鵲

蔡司戶席上南花

金規印遥漢庭淚無紋清雪冷沁花薰天街曾醉美人畔涼枝移插烏巾西風驟驚散念枝懸愁結蔕翦離痕中郎舊恨寄横竹吹裂哀雲　空騰露華煙彩人影斷幽芬深閉千門渾似飛仙入夢羅襪微步流水青蘋輕冰潤口（選作玉）恨今朝不共清尊怕雲槎來晚流紅信杳縈斷秋魂

一寸金

衍爲宋筆工之擅場者虞伯生有贈筆工天遊子有元文与此同爲文人游藝之作

清真此詞上闋第七句叶均不闋則否夢窗兩解惟秋感一首上闋不協与清真同可徵是詞均律不必盡諧也

錦爲綿之誤 朱記

似係錦被此字當年

○贈筆工劉衍

秋入中山，臂隼牽盧，縱長獵。見駭毛飛雪，章臺獻穎。臞腰束縞，湯沐疏邑。筤管刊瓊牒。蒼梧恨、帝娥暗泣。陶郎老，憔悴玄香，禁苑猶催夜俱入。　自歎江湖雕𥖁，心盡相攜，蠹魚箧。念醉魂悠颺，折釵錦字，黠髯掀舞。流觴春帖。還倚荆溪檝。金刀氏、尙傳舊業。勞君爲、脫帽篷窗，寫情題水葉。

寫之膚

○秋感

秋壓更長，看見姮娥瘦如束。正古花搖落，寒蛩滿地，參梅吹老，玉龍橫笛。霜被芙蓉宿。紅錦透、尙欺暗燭。

擘字發旋此字宜平　夢窗用去上不可易　或入作平一例

昔賢謂義家無倍石之儲而一飯未嘗無客觀乎此詞題叙已足攷見其生平風誼之豪矣

洗字均例用對仗

觀此可證清真詞倍覺稱枝玉樹相倚映日明霞光飄二語同為偶句也

年年記一種淒涼繡幌金圓挂香玉　頑老情懷都無懽事良宵愛幽獨歎畫圖難做橘村砧思笠蓑有約蓴洲魚屋心景憑誰語商絃重袖寒轉軸疏籬下試覓重陽醉擘青露菊（句疑）

拜新月慢

姜石帚以盆蓮數十置中庭宴客其中（鐵網珊瑚作以盆蓮百餘本移置中庭宴客同賞）

絳雪生涼碧霞籠夜小立中庭蕪地昨夢西湖老扁舟身世歎遊蕩暫賞吟花酌露尊俎冷玉紅香罍洗眼眩意迷古陶洲十里（鐵網珊瑚作千里）　翠參差澹月平芳

草窗足調第三均字數以同而句投迥異詞中切盎字用韵遠辭不見雕琢酒生醉之誤 前當宜協

注字華鈔者之誤會行書与泫字同之筆故非原作泣也 亦海字一作外乃吳特自注 宜據以附注于句下

消夫魚水本在惠山吳地記[illegible]山美泉本唐以後始改惠名黃 乞無復知者矣也 今山泉井前一池有龍首以白石琢成甚古題泉自龍吻出珠數玉濺極清寒之致蓋宋以前名跡也

可徵舊譜零佚南宋後知之者寡已 之葉金黃子過片六語之酒原作必是醉字與此同

砌。甎花浣小(鐵網珊瑚作細)。浪魚鱗起。霧盎淺障青羅。洗湘娥春膩。蕩蘭煙麝馥濃侵酒。吹不散、繡屋重門閉。又怕便綠減西風。泣(鐵網珊瑚作泣)秋縈燭外。(鐵網珊瑚作淚並注云一作外)

水龍吟 (汲古作酹惠泉山 手稿本) (汲古作人聲題宜)

。惠山酌泉 (宜據朱刻改作酌)

豔陽不到青山。古陰(鐵網珊瑚作淺煙)冷翠成秋苑。吳娃點黛。江妃擁髻。空濛遮斷。樹密藏溪。草深迷市。峭雲一片。二十年舊夢。輕鷗素約。霜絲亂、朱顏變。龍吻春霏玉濺。煮銀瓶、羊腸車轉。臨泉照影。清寒沁骨。客塵都浣。鴻漸重來。夜深華表。露零鶴怨。把閑愁換與樓

酒醉之字以義近誤 初律以為 夢窗詞有因同音字類相訛者如義當是此 枝葉近之 馬足當舉一為同義互譌之例

疏譌毛本誤作疏

前晚色棹滄波鐵綱珊瑚作涵遠

○賦張斗墅家古松五粒

有人獨立空山翠髯未覺霜顏老新香秀粒濃光綠浸千年春小布影參旗障空雲蓋沈沈秋曉駟蒼虬萬里笙吹鳳女驂飛乘天風裹　般巧霜斤不到漢遊仙相從最早皺鱗細雨層陰藏月朱弦古調問訊東橋故人南嶺倚天口詞譜作長嘯待凌霄謝了山深歲晚素心財表

○壽尹梅津

望春樓外滄波舊年照眼青銅鏡煉成寶月飛來天

此又一格乃句中之韻調非別體也

吉莽數種与上新樓均通

夢詞湘月前

幾以形近訛

上銀河流影紺玉鉤簾處橫犀塵天香分鼎記殷雲殿瑣裁花翦露曲江畔春風勁　槐省紅塵晝靜午朝回吟生晚興春霖繡筆鶯邊清曉金狨旋整閬苑芝仙貌生綃對綠窗深景弄瓊英數點宮梅信早占年光永

送萬信州

幾番時事重論座中共惜斜陽下今朝翦柳東風送客功名近也約住飛花暫聽留燕更攀情話問千牙過闕一封入奏忠孝事都應寫　聞道蘭臺清暇載毛誤幾鴟夷煙江一舸貞元舊曲如今誰聽惟公和寡

兒騎空迎舜瞳回盼玉階前借便急回暖律天邊海上正春寒夜

。癸卯元夕

澹雲籠月微黃柳絲淺色東風緊夜寒舊事春期新恨眉山碧遠塵陌飄香繡簾垂戶趁時妝面鈿車催去急珠囊袖冷愁如海情一綫　猶記初來吳苑未清霜飛鷺霜鬢嬉遊是處風光無際舞葱歌蒨陳迹征衫老容華境懽悰都盡向殘燈夢短梅花曉角為誰吟怨

玉燭新

夢窗詞凡清真所用字律誤墨字無必出入如是解袖字均上一字屬平則練為練訛舊言花色不解也無疑今北巡猶有此舊字

此調清真入聲字律夢窗悉依之時以墨圍點於字旁

。春情

花穿簾隙透向夢裏消春酒中延晝嫩篁細掐相思字墮粉輕霑（毛衍粘）綀袖章臺別後展繡絡紅蔫香舊□□□應數歸舟愁凝畫闌眉柳　移燈夜語西窗逗曉帳迷香問何時又素紈乍試還憶是繡懶思酸時候□蘭清蕙（杜校作蘭清蕙秀）總未比蛾眉螓首誰憩與惟有金籠春簧細奏

綀、練之誤

明鈔作練

室據杜校補字蓋下

簧、龍本集中數見之此用春簧之是黃鶯兒鸚鵡也

清字以下闕第四字叶夢窗移十上闕蓋韻一字全之上下可通用也

解語花

。梅花

門橫皺碧路入蒼煙春近江南岸暮寒如翦臨溪影

華字非叶 此句亦有不用夾協例者

[illegible]

一一半斜淸淺飛霙弄晚蕩千里暗香平遠端正看瓊樹三枝總似蘭昌見　酥瑩雲容夜暖伴蘭翹淸瘦簫鳳柔婉冷雲荒翠幽棲久無語暗申春怨東風半面料準擬何郎詞（詞綜作詩）卷歡未闌煙雨靑黃宜晝陰庭館

宴淸都

連理海棠

繡幄鴛鴦柱紅情密膩雲低護秦樹芳根兼（疑作鶼）倚花梢鈿合錦屏人妒東風睡足交枝正夢枕瑤釵燕股障灩蠟滿照歡叢嫠蟾冷落羞度　人間萬感幽

[illegible]

單華清慣浴，春盎風露。連鬟並暖，同心共結，向承恩處。憑誰爲歌長恨，暗殿鎖、秋燈夜語。敘舊期、不負春盟，紅朝翠暮。

壽榮王夫人

萬壑蓬萊路。非煙霧、五雲城闕深處。璇源媲鳳，瑤池種玉，煉顏金姥。長虹夢入僊懷，便洗日、銅華翠渚。向瑞世、獨占長春，蟠桃正飽風露。　殷勤漢殿傳卮，隔江雲起，暗飛靑羽。南山壽石，東周寶鼎，千秋鞏固。何時地拂龍衣，待迎入、玉京閶闔。看□□、騰擁湖船，三千綵御。

○秋感

萬里關河眼。愁凝處、渺渺殘照紅斂。天低遠樹。潮分斷港。路迴淮甸。吟鞭又指孤店。對玉露金風送晚。恨自古才子佳人、此景此情多感。吳王故苑。別來良朋雅集。空歎蓬轉。揮毫記燭。飛觴趕月。夢消香斷。區區去情何限。倩片紙丁寧。過雁寄相思。寒雨燈窗。芙蓉舊院。

齊天樂

○齊雲樓

淩朝一片陽臺影。飛來太空不去。棟與參橫。簾鉤斗

是曲凡入聲字
律夢窗今案
諸作證以墨圍
識之以冀後學
里与壽霧璿璣
古依諸同用之例

曲西北城高幾許天聲似語便閶闔輕排虹河平遡問幾陰晴霸吳平地漫今古　西山橫黛瞰碧眼明應不到煙際沈鷺卧笛長吟層霾乍裂寒月溟濛千里憑虛醉舞夢凝白闌干化爲飛霧淨洗靑紅驟飛滄海雨

春暮

新煙初試花如夢疑收楚峰殘雨茂苑人歸秦樓燕宿同惜天涯爲旅遊情最苦早柔絲迷津亂莎荒圃數樹梨花晚風吹墮半汀鷺　流紅江上去遠翠尊曾共醉雲外別墅澹月鞦韆幽香巷陌愁結傷春深

處聽歌看舞駐不得當時柳蠻櫻素睡起懨懨洞簫
誰院宇

別情

煙波桃葉西陵路（陽春白雪作渡）十年斷魂潮尾古柳重攀
輕漚聚（陽春白雪作斂）別陳迹危亭獨倚涼颸乍起渺煙磧
飛帆暮山橫翠但有江花共臨秋鏡照憔悴　華堂
燭暗送客眼波回盼處芳豔流水素骨凝冰柔葱蘸
雪猶憶分瓜深意清尊未洗夢不溼行雲漫沾殘淚
可惜秋宵亂蛩疏雨裏（聚別詞譜作驟別按花外集有執手聚別語正與此合似非譌字杜校从譜今仍毛本）

○壽榮王夫人

玉皇重賜瑤池宴瓊筵第二十四。萬象澄秋。羣裾曳玉。清澈、冰壺人世。鼇峰對起。許分得鈞天。鳳絲龍吹。翠羽飛來。舞鸞曾賦曼桃字。　鶴胎曾夢電繞。桂根看驟長。玉幹金蕊。少海波新。芳茅露滴、涼入、堂階綵戲。香霖乍洗。擁蓮媛、三千。羽裳風佩。聖姥朝元。煉顏銀漢水。

○贈姜石帚

餘香纔潤鸞綃汗。秋風夜來先起。霧、鎖林深。藍浮野闊、一笛、漁蓑鷗外。紅塵萬里。就中決銀河。冷涵空翠。

硯箋皆白石琢硯見諸詩詞故君特贈古及之也昔賢舉典屬辭非虛語於斯益信

岸觜沙平。水楊陰下晚初艤。桃溪人住最久。淚吟誰得到。蘭蕙疏綺。研色寒雲。箋聲亂葉。蘄竹簟紋如水。笙歌醉裏。步明月丁東。靜傳環佩。更展芳塘種花招燕子。

東坡題書軒詩 雨昏石硯寒雲色 風動牙籤亂葉聲

掃花遊

西湖寒食

冷空澹碧。帶翳柳輕雲。護花深霧。豔晨易午。正笙簫競沸。（毛誤波）綺羅爭路。驟捲風埃。半掩長蛾翠嫵。散紅縷。漸紅溼杏泥。愁燕無語。乘蓋爭避處。就解佩旗亭。故人相遇。恨春太妒。濺行裙更惜。鳳鉤塵汙。酹入

梅根萬點啼痕暗樹峭寒暮更蕭蕭隴頭人去

○春雪

水雲共色漸斷岸飛花雨聲初峭步帷素嫋想玉人誤惜章臺春老岫斂愁蛾半洗鉛華未曉艤輕棹似山陰夜晴乘興初到 心事春縹緲記徧地梨花弄月斜照舊時鬬草恨淩波路鑰小庭深窈凍澀瓊簫漸入東風郢調暖回早醉西園亂紅休掃

○贈芸隱

草生夢碧正燕子簾幃影遲春午倦茶薦乳看風籤亂葉老沙昏雨古簡蟫篇種得雲芸疑作根療蠹最清

蘇州府志西園在閶門西洛人趙思葉如張孝祥大書其扁曰古江村中有丘壑堂呈山其地以于湖得名故詞中云溪連以詠張侍中遺跡

楚。帶明月自鋤花外幽圃。醒眼看醉舞。到應事無心。與閒同趣。小山有語。恨逋僊占卻暗香吟賦。暖逼書牀。帶草春搖翠露。未歸去。正長安輭紅如霧。

送春古江村

水圓沁碧。驟夜雨飄紅。竟空林島。豔春過了。有塵香墜鈿。尚遺芳草。步繞新陰。漸覺交枝徑小。醉深窈窕綠葉翠圓。勝看花好。　芳架雪未掃。怪翠被佳人困迷清曉。柳絲繫棹。問閶門自古。送春多少。倦蝶慵飛故撲簪花破帽。酹殘照。掩重城暮鐘不到。

應天長

以清真詞校，前首句無協例。麗字暗叶例，此對句起字協均句白石暗紅衣對題次句暗協之律同一氣例。表遊近空作檀吹之語亦可為反證之誤。此調第四句及下闋四句第五絕二字是要協。清真月協同例。清真兩解起句平仄互見，此同惟第七句周作以三字領。

○吳門元夕 以形近訛

麗花鬭靨。清麝濺塵。春聲徧滿毛誤偏漏芳陌。竟路障空雲幕。冰壺浸霞色。芙蓉口詞譜作鏡詞賦客。競繡筆。醉嫌天色毛注作容素娥下。小駐輕鑣。眼亂紅碧。　前事頓非昔。故苑年光。渾與世相隔。向暮巷空人絕。殘燈耿塵壁。凌波恨。簾戶寂。聽怨寫墮梅哀笛。竚立久。雨暗河橋。譙漏疏滴。

色字大誤。毛注色字空格訂正。第五句之青色字詢為得重押。

風流子

○芍藥

金谷已空塵。薰風轉、國色返春魂。半敧雪醉。霏舞低

句此少一字未知舊譜有是體否

詫字室平鈔本作花

鸞翅絳籠蜜炬綠映龍盆窈窕繡窗人睡起臨砌脈無言慵整墮鬟怨時遲暮可憐憔悴啼雨黃昏　輕橈移花市秋娘渡飛浪濺溼行裙二十四橋南北羅薦香分念碎劈芳心縈思千縷贈將幽素偷翦重雲終待鳳池歸去催詠紅翻

前題

温柔酣紫曲揚州路夢繞翠盤龍似日長傍枕墮妝偏鬢露濃如酒微醉敧紅自別楚嬌天正遠傾國見吳宮銀燭夜闌暗聞香澤翠陰秋寂重返春風　芳期嗟輕誤詫君去腸斷妾若爲容惆悵舞衣疊損露

綺千重料繡窗曲理紅牙拍碎禁階敲徧白玉盂空猶記弄花相謔十二闌東

過秦樓

芙蓉

藻國淒迷麴瀾澄映怨入粉煙藍霧香籠麝水膩漲紅波一鏡萬妝爭妒湘女歸魂佩環玉冷無聲凝情誰愬又江空月墮淩波塵起綵鐵網珊瑚作繡鴛愁舞還暗憶鈿合蘭橈絲牽瓊腕見的更憐心苦玲瓏翠幄輕薄冰綃穩稱錦雲留住生怕哀蟬暗驚秋被紅衰啼珠零露能自注去聲西風老盡羞趁東風嫁與

碧字當入聲方合律
哽協去聲非協
而據清真集
[illegible]字
不協協如

翳字是去聲
清真香字以同
此前和此詞作平
去段[illegible]此字亦[illegible]

還京樂

○友人泛湖命樂工以箏笙琵琶方響迭奏

題首八字据鐵網珊瑚補

此句於清真之聲音律上[illegible]趙本合良工心苦矣

宴蘭溆促奏絲縈筦裂飛繁響似漢宮人去夜深獨語胡沙淒哽對雁斜玫柱瓊瓊弄玉鐵網珊瑚作月臨秋影鳳吹遠河漢去杳毛誤楂鐵網珊瑚作裊天風飄冷　泛清商竟轉銅壺敲漏瑤牀二八青娥環佩再整菱歌四碧無聲變須臾翠翳紅暝歎梨園今調絕音希愁深未醒桂檝輕如翼歸霞時點清鏡

翼字必須用入聲
清真詞用律亦用聲字
夢窗亦知題苦心孤詣

塞翁吟

綠齋手鈔玉樓沈注補之
詞句補入

石湖詩集有小春海棠
絕句是其例有由來也
江南春前五十月一再華
謂之過小春此小春海
棠所以命名者其以
改秋日大誤宜據君
將手寫本更訂之

○贈宏庵

草色新宮綬還跨紫陌驕驄好花是晚開紅冷菊最香濃黃簾綠幕蕭蕭夢燈外換幾秋風敘往約桂花宮爲别翦珍叢　雕櫳行人去秦腰褪玉心事稱吳妝毛誤女暈濃向春夜閨情賦就想初寄上國書時唱入眉峰歸來共酒窈窕紋窗蓮卸新蓬

丁香結　北墉老人不樓霜花腴寄李苻是劍之溪非是

秋日作小春鐵網珊瑚海棠　初冬記十月爲小春

香嫋紅霏影高銀燭曾縱夜遊濃醉正錦温瓊膩被燕踏暖雪驚翻庭砌馬嘶人散後秋風換故園夢裏

吳霜融曉陸覺（鐵網珊瑚作頓）暗動偷春花意 還似海霧冷僊山喚覺環兒半睡淺薄朱脣嬌羞豔色自傷時背簾外寒挂澹月向日（鐵網珊瑚作立）鞦韆地懷春情不斷猶帶相思舊字

六么令

七夕

露蛩初響機杼還催織婺星爲情慵懶佇立明河側不見津頭艇子望絕南飛翼雲梁千尺塵緣一點回首西風又陳迹 那知天上計拙乞巧樓南北瓜果幾度淒涼寂寞羅池客人事回廊縹緲誰見金釵擘

今夕何夕。杯殘月墮。但耿銀河漫天碧。

隔浦蓮近

。泊長橋過重午

榴花依舊照眼。愁褪紅絲腕。夢繞煙江路。汀菰綠薰風晚。年少驚送遠。吳蠶老。恨緒縈抽繭。　旅情懶扁舟繫處。青帘濁酒須喚。一番重午。旋買香蒲浮琖。新月湖光蕩素練。人散。紅衣香在南岸。

荔支香近

。送人遊南徐

錦帶吳鉤征思。橫淮水。夜吟敲落霜紅。船傍楓橋繫。

話吾話之謂只一横上云到置
夢窗詞生平鈔本之
謂誤甚多或以音近或
以形似或以義同或以習
用之字致及其原辭脫顛
倒者不一而足如此劉律字
即以類誤寫大有步字
其的的盡疑義矣

相思不管年華。喚酒吳娃市。因話駐車（馬）新堤（句疑）步秋綺。淮楚尾。暮雲送人千里。細雨南樓香密錦溫曾醉。花谷依然。秀靨偷春小桃李。爲語夢窗憔悴。

○七夕

睡輕時聞晚鵲。噪庭樹。又說今夕天津西畔重歡遇。蛛絲暗鎖紅樓。燕子穿簾處。天上。未比人間更情苦。秋鬢改。妒月姊長眉嫵。過雨西風。數葉井梧愁舞。夢入藍橋。幾點疏星映朱戶。淚溼沙邊凝竚。

句疑二字當注於李字下

浪淘沙慢

○賦李尚書山園

此因底經二字音近致誤而脫一連屬
毛杜均誤蓋鈔本誤
底經二字連屬寫之
遂致誤脫
杜校蓋强爲之此
律不特不知而復
於音律真詞學封
勘乎

踏莎二叶
平韻與換字與清真同
此宮及集存疑
録霜花腴寫本

夢仙到。吹笙路杳。度巘雲滑。溪谷冰綃未裂。金鋪晝鎖乍掣。見竹靜梅深。春海闊。有新燕簾底。玉夢湘一日此下脫一字杜校非是說念漢履無聲。跨鯨遠。年年謝橋月。曲折晝闌晝日。憑熱半蜃起。玲瓏樓閣畔。縹緲鴻去絕飛絮。颺東風。天外歌闋。睡紅醉纈。還是催寒食。看花時節。花下蒼苔。盛羅襪。銀燭短。漏壺易竭。料池柳。不攀春送別。倩玉兔別搗秋香。更醉路。千山冷翠飛晴雪。

振平寫本重校定

西平樂慢

春感二字必是毛氏真何不據鐵網珊瑚改正

春感重過西湖先賢堂　按鐵網珊瑚無春感宋作過西湖先賢堂傷今感昔泣然出涕

毛刻之郎録至宜更訂

此因音形相近而上下文誤脫又經校者所改不諳聲律之過

杜校云从姚鈔改補云晝闌低說　欽說二字是晝字非

岸壓郵亭路敧華表隄樹舊色依依紅索新晴翠陰寒食天涯倦客鐵網珊瑚作客又重歸歎廢綠平煙帶苑幽渚塵香蕩晚當時燕子無言對立斜暉追念吟風賞月十載事夢惹緑楊絲畫船爲市天妝豔水日落雲沈人換春移誰更與苔根澆鐵網珊瑚作洗石菊井招魂漫省連車載酒立馬臨花猶認蔫紅傍路枝歌斷讌闌榮華露草冷鐵網珊瑚作零落山邱到此徘徊細雨西城羊曇醉後花飛鐵網珊瑚作過此西州恨北西州羊曇泪落沾衣

瑞龍吟

○送梅津

黯分袖。腸斷去水流萍。住船繫柳。吳宮曉毛注當作嬌月

嬈花。醉題恨倚。蠻江豆蔻。吐春繡。筆底麗情多少。

眼波眉岫。新園鎖卻愁陰。露黃漫委。寒香半畝。還

背垂虹秋去。四橋煙雨。一宵歌酒。猶憶翠微攜壺烏

帽風驟。西湖到日。重見梅鈿皺。誰家聽琵琶未了。朝

驄嘶漏。印剖黃金籀。待來共凭齊雲話舊。莫唱朱櫻

口。生怕遣樓前行雲知後。淚鴻怨角。空教人瘦。

德清清明競渡

大溪面。遥望繡羽衝煙。錦梭飛練。桃花三十六陂。鮫

宮睡起。嬌雷乍轉。去如箭催趁戲旗遊鼓。素瀾雪

濺東風冷溼蛟腥澹陰送晝輕霏弄晚　洲上青蘋
生處鬬春不管懷沙人遠殘日半開一川花影零亂
山屏醉纈連棹東西岸闌干倒千紅妝靨鉛香不斷
傍暝疎簾捲翠漣皺淨笙歌未散簪柳嬌桃嫩（陽春白雪作門）
歸懶猶自有玉龍黃昏吹怨重雲暗閣春霖一片

大酺

荷塘小隱

峭石帆收歸期差林沼半銷紅碧漁蓑樵笠畔買佳
鄰翻蓋浣花新宅地鑿桃陰天澄藻鏡聊與漁郎分
席滄波耕不碎似藍田初種翠煙生璧料情屬新蓮

初本其亡不無而已矣善校詞非研律不比詞以聲律為之式私律不得只与其言詞他學之詩亦之異同於中音證之一是所可敬於斯之不須治漢經生師說存古之例也

著字与下闋得字疑當用入聲字為此調之定律校清真詞用月位二字律亦同可徵夢窗律之難学者於此別易忽之

夢鷩春草斷橋相識　平生江海客秀懷抱雲錦當秋織任歲晚陶籬菊暗逋塚梅荒總輸玉井嘗甘液忍棄紅香葉集楚裳西風催著正明月秋無極歸隱何處門外垂楊天窄放船五湖夜色

解蹀躞

別情

此調起句与清真異实同律也

醉雲又兼醒雨楚夢時來往倦蜂剛著梨花惹游蕩還做一段相思冷波葉舞愁紅送人雙槳　暗凝想情共天涯秋黯朱橋鎖深巷會稀投得輕分頓惆悵此去幽曲誰來可憐殘照西風半妝樓上

過片句淸眞拗一字乞
淮左審選

此從於美成入聲字律
一一吻合　今許墨識

倒犯

○贈黃復菴

茂苑共鶯花醉吟歲華如許江湖夜雨傳書問雁多幽阻淸溪上慣來往扁舟輕如羽到興懶歸來玉冷耕雲風挼瓊瓣賦金縷　回首詞場動地聲名春雷初啟戶枕水卧漱石數間屋梅一塢待共結良朋侶載淸尊隨花追野步要未若城南分取溪隈佳晝長看柳舞

是詞下闋瘦硬如誦少陵東川詩有偃蹇空山之槩

花犯

○謝黃復庵除夜寄古梅枝

清真第七句倚字當叶，夢窗次首仍同，此異。

去上兩音

空白凍 此以形言近

洛

本集木蘭花慢

芳騷斷凍草

可證

玉字叶平

昨字白平

月字上平

作叶平

分字周詞白去聲字

翦橫枝、清溪分影。翛然鏡空曉。小窗春到。憐夜冷孀娥。相伴孤照。古苔淚鎖霜千點。蒼華人共老。料淺雪黃昏。驛路。飛香遺冷詞錄作暗詞鵠作凍草。行雲夢中認瓊娘。冰肌瘦、窈窕。風前纖縞。殘醉醒。屏山外。翠禽聲小。寒泉貯、紺壺漸暖。年事對、青燈驚換了。但恐舞一簾胡蝶。玉龍吹又杳。

案下闋水句似三字逗，微與清真異

○郭希道送水仙索賦 毛作水仙，據鐵網珊瑚改

小娉婷。清鉛素靨。蜂黃暗偷暈。翠翹攲鬢。昨夜冷中庭。月下相認。睡濃更苦淒風緊。驚回心未穩。送曉色一壺蔥蒨。纔知花夢準。湘娥化作此幽芳。淩波路、

春里禊都城西池之晚
池晚看本不泪取改
承天下常有寺字
今寺在都亭橋堍

古岸雲沙遺恨臨砌影寒香亂凍梅藏韻薰爐畔旋移傍枕還又見玉人垂紺鬒料喚賞清華池館鐵網珊瑚作晚臺杯須滿引

明鈔作館

浣溪沙

觀吳人歲旦遊承天

千蓋籠花鬭勝春東風無力掃香塵盡沿高閣步紅雲　閒裏暗牽經歲恨街頭多認舊年人晚鐘催散又黃昏

琴川慧日寺蠟梅

蝶粉蜂黃大小喬中庭寒盡雪微銷一般清瘦各無

聊　窗下和香封遠訊牆頭飛玉怨鄰簫夜來風雨洗春嬌

○春情

門隔花深夢舊遊夕陽無語燕歸愁玉纖香動小簾鈎　落絮無聲春墮淚行雲有影月含羞東風臨夜冷於秋

○桂

曲角深簾隱洞房正嫌玉骨易愁黃好花偏占一秋香　夜氣清時初傍枕曉光分處未開窗可憐人似月中孀（毛刻此闋後另行出梨花欲謝恐難禁七字係漱玉句刪）此注可刪

玉樓春

○京市舞女

茸茸貍帽遮梅額金蟬羅翦胡衫窄乘肩爭看小腰身倦態强隨閒鼓笛　問稱家住武林舊事作在城東陌欲買千金應不惜歸來困頓殢春眠猶夢婆娑斜趁拍

點絳脣

○春暮

時霎清明載花不過西園路嫩陰綠樹政是春留處　燕子重來往事東流去征衫貯舊寒一縷淚溼風簾絮

此詞見武林舊
事引之明楊
升庵以爲乘肩
者誤繆也
乘肩小女舞戲之
一類今迎頭之有
背閣皆小女郎妝飾
戲劇對立肩上或多
至三人之數跳舞撥擾
水滸傳中有人承梁
春秋會傳有之蓋
昉于北宋舞樂也
此詞所謂以肩身臣之
又其輕妙之技耳

○試燈夜初晴

捲盡愁雲素娥臨夜新梳洗暗塵不起酥潤淩波地輦路重來彷佛燈前事情如水小樓薰被春夢笙歌裏

訴衷情

春曉

陰陰綠潤暗啼鴉陌上斷香車紅雲深處春在飛出建章花　春此去那天涯幾煙沙忽教芳草狼藉斜陽人未歸家

春情

柳腰空舞翠裙煙盡日不成眠花塵浪捲清晝漸變晚陰天　吳社水繫游船又經年東風不管燕子初來一夜春寒

○七夕

西風吹鶴到人間涼月滿緱山銀河萬里秋浪重載客槎還　河漢女巧雲鬟夜闌干釵頭新約鍼眼嬌顰樓上秋寒

夜遊宮

○竹窗聽雨坐久隱几就睡既覺見水仙娟娟于燈影中

響字於叶冷吳音
訢浪初此叢棱韵通
用之證丙棠獻仙音
冷均亦同

窗外捎溪雨響映窗裏嚼花燈冷渾似瀟湘繫孤艇見幽仙步淩波月邊影　香苦欺寒勁牽夢繞滄濤千頃夢覺新愁舊風景紺雲敧玉搔斜酒初醒

○春晴

春語鶯迷翠柳煙隔斷晴波遠岫寒壓重簾幔掩繡袖鑪香倩東風與吹透　花訊催時候舊相思偏供閒晝春澹情濃半中酒玉痕消似梅花更清瘦

醉桃源

○贈盧長笛

沙河塘上舊遊嬉盧郎年少時一聲長笛月中吹和

雲和雁飛　驚物換歎星移相看兩鬢絲斷腸吳苑
草淒淒倚樓人未歸

○芙蓉

青春花姊不同時淒涼生較遲豔妝臨水最相宜風
來吹繡漪　驚舊事問長眉月明儂夢回凭闌人但
覺秋肥花愁人不知

○會飲豐樂樓

翠陰濃合曉鶯隄春如日墜西畫圖新展遠山齊花
深十二梯　風絮晚醉魂迷隔城聞馬嘶落紅微沁
繡鴛泥鞦韆教放低

如夢令

春景

鞦韆爭鬧粉牆閒看燕紫鶯黃啼到綠陰處喚回淚子閒忙春光春光正是拾翠尋芳

望江南

賦畫臨照女

衣白苧雪面墮愁鬟不識朝雲行雨處空隨春夢到人間留向畫圖看　慵臨鏡流水洗花顏自織蒼煙湘淚冷誰撈明月海波寒天澹霧漫漫

茶

坊

松風遠鶯燕靜幽芳妝褪官梅人倦繡夢回春草日初長瓷碗試新湯　笙歌斷情與絮悠颺石乳飛時離鳳怨玉纖分處露花香人去月侵廊

定風波

春情

密約偷香□踏青。小車隨馬過南屏。回首東風消鬢影。重省。十年心事夜船燈。　離骨漸塵橋下水。到頭難滅景中情。兩岸落花殘酒醒。煙冷。人家垂柳未清明。

月中行

和黄復庵

疏桐翠竹早驚秋葉葉雨聲愁燈前倦客老貂裘燕去柳邊樓　吳宮寂寞空煙水渾不認舊朱菱洲秋花旋結小盤虬蝶怨夜香留

虞美人

秋感

背庭緣恐花羞墜心事遥山裏小簾愁捲月籠明一寸秋懷禁得幾蛩聲　井梧不放西風起供與離人睡夢和新月未圓時起看簷蛛結網又尋思

菩薩蠻

春情

綠波碧草長隄色東風不管春狠藉魚沫細痕圓燕泥花唾乾　無情牽怨抑畫舸紅樓側斜日起憑闌垂楊舞曉寒

賀新郎

湖上有所贈

湖上芙蓉早。向北山、山（丁稿複刻作煙）深霧冷。更看花好。流水茫茫城下。夢空指遊仙路杳。笑蘿障雲屏親到。雪玉肌膚春温夜。飲湖光山淥成花貌。臨澗水。弄清照。著愁不盡宮眉小。聽一聲、相思曲裏。賦情多少。紅日闌干鴛鴦枕。那枉裙腰褪了。算誰識垂楊杈(丁稿作秋)嫋。不是秦樓無緣分。點吳霜、羞帶簪花帽。但殢酒任天曉。

○爲德清趙令君賦小垂虹

浪影龜紋皺。蘸平煙青紅半濕。枕溪窗牖。千尺晴霞慵臥水。(丁稿作映碧漪)萬疊羅屏擁繡。漫幾度吳船回首。歸雁(丁稿作興)五湖應不到。問蒼茫釣雪人知否。樵唱杳度深秀。　重來趁得花時候。記留連空山夜雨。短亭春酒。桃李新栽成蹊處。盡是行人去後。但東閣官梅清瘦。欸乃一聲山水綠。燕無言風定垂(丁稿作紅)簾晝。寒正

詞意用硬泥故實 書中
況有空城放琴客
詩曰琴客空城之妻
妾也宣城靖老妻
妾出嫁此況放其舊
而盼其新 詩不云乎
其新孔嘉其舊如之何

悄。彈吟袖。

婆羅門引

○為懷寧趙仇香賦

香霏汎酒瘴花初洗玉壺冰西風乍入吳城吹徹玉笙何處曾說董雙成奈司空經慣未暢高情 瑤臺幾層但夢繞曲闌行空憶雙蟬口翠寂寂秋聲堂空露涼倩誰喚行雲來洞庭團扇月只隔煙屏

○郭清華席上為放琴客而新有所盼賦以見喜

風漣亂翠酒霏飄汗洗新妝幽情暗寄蓮房弄雪調

冰重會臨水暮追涼正碧雲不破素月微行　雙成夜笙斷舊曲解明璫別有紅嬌粉潤初試霓裳分蓮詞譜作蓮調郎又黏惹花茸碧唾香波暈切一盼秋光

祝英臺近

○悼得趣贈宏庵按得趣居士周氏爲丁宏庵妾陽春白雪有得趣和基仲瑞鶴仙一調郎宏庵也杜校謂題有脫誤非

黯春陰收燈後寂寞幾簾戶一片花飛人駕綵雲去應是蛛網金徽拍天寒水恨聲斷孤鴻洛浦　對君訴團扇輕委桃花流紅爲誰賦□□□□從今醉何處可憐憔悴文園曲屏春到斷腸句落梅愁雨

○上元

晚雲開朝雪霽時節又燈市夜約遺香南陌少年事笙簫一片紅雲飛來海上繡簾捲緗桃春起　舊遊地素蛾城闕年年新妝趁羅綺玉練冰輪無塵涴流水曉霞紅處啼鴉艮宵一夢畫堂正日長人睡素蛾杜校改素娥按武林舊事元夕節物婦人皆戴珠翠鬧蛾游手浮浪輩則以白紙爲大蟬謂之夜蛾作娥非是

西子妝慢　夢窗自度腔　按毛刻此注當統下九調而言

○湖上清明薄游

流水麴塵豔陽醅酒畫舸遊情如霧笑拈芳草不知名口詞譜作乍淩波斷橋西堍垂楊漫舞總不解將春繫

用平萍字少欠精細
而萬氏詞律不悉其
源所以注云可平於戾
字都又漏注昔人於
審律未臻深考
可知又杜氏校詞律
云[illegible]酒之[illegible]當作詞
[illegible]按此也[illegible]今杜田
都也仍楚少字上未之
訛作也
名方[illegible]銘
棠 用魏徵甘棠笏
故實、唐書[illegible]
傳
名 毛本原文正誤
朱存理刻[illegible]
[illegible]之銘且笏[illegible]
[illegible]銘有名[illegible]

佳燕歸來問綵繩纖手如今何許　懽盟誤一箭流
光又趁寒食去不堪衰鬢著飛花傍綠陰冷煙深樹
玄都秀句記前度劉郎曾賦最傷心一片孤山細雨

江南春

○自度腔小石賦張葯翁杜衡山莊（題首九字据鐵網珊瑚補按　四庫全書總目夢窗詞提要引此葯翁作筠莊）

風響牙籤雲寒（鐵網珊瑚作皆）古硯芳銘猶在堂笏秋牀聽
雨妙謝庭春草吟筆城市喧鳴轍清溪上小山秀潔
便向此搜松訪石葺屋營花紅塵遠避風月　瞿塘
路隨漢節記羽扇綸巾氣凌諸葛青天萬里料漫憶

蓴絲鱸雪車馬從休歇榮華（鐵網珊瑚作辱）事醉歌耳熱天
與此翁芳芷嘉名紉蘭佩兮瓊玦

夢芙蓉

趙昌芙蓉圖梅津所藏

西風搖步綺。記長隄驟過。紫騮十里。斷橋南岸。人在晚霞外。錦温花共醉。當時曾共秋被。自別霓裳。應紅銷翠冷。霜枕正慵起。　慘澹西湖柳底。搖蕩秋魂。夜月歸環佩。畫圖重展。驚認舊梳洗。去來雙翡翠。難傳眼恨眉意。夢斷瓊娘。儷雲深路杳。城影蘸流水。

高山流水

癸字杜氏謂傳叶非也詞均例遵白石翠樓吟以夢西湖與霽為韵

杜氏詞律捨遠（此詞）據宴臣但仙雲路杳證以上閣庭紅銷翠冷句當從三平兩仄第廿句上法收句五字調複不能無疑

此字疑亦但之訛也

兩此字連用可疑

然亦他作可校訂也

杜校引姚鈔以碧窗係噴花茸

○丁基仲側室善絲桐賦詠曉達音呂備歌舞之妙

素絃一一起秋風寫柔情多在春葱徽外斷腸聲霜霄暗落驚鴻低顰處翦綠裁紅仙郎伴新製還賡舊曲映月簾櫳似名花並蔕日日醉春濃　吳中空傳有西子應不解換徵移宮蘭蕙滿襟懷唾碧總噴花茸後堂深想費春工客愁重時聽蕉寒雨碎淚溼瓊鍾慿風流也稱金屋貯嬌慵

霜花腴

○重陽前一日汎石湖

寧字宜用入聲

醫字宜用入聲

翠微路窄醉晚風憑誰爲整攲冠霜飽花腴燭銷人瘦秋光做也都難病懷强寬恨雁聲偏落歌前記年時舊宿淒涼暮煙秋雨野橋寒　妝靨鬢英爭豔度清商一曲暗墜金蟬芳節多陰蘭情稀會晴暉稱拂吟牋更移畫船引佩環邀下嬋娟算明朝未了重陽紫萸應耐看

澡蘭香

淮安重午

盤絲繫腕巧篆垂簪玉隱紺紗睡覺銀瓶露井彩箑雲窗往事少年依約爲當時曾寫榴裙傷心紅綃褪

汲古閣本自用字從稽 中行書見之不誤
吳氏引隨隱謂此二字
入錦繡恒見之字也

萼黍夢光陰漸老汀洲煙蒻 莫唱江南古調怨抑難招楚江沈魄薰風燕乳暗雨梅黄午鏡澡蘭簾幕念秦樓也擬人歸應翦菖蒲自酌但悵望一縷新蟾隨人天角

玉京謠

陳仲文自號藏一蓋取坡詩中萬人如海一身藏語爲度夷則商犯无射宮腔製此贈之

蝶夢迷清曉萬里無家歲晚貂裘敝載取琴書長安閒看桃李爛錦繡（隨隱漫錄作繡錦） 人海花場任客燕飄零

泥工校云逗上字
萬氏以翳為墮非是
此詞道谷亦同此誤
玉翳鏡二字余特
校吳集七稿探芳
信第二解然瑩
白傾意飛梅翳
鏡翳字塙證而
校訂明矣

此夢窗自度與探春慢音
調字律並同此結多一特
字何以初為兩調義不可解
明初以探春慢附末甚是
定之可校也

誰計春風裏香泥九陌文梁孤壘　微吟怕有詩聲翳鏡慵看但小樓獨倚金屋千嬌從他鴛暖秋被蕙帳移煙雨孤山待對影落梅清泚終不似江上翠微流水

探芳新

吳中元日承天寺遊人　鐵網珊瑚作自度腔高平賦元日能仁寺薄遊按承天寺又名能仁寺在蘇州府治西北隅見明一統志

此瑩字據改定

高平西調本

九街頭正轉塵潤酥雪消殘溜禊賞祇園花艷雲陰籠晝層梯峭空麝散擁淩波縈翠袖歎年端連環轉爛漫遊人如繡　腸斷迴廊竚久便寫意濺波傳愁

蹙岫漸沒飄鴻空惹閒情春瘦椒杯香乾醉醒怕西窗人散後暮寒深遲回處自攀庭柳

鳳池吟

○慶梅津自畿漕除右司郎官

萬丈巍臺碧罘罳外衮衮野馬遊塵舊文書几閣昏朝醉暮覆雨翻雲忽變清明紫垣敕使下星辰經年事靜公門如水帝甸陽春　長年父老相語幾百年見此獨駕冰輪又鳳鳴黃幕玉霄平遡鵲錦輕詞譜作新恩事詞譜作晝省中書半紅梅子薦鹽新歸來晚待慶詞譜作賡吟殿閣南薰

新字訛也輕此以音近
晝字訛也書以形近
慶訛也賡以形近

念奴嬌

○賦德淸縣圃明秀亭德淸毛作德明按卷中瑞龍吟賀新郎均賦德淸事乙稿燭影搖紅賦德淸縣圃紅梅宋無德明縣明應淸誤

思生晚眺岸烏紗平步春雲層綠罨畫屛風開四面各樣鶯花結束寒欲殘時香無著處千樹風前玉遊蜂飛過隔牆疑是金谷　偏稱晚色橫煙愁凝鬟鬢瀹生綃裙幅縹緲孤山南畔路相對花房竹屋溪足沙明巖陰石秀夢冷吟亭宿松風古澗高調月夜淸曲

惜紅衣

○余從姜石帚遊苕霅間三十五年矣重來傷今感昔聊以詠懷

鷺老秋絲蘋愁暮雪鬢那不白倒柳移栽如今暗溪碧烏衣細語傷絆惹茸紅曾約南陌前度劉郎尋流花蹤跡　朱樓水側雪面波光汀蓮沁顏色當時醉近繡箔夜吟口（詞譜作寂）三十六磯重到清夢冷雲南北買釣舟溪上應有煙蓑相識

江南好按此調即滿庭芳殆以坡詞有江南好句易名詞律於水調歌頭注云夢窗名江南好詞律拾遺謂與鳳凰臺上憶吹簫相近均誤

○友人還中吳密圍坐客杯深情浹不覺沾

明鈔已作新

新　宜從毛不誤

曰纖手已屬親言故以新

點為佳　明鈔已也新

醉越翼日吾儕載酒問奇字時齋示江南好詞紀前夕之事翻聊次韻

行錦歸來畫眉添嫵暗塵重拂雕籠穩瓶泉暖花溢（毛譌險）鬪春容閨窗籠香晻靄煩纖手親（毛譌新）點團龍温柔處垂楊嚲髻口暗豆花紅　行藏多是客鶯邊話別橘下相逢算江湖幽夢頻繞殘鐘好結梅兄礬弟莫輕似西燕南鴻偏宜醉寒欺酒力簾外凍雲重

按丁稿慶春宮有豆花寒落愁燈句前段末句疑脫燈字

雙雙燕

○賦題

小桃謝後雙雙燕飛來幾家庭戸輕煙曉暝湘水暮雲遥度簾外餘寒未捲共斜入紅樓深處相將占得雕梁似約韶光留住　堪舉翩翩翠羽楊柳岸泥香半和梅雨落花風輭戲促（毛誤從）亂紅飛舞多少呢喃意緒盡日向流鶯分訴還（詞譜作還憐又）過短牆誰會萬千言語

洞仙歌

○方庵春日花勝宴客爲得雛慶花翁賦詞俾屬韻末

芳辰良宴人日春朝並細縷青絲裹銀餅更玉犀金

鶯入新年語 杜少陵句

綵沾座分簪。歌圍睽、梅靨桃脣鬬勝。露房花曲折。鶯入新年添個宜男小山枕待枝上飽東風結子成陰。藍橋去、還覓瓊漿一飲。料別館西湖最情濃爛畫舫月明醉宮袍錦。

清真第二疊以下韵飛字復均 宋人詞不忌復均本集東坡子時字均之更可云此語非已 詩後稅汝不宜以

夢窗乙稿

江神子

○李別駕招飲海棠花下

翠紗籠袖映紅霏冷香飛洗凝脂睡足嬌多還是夜深宜翻怕迴廊花有影移燭暗放簾垂 尊前不按駐雲詞料花枝妒蛾眉丁視東風莫送片紅飛春重錦堂人盡醉和曉月帶花歸

○送桂花吳憲時已有檢詳之命未赴闕

天街如水翠塵空建章宮月明中人未歸來玉樹起秋風寶粟萬釘花露重催賜帶過垂虹 夜涼沈水

繡簾櫳酒香濃霧濛濛釵列吳娃腰裹帶金蟲三十六宮蟾觀冷留不住佩丁東

○十日荷塘小隱賞桂呈朔翁

西風來晚桂開遲月宮移到東籬蔌蔌驚塵吹下半冰規擬喚阿嬌來小隱金屋底亂香飛　重陽還是隔年期蝶相思客情知吳水吳煙愁裏更多詩一夜看承應未別秋好處雁來時

○送翁五峰自鶴江還都

西風一葉送行舟淺遲留艤汀洲新浴紅衣綠水帶香流應是離宮城外晚人竚立小簾鉤　新歸重省

明鈔本作放

窗字亦在江部

江字亦在陽部故今均江韻[illegible]非是後夢窗[illegible]律[illegible]當知詞均別有依據

庚陽本通江均則非古通之例但宋詞均例有[illegible]譌非可以古均通轉之例[illegible]也

[illegible]謂夢窗用均至嚴絕無江陽同用之例以此校之[illegible]已

别來愁黛眉頭半痕秋天上人間斜月繡鍼樓湘淚

莫迷花蝶夢江上約負輕鷗

風入松

案乙部木蘭花慢第四解首句[illegible]字均二月古同聲 旁叶

○爲友人訪琴客賦 按甲稿婆羅門引題有放琴客語訪疑放誤

春風吴柳幾番黄 懽事小蠻窗 梅花正結雙頭夢 玉龍吹散幽香 昨夜燈前歌黛 今朝陌上啼妝 最憐無侶伴雛鶯 桃葉已春江 曲屏先暖鴛衾慣 夜寒深都是思量 莫道藍橋路遠 行雲只隔幽坊

○春晚感懷

聽風聽雨過清明 愁草瘞花銘 樓前緑暗分攜路 一

龍下放字毛刻空 宜從闕如 朱[illegible] 當[illegible]刻時不[illegible]空 [illegible] 按[illegible] 孫[illegible]毛[illegible] 明之空存龍下是也

絲柳一寸柔情料峭春寒中酒交加曉夢啼鶯　西園日日掃林亭依舊賞新晴黃蜂頻撲鞦韆索有當時纖手香凝惆悵雙鴛不到幽階一夜苔生

○桂

蘭舟高蕩漲波涼愁被矮橋妨暮煙疏雨西園路誤秋娘淺約宮黃還泊郵亭喚酒舊曾送客斜陽　蟬聲空曳別枝長似曲不成商御羅屏底翻歌扇憶西湖臨水開窗和醉重尋幽夢殘衾已斷薰香

○鄰舟妙香

畫船簾密不藏香飛作楚雲狂傍懷半捲金爐燼怕

丁稿三姝媚過杞清尊慰春顫頹正与此同用慰字之義 沒古本正慰 半壞初疑其誤而亂改之 熨字疑 夢窗雖好鍊字然無滯迹 此句自以正慰爲佳是与上句悽字相對美意謂梅花帶態明月來伴慰此……

熨慰二字一塵一塵有仙氏之判

暖消春日朝陽清馥晴薰殘醉斷煙無限思量凭闌心事隔垂楊樓燕鎖幽妝梅花偏惱多情月熨溪橋流水昏黃哀曲霜鴻淒斷夢魂寒蝶悠颺

慰 氐刻不誤

鶯嗁序

○豐樂樓 按毛刻此作調名並註云節齋新建此樓夢窗湻熙按應作祐十一年二月甲子作是詞大書于壁望幸焉杜校据武林舊事改又丁稿埘刻此詞調名亦作鶯嗁序

天吳駕雲閬海凝春空燦綺倒銀海蘸影西城四碧天鏡無際綵翼曳扶搖宛轉雩龍降尾交新霽近玉虛高處天風笑語吹墜 清濯緇塵快展曠眼傍危

後明鈔已後是

闌醉倚面屏障一一鶯花薜蘿浮動金翠慣朝昏晴光雨色燕泥動紅香流水步新梯藐視年華頓非塵世　麟翁衮舄領客登臨座有誦魚美翁笑起離席而語敢詫京兆以後為功落成奇事明良慶會賡歌熙載隆都觀國多聞暇遺丹青雅飾繁華地平瞻太極天街潤納璇題露牀夜沈秋緯　清風觀闕麗日罘罳正午長漏遲為洗盡脂痕茸唾淨捲麴塵永晝低垂繡簾十二高軒駟馬峩冠鳴佩班回花底修禊飲御爐香分惹朝衣袂碧桃數點飛花湧出宮溝遡春萬里

按此是乙稿原文之校
疑問題有誤

〇春晚感懷

殘寒政欺病酒掩沈香繡戸燕來晚飛入西城似說春事遲暮畫船載清明過卻晴煙冉冉吳宮樹念羇情遊蕩隨風化為輕絮　十載西湖傍柳繫馬趁嬌塵軟霧遡紅漸招入仙溪錦兒偷寄幽素倚銀屏春寬夢窄斷紅溼歌紈金縷暝隄空輕把斜陽總還鷗鷺　幽蘭旋老杜若還生水鄉尚寄旅別後訪六橋無信事往花委瘞玉埋香幾番風雨長波妒盼遙山羞黛漁燈分影春江宿記當時短檝桃根渡青樓彷彿臨分敗壁題詩淚墨慘澹塵土　危亭望極草色

天涯嘆鬢侵半苧暗點檢離痕歡唾尚染鮫綃嚲鳳迷歸破鸞慵舞殷勤待寫書中長恨藍霞遼海沈過雁漫相思彈入哀箏柱傷心千里江南怨曲重招斷魂在否

○詠荷和趙修全韻

橫塘櫂穿豔錦引鴛鴦弄水斷霞晚笑折花歸紺紗低護燈蘂潤玉瘦冰輕倦浴斜拖鳳股盤雲墜聽銀牀聲細梧桐漸覺涼思　窗隙流光過如（丁稿作迅）冉冉羽翅空梁燕子誤驚起風竹敲門故人還又不至記琅玕新詩細搯早陳迹香痕纖指（丁稿作記琅玕新詩陳迹搯香痕纖）

練疑爲練之誤蓋從草
書形近而遂作所說
練訓已詳甲稿解連
環練惟句未更詳
詞夢乙　明鈔已俠

蕙玉指怕因循羅扇恩疏又生秋意　西湖舊日畫舸
頻移嘆幾縈夢寐霞佩冷疊瀾不定麝靄飛雨乍溼
鮫綃暗盛紅淚練疑作練單夜共波心宿處瓊簫吹月
霓裳舞向明朝未覺花容悴嫣香易落回頭澹碧銷
煙鏡空畫羅屏裏此段丁稿無疊瀾麝靄四字不定二字在頻移下又練單二句倒
殘蟬度曲唱徹西園也感紅怨翠念省慣吳宮幽
憩暗柳追涼曉岸參斜露零漚起絲縈寸藕留連懽
事桃笙平展湘浪影有昭華穠李冰相倚如今鬢點
淒霜半篋秋詞恨盈蠹紙

天香

蟫　明刻蟬　詞壽鈔之葉　蟫字刻已譌矣

○蠟梅

蟬葉黏霜蠅苞綴凍生香遠帶風峭嶺上寒多溪頭月冷北枝瘦南枝小玉奴有姊先占立牆陰春早初試宮黃澹薄偷分壽陽纖巧　銀燭淚深未曉酒鍾慳貯愁多少記得短亭歸馬暮衙蜂鬧豆蔻釵梁恨嫋但悵望天涯歲華老遠信難封吳雲雁杳毛刻此下有玉漏遲春情一闋陽春白雪作趙聞禮絕妙好詞作樓采又春情古腔一闋草堂詩餘作宋祁杜枝並存今刪

金盞子

○賦秋壑西湖小築

毛本作叟又云酒醉二字互譌
酒字當爲醉之譌
邁字處例有夾協
此校刻者以同類字互
譌本集甚多不能
悉改仍原重刻

卜築西湖種翠蘿猶傍輭紅塵裏來往載清吟爲偏愛吾廬畫船頻繫笑攜雨色晴光入春明朝市石橋鎖煙霞五百名仙第一人是　臨酒論深意流光轉鶯花任亂委泠然九秋肺腑應多夢巖扃冷雲空翠漱流枕石幽情寫猗蘭緑綺轉城處他山小隊登臨待西風起

○吳城連日賞桂一夕風雨悉已零落獨寓窗晚花方作小蕾未及見開有新邑之役竭來西館籬落間嫣然一枝可愛見似人而喜爲賦此解

係醉之義
送誤
此與拜星月
又酒醉二字
同一譌例

蔣竹山詞云聞此妾
作三字逗或以此詞
斷雁文爲句云云者
畫鼓與所謂字未聯
聲逗要不得離之
字於斷句不必與下聞
此於聲上同一音節者
不須諧之細剖之也因詞
逗之論及說此本之夢
窗不可據校以衡者但
古調當遵前賢之微
正而不必勘定勝似後
叔問年之冥寧也

賞月梧園恨廣寒宮樹曉風搖落莓砌掃珠塵空腸斷薰爐燼消殘萼殿秋尚有餘花鎖煙窗雲幄新雁又無端送人江上短亭初泊　籬角夢依約人一笑惺忪翠袖薄悠然醉魂喚醒幽叢畔淒香霧雨漠漠晚吹乍顫秋聲早屏空金雀明朝想猶有數點蜂黃伴我斟酌

此詞神似美成六醜詠薔薇謝後之作

永遇樂

過李氏晚妝閣見壁間舊所題詞遂再賦

春酌沈沈晚妝的的仙夢遊慣錦漵維舟青門倚蓋還被籠鶯喚裴郎歸後崔娘沈恨漫客請傳芳卷聯

題在蘋經翠袖勝隔紺紗塵幔　桃根杏葉膠黏緗縹幾回凭闌人換峨髻愁雲蘭香膩粉都爲多情褪離巾拭淚征袍染醉强作酒朋花伴留連怕風姨浪妒又吹雨斷

○探梅次時齋韻

閤雪雲低捲沙風急驚雁失序戶掩寒宵屏閑冷夢燈颭脣根語（毛作語佀佀疑誤倒佀字又形近而譌）堪憐窗景都閑刺繡但續舊愁一縷鄰歌散羅襟印粉袖溼蒨桃紅露西湖舊日留連清夜愛酒幾將花誤遺襪塵消題裙墨黯天遠吹笙路吳臺直下緗梅無限未放野橋香

度重謀醉揉香弄影水清淺處

玉蝴蝶

○秋感

角斷籤鳴疏點倦螢透隙低弄書光一寸悲秋生動萬種淒涼舊衫染唾凝花碧別淚想妝洗蜂黃楚魂傷雁汀沙冷來信微茫　都忘孤山舊賞水沈熨露岸錦宜霜敗葉題詩御溝應不到流湘數客路又隨淮月羨故人還買吳航兩凝望滿城風雨催送詞選作近重陽毛刻此下有晚雨未催一闋見梅溪詞又絳都春元夕一闋草堂詩餘作丁仙現杜校並存今刪

草堂詩餘誤爲史邦卿
不足爲據簃藏毛刻本
其誤定不勝勘定

此調夢窗連篇皆於律甚細凡上闋第三韻三字句上三字屬對而意自貼四下闋第三韻上如之詳審四聲字律不差纍黍可徵詞雖小道而律之細密斷非率爾操觚者所能見到此之謂之一語道破夫豈偶然

絳都春

○爲郭清華内子壽

香深霧暖正人在錦瑟年華深院舊日漢宮分得紅蘭滋吳苑臨池羞落梅花片弄水月初匀妝面紫煙籠處雙鸞共跨洞簫低按　歌管紅圍翠袖凍雲外似覺東風先轉繡畔晝遲花底天寬春無限仙郎驕馬瓊林宴待捲上珠簾教看更傳鶯入新年寶釵夢燕

○爲李質房量珠賀

情黏舞綫帳駐馬灞橋天寒人遠旋翦露痕移得春

當是賓字之形譌以四闋合觀此字蓋宜平聲又傳向之當以詞綜之霧雲字亦形義相近而訛

畔伴本古同用字於詞中必須作伴乃安毛注之校語也天回注皆如是例當從之

嬌栽瓊苑流鶯長語煙中怨恨三月飛花零亂豔陽歸後紅藏翠掩小坊幽院　誰見新腔按徹背燈暗共倚寶杜校作貸一屏葱蒨繡被夢輕金屋裝深沈香換梅花重洗春風面正溪上參橫月轉竝禽飛上金沙瑞香雲詞綜作霧暖

8○燕亡久矣京口適見似人悵怨有感

南樓墜燕又燈暈夜涼疏簾空捲葉吹暮喧花露晨晞秋光短當時明月娉婷畔毛注當作伴　悵客路幽扃俱遠霧鬟依約除非照影鏡空不見　別館秋娘乍識似人處最在雙波凝盼舊色舊香閑雨閑雲情終淺

裝楼乙叔非丞

丹青難畫眞眞面便只作梅花頻看更愁花變梨霙又隨夢散

余往來清華池館六年賦咏屢矣感昔傷今益不堪懷乃復作此解

春來雁渚弄豔冶又入垂楊如許困舞瘦腰啼溼宮黃池塘雨碧沿蒼蘚雲根路尚追想淩波微步小樓重上憑誰爲唱舊時金縷　凝竚煙蘿翠竹欠羅袖爲倚天寒日暮强醉梅邊招得花奴來尊俎東風須惹春雲住口詞匯作更莫把飛瓊吹去便教移取薰籠夜温繡戶

惜秋華

○重九

細響殘蛩傍燈前似說深秋懷抱怕上翠微傷心亂煙殘照西湖鏡掩塵沙翳曉影秦鬟雲擾新鴻喚淒涼漸入紅萸烏帽　江上故人老視東籬秀色依然娟好晚夢趁鄰杵斷乍將愁到秋娘淚溼黃昏又滿城雨輕風小閒了看芙蓉畫船多少

○七夕

露罥蛛絲小樓陰墮月秋驚華鬢宮漏未央當時鈿釵遺恨人閒夢隔西風算天上年華一瞬相逢縱相

疏勝卻巫陽無準　何處動涼訊聽露井梧桐楚騷成韻綵雲斷翠羽散此情難問銀河萬古秋聲但望中婺星清潤輕俊度金鍼漫牽方寸

七夕前一日送人歸鹽官

數日西風打秋林棗熟還催人去瓜果夜深斜河擬看星度匆匆便倒離尊悵遇合雲銷萍聚留連有殘蟬韻晚時歌金縷　綠水暫如許奈南牆冷落竹煙槐雨此去杜曲已近紫霄尺五扁舟夜宿吳江正水佩霓裳無數眉嫵問別來解相思否

木芙蓉

大明抄本之人　董理峰
郭之人趙師又一人当
以郭人斷句

路遠仙城自王郎去卻芳卿憔悴錦段鏡空重鋪步幢新綺凡花瘦不禁秋幻膩玉腴紅鮮麗相攜試新妝乍畢交扶輕醉　長記斷橋外驟玉驄過處千嬌凝睇昨夢頓醒依約舊時眉翠愁邊暮合碧雲倩唱入六么聲裏風起舞斜陽闌干十二（大曲六么王子喬芙蓉城事有樓名碧雲　杜校云芙蓉城乃王子高事見蘇集原注作喬蓋因形近而譌）

明鈔本同亦王子高不誤

惜黃花慢

○次吳江小泊夜飲僧窗惜别邦父趙簿攜小妓侑尊連歌數闋皆清眞詞酒盡已四鼓賦此詞餞尹梅津

明鈔怨鴻
怨紅當是怨鴻
譙謂高官鼓樓若
落葉但有淒涼
之典故上句言敗紅趁
一葉寒濤此怨紅斷
無複用之理且不可解
蓋其為鴻之誤也

送客吳皋。正試霜夜冷。楓落長橋。望天不盡。背城漸杳。離亭黯黯。恨水迢迢。翠香零落紅衣老。暮愁鎖殘柳眉梢。念瘦腰。沈郎舊日。曾繫蘭橈。　仙人鳳咽瓊簫。悵斷魂送遠。九辯難招。醉鬟留盼。小窗翦燭。歌雲載恨。飛上銀霄。素秋不解隨船去。敗紅趁一葉寒濤。夢翠翹。怨紅料過南譙。

此以音同而誤子延上文紅字衍入

十二郎　即二郎神

垂虹橋　上有垂虹亭屬吳江

素天際水。浪拍碎凍雲不凝。記曉葉題霜。秋燈吟雨。曾繫長橋過艇。又是賓鴻重來後。猛賦得歸期纔定。

解字宜上聲律
鴨語用天隨子故事
切笠澤 可云典雅

嗟繡鴨解言。香鱸堪釣。尙廬人境。幽興爭如共載
越娥妝鏡。念倦客依前。貂裘茸帽。重向淞江照影。酹
酒蒼茫。倚歌平遠。亭上玉虹腰冷。迎醉面暮雪飛花。
幾點黛愁山暝。

燭影搖紅

壽嗣榮王

天桂飛香御花簇座千秋宴笑從王母摘仙桃瓊醴
雙金盞掌上龍珠照眼映蘿圖星暉海潤浮槎遠到
水淺蓬萊秋明河漢　寶月將弦晚鉤斜掛西簾捲
未須十日便中秋爭看清光滿淨洗紅塵障面賀朝

霖催班正殿喜回天上紫府開筵瑤池宣勸

○賦德清縣圃古紅梅

莓鎖虹梁稽山祠下當時見橫斜無分照溪光珠網空凝偏姑射青春對面駕飛虬羅浮路遠千年春在新月苔池黃昏山館　花滿河陽為君羞褪晨妝蒨雲根直下是銀河客老秋槎變雨外紅鉛洗斷又晴霞驚飛暮管倚闌只怕弄水鱗生乘東風便

醜奴兒慢（毛刻脫慢字丙稿作愁春未醒）

○麓翁飛翼樓觀雪

東風未起花上纖塵無影峭雲溼凝酥深塢乍洗梅

淸釣卷愁絲冷浮虹氣海空明若耶門閉扁舟去懶
容思鷗輕　幾度問春倡紅冶翠空媚陰晴看眞色
千巖一素天澹無情醒眼重開玉鉤簾外曉峰青相
扶輕醉越王臺上更最高層丙稿作越山更上臺最高層

○雙淸樓在錢塘門外

空濛乍斂波影簾花晴亂正西子梳妝樓上鏡舞青
鸞潤逼風襟滿湖山色入闌干天虛鳴籟雲多易雨
長帶秋寒　遙望翠凹隔江時見越女低鬟算堪羨
煙沙白鷺暮往朝還歌管重城醉花春夢半香殘乘
風邀月持杯對影雲海人間

攷拼詞之例上下參差其協下四字句語是一字領三字例三聯以同蓋窗律如此南宋之者漸有出入已此帘經叶藜為藤之證無疑白石一若紅翠藤共同字退改之以藤為枝

木蘭花慢

○陪倉幕遊虎邱時魏益齋已被新擢陳芬窟李方庵皆將滿秩

紫騮嘶凍草曉雲鎖岫眉顰正蕙雪初消松腰玉瘦憔悴真真輕藜漸穿險磴步荒苔猶認瘞花痕千古興亡舊恨半邱殘日孤雲　開尊重弔吳魂嵐翠冷洗微醺問幾曾夜宿月明起看劍水星紋登臨總成去客更輭紅先有探芳人回首滄波故苑落梅煙雨黃昏

重遊虎邱

藤藜二字義近誤也校者所改

從老杜西江詩脫胎
出下句意爲健而此
乃生硬耳

陳伯弢謂泊當作拍
非也此蓋猶重到重
寄之例

杜甫嘗據姚子箴校宋本
雖未詳所自而取獲實多
此重泊下增垂虹二字及董
蔭甫引舊宏本皆當歷歷
可數今證以明鈔本果然
尤令人佩姚鈔識得舊本之真

步屧邱翠莽□□處更春寒漸晚色催陰風花弄雨
愁起闌干驚翰帶雲去杳任紅塵一片落人間青塚
麒麟有恨臥聽簫鼓遊山　年年葉外花前嬌豔楚
鬟成潘嘆寶匳塵久青苹共化裂石空磬塵緣酒沾
粉汙問何人從此濯清泉一笑掀髯付與寒松瘦倚
蒼巒

明鈔下有垂虹二字　以實驗之以存題

○重泊　按此承上文而言猶爲虎邱作也杜校謂是題有脫非覆校又增入垂虹二字不知何據　杜陵集有重題東坡集有重寄夢窗製題所本

酹清杯問水慣曾見幾逢迎自越棹輕飛秋蓴歸後
杞菊荒荊孤鳴舞鷗慣下又漁歌忽斷晚煙生雪浜

腰　鈔本

閒銷釣石冷楓頻落江汀　長亭春恨何窮目易盡酒微醒悵斷魂西子淩波去杳環佩無聲陰晴最無定處被浮雲多翳鏡華明口曉東風霽色綠楊樓外山青

○施芸隱隨繡節過浙東作詞留別用其韻以餞

幾臨流送遠漸荒落舊郵亭念西子初來當時望眼啼雨難晴娉婷素紅共載到越吟翻調倚吳聲得意東風去棹怎憐會重離輕　雲雰夢轉浮鷁流水畔敘幽情恨賦筆分攜江山委秀桃李荒荊徑行問春

道詩之例　或疑爲非訛
誤也

浣紗之浣

子字叶

在否過汀洲暗憶百花名鶯縷爭堪細折御黃隄上重盟

喜遷鶯

○同丁基仲過希道家看牡丹

凡塵流水正春在絳闕瑤階十二曖日明霞天香盤錦低映曉光梳洗故苑浣花沈恨化作妖紅斜紫困無力倚闌干還倩東風扶起　公子○留意處羅蓋牙籤一一花名字小扇翻歌密圍留客雲葉翠温羅綺豔波二字疑倒紫金杯重人倚妝臺微醉夜和露翦殘枝點點花心清淚

藍尾膠牙字用白香山詩云
霈子叶
今北人尚謂之擲籤子
京市散子嘗入詩詞中
用籤子堇見此

○福山蕭寺歲除

江亭年暮趁飛雁又聽數聲柔櫓藍尾杯單膠牙餳澹重省舊時羈旅雪舞野梅籬落寒擁漁家門戶晚風峭做初番花訊春還知否　何處圍豔冶紅燭畫堂博簺良宵午誰念行人愁先芳草輕送年華如羽自剔短檠不睡空索綵桃新句便歸好料鶯黃已染西池千縷

探芳信

○與李方庵聯舟入杭時方庵至嘉興索舊燕同載是夕雪大作林麓洲渚皆瓊瑤方

庵馳小序求詞且約訪蔡公甫

夜寒重。見羽葆將迎。飛瓊入夢。整素妝歸處。中宵按瑤鳳。舞春歌夜。棠梨岸。月冷和雲凍。畫船中。太白仙人。錦袍初擁。　應過語溪否。試笑挹中郎。還叩清弄。粉黛湖山。欠攜酒。共飛觴。洗杯時換銅瓶水。待作梅花供。問何時。帶雨鋤煙自種。

。丙申歲吳燈市盛常年余借宅幽坊一時名勝遇合置杯酒接殷勤之懽甚盛事也

分鏡字韻

暖風定。正賣花吟春。去年曾聽。旋自洗幽蘭。銀瓶釣

鶯字六平協

前換頭一句校當是

凝之字疑是紅

兩香字必有誤疑下香字當作冷

二字本作冷二

金井。斗窗香暖慳留客。街鼓還催暝。調雛鶯。試遣深杯。喚將愁醒。燈市、又重整。待醉勒遊韁。緩穿斜徑。暗憶芳盟、綃帕。淚猶凝。吳宮十里吹笙路。桃李都羞靚。繡簾人、怕惹飛梅翳鏡。

聲聲慢

○詠桂花

藍雲籠曉玉樹懸秋交加金釧霞枝人起昭陽禁寒粉粟生肌濃香最無著處漸冷香風露成霏繡茵展怕空階驚墜化作螢飛　三十六宮愁重問誰持金鍤和月都移掣鎖西廂清尊素手重攜秋來鬢華多

孫 毛本之屐往云之殘 此二字訛 此二校誤

夢乙　三

少任烏紗醉壓花低正搖落嘆淹留客又未歸

○四香 友人以梅蘭瑞香水仙供客曰四香分韻得風字

雲深山塢煙冷江皋人生未易相逢一笑燈前釵行兩兩春容清芳夜爭眞態引生香撩亂東風揉花手與安排金屋懊惱司空　憔悴敧翹委佩恨玉奴消瘦飛趁輕鴻試問知心尊前誰最情濃連呼紫雲伴醉小丁香纔吐微紅還解語待攜歸行雨夢中

○飲時貴家郎席三姬求詞

春星當戶眉月分心羅屏繡幕圍香歌綫□□毛刻脫杜校謂脫在塵下輕塵暗蔌文梁秋桐泛商絲雨恨未回飄雪

大好排場詞家妍手

簫明鈔本作箐是
蓋用陸天隨黃精
滿綠箐之句而化裁
之箐作篠亦未嘗
傳自夜郎以西者稱青桃
青殻用以箐搏而嘏之

垂楊連寶鏡。更一家姊妹。曾入昭陽。 鶯燕堂深誰到為殷勤須放醉客疏狂量減離懷孤負蘸甲清觴曲中倚嬌佯誤算只圖一顧周郎花鎮好駐年華長在鎖窗

○宏庵宴席客有持桐子侑俎者自云其姬親剝之

寒籬驚墜香豆初收銀牀一夜霜深亂寫明珠金盤來薦清斟綠窗細剝檀皴料水晶微損春纖風韻處惹手香酥潤櫻口脂侵 重省追涼前事正風吟莎井月碎苔陰顆顆相思無情漫攪秋心銀臺翦花杯

夢乙　二十

散夢阿嬌金屋沈沈甚時見露拾香釵燕墜金

○贈藕花洲尼毛刻無尼字据丁稿醉落魄題補

六銖衣細一葉舟輕黃蘆堪笑浮槎何處汀洲雲瀾

錦浪無涯秋姿澹凝水色豔眞香不染春華笑歸去

傍金波開戶翠幄爲家　回首紅妝靑鏡與一川平

緑五月晴霞頳玉杯中西風不到窗紗端的舊蓮深

意料采菱新曲羞誇秋瀲灩對年年人勝似花

○餞魏繡使泊吳江爲友人賦

旋移輕鷁淺傍垂虹還因送客遲留淚雨橫波遥山

眉上新愁行人倚闌心事問誰知只有沙鷗念聚散

東坡山村詩秋烟起處是人家夢窗結句疑本作州波古諸水旁韶偏改為舟案此然猶多疑實誤張子湖詞多所有數峯青處是吾州之句可知此結句義例相類自以收入歸愚之證

此章宋詩餘所載劉雁之作淫字臣濟思荀州人嘗進士官太學博士以繼聖丁丑宇接京都見南明山題壁

結處轉入蒼茫空窈之境看似平易非大魄力不辨所謂眼前有景道不得也

幾楓丹霜渚蓴綠春洲　漸近香菰炊黍想紅絲織字未遠青樓寂寞漁鄉爭如連醉温柔西窗夜深翦燭夢頻生不放雲收共悵望認孤煙起處是舟州

夏景

此調清健在骨是北宋格其高處不減清真不能強夢窗為之也

梅黃金重桃細絲輕園林暮煙如織殿角風微簾外燕喧鶯寂池塘綵鴛乍起露荷翻千點珠滴閒晝永稱瀟湘竿叟爛柯仙客　日午槐陰低轉茶甌罷清風頓生兩腋撚玉盤中朱李淨沈寒碧朋儕閒歌白雪卻紗巾尊俎猥藉有皓月照黃昏眠又未得

高陽臺

明鈔本　亡之州

殘

攷此數句弄字宜平
第三闋雪字乃入作平是
可證從妙好詞作幾許之誤
然
第二句不應疊字當從
草窗墨本作重
此愁字必从上愁字衍誤

。豐樂樓分韻得如字分韻五字据絕妙好詞補

脩竹凝妝，垂楊駐馬，憑闌淺畫成圖。山色誰題，樓前有雁斜書。東風緊送斜陽下，弄舊寒、晚酒醒餘。自銷凝、能幾絕妙好詞作幾許花前，頓老相如。　傷春不在高樓上，在燈前敧枕，雨外薰爐。怕艤絕妙好詞作有遊船，臨流可奈清癯。飛紅若到西湖底，攪翠瀾、總是愁魚。莫愁絕妙好詞作重來，吹盡香綿，淚滿平蕪。

。落梅

宮粉彫痕，仙雲墮影，無人野水荒灣。古石埋香，金沙鎖骨連環。南樓不恨吹橫笛，恨曉風、千里關山。半飄

零庭院黃昏月冷闌干　壽陽空理愁鸞　絕妙作宮裏愁鸞鏡
問誰調玉髓暗補香瘢細雨歸鴻孤山無限春寒離
魂難倩招清些夢縞衣解佩溪邊最愁人啼鳥晴明
葉底青圓

送王歷陽以右曹赴闕

淝水秋寒淮隄柳色別來幾換年光紫馬行遲纔生
夢草池塘便乘丹鳳天邊去禁漏催春殿稱觴過松
江雪弄飛花冰解鳴璫　芳洲酒社詞場賦高臺陳
迹曾醉吳王重上逌山詩清月瘦昏黃春風侍女衣
篝畔早鵲袍已暖天香到東園應費新題千樹蒼

○壽毛荷塘

風嫋垂楊雪消蕙草何如清潤潘郎風月襟懷揮毫倚馬成章仙都觀裏桃千樹映麴塵十里荷塘未歸來應戀花洲醉玉吟香　東風晴晝濃如酒正十分皓月一半春光燕子重來明朝傳夢西窗朝寒幾暖金爐燼料洞天日月偏長杏園詩應待先題嘶馬平康

倦尋芳

○上元

海霞倒影空霧飛香天市催晚暮靨宮梅相對畫樓

壺字當為筆之誤
上之句說有滿壺此不當
重出且下閑來說其非
漏壺為云銅華詞句也
羅中懷兔
誰辛之詩庭來人
前詞多本之年

簾捲羅襪輕塵花笑語寶釵爭豔春心眼亂簫聲正風柔柳弱舞肩交燕　念窈窕東鄰深巷燈外歌沈月上花淺夢雨離雲點點漏壺清怨珠絡香銷空念往紗窗人老羞相見漸銅壺閉春陰曉寒人倦

三姝媚

詠春情

吹笙池上道爲王孫重來旋生芳草水石清寒過半春猶自燕沈鶯悄稱欄干晴蕩漾禁煙殘照往事依然爭忍重聽怨紅淒調　曲榭方亭初掃印蘚迹雙鴛記穿林窈頓隔年華似夢回花上露晞平曉恨

都城謂臨安故云
湖山
此帀謂安當人之舊
居非自傷也與白
石[illegible]金陵作有異
夜深句[illegible]淺此處用
字互謂之例[illegible]字
[illegible]近[illegible]也

逐孤鴻客又去清明還到便鞚牆頭歸騎青梅已老

過都城舊居有感 [illegible]

湖山經醉慣漬春衫啼痕酒痕無限又（絶妙好詞作久）客長安嘆斷衿零袂涴塵誰浣紫曲門荒沿敗井風搖青蔓對語東鄰猶是曾巢謝堂雙燕　春夢人間須斷但怪得當年（絶妙好詞作時）夢緣能短繡屋秦箏傍海棠偏愛夜深開宴舞歇歌沈花未減紅顏先變竚久河橋欲去（絶妙好詞作向）斜陽淚滿

晝錦堂

○有感

籠鶯 夢窗集中
妻兄姜石帚時聽鶯
有以離籠參之詞
唐詩中之用鸚鵡同
一例也

此類題斷非庸手
所能著墨此正是
何意態雄且傑其
妙處亦在化質寔爲

舞影燈前簫聲酒外獨鶴華表重歸舊雨殘雲仍在
門巷都非愁結春情迷醉眼老憐秋鬢倚蛾眉難忘
處猶恨繡籠無端誤放鶯飛 當時征路遠懽事差
十年輕負心期楚夢秦樓相遇共嘆相違淚香沾溼
孤山雨瘦腰折損六橋絲何時向窗下翦殘紅燭夜
杪參移

慶春澤

過種山郎越文種墓

帆落迴潮人歸故國山椒感慨重遊弓折霜寒機心
已墮沙鷗燈前寶劍清風斷正五湖雨笠扁舟最無

差秋末茂
果也見韓
詩與甲寅
師期差同
一義例

晴空故無凝滯之迹永
古無易之言哉
烟霞萬古屢集有才客吟
木客山去縣千七里
相傳吳王作宮室時越
使木工三千人入山伐木以
獻一年無所得一夕天生
神木長五十尋使大夫種獻于吳於時越
工歌木客之吟
夢窗嘗染此典
見吳越春秋

情巖上開花腥染春愁　當時白石蒼松路解勒回
玉輦霧掩山羞木客歌闌青春一夢荒邱年年古苑
西風到雁怨啼綫水漭秋莫登臨幾樹殘煙西北高
樓　文穆意無故實可考之詞無怪本事之一筆此夢窗長於龍手也

漢宮春

。追和尹梅津賦俞園牡丹

花姥來時帶天香國豔羞掩名姝日長半嬌半困宿
酒微蘇沈香檻北比人間風異煙殊春恨重盤雲墜
髻碧花翻吐瓊盂　洛苑舊移仙譜向吳娃深館曾
奉君杜校一作懽娛猩脣露紅未洗客鬢霜鋪蘭詞沁壁

暗此字宜平刪晴字
是本卷聽台叢詞由之
以晴字論之暗可證

過西園重載雙壺休漫道花扶人醉醉花卻要人扶

花心動

○郭清華新軒

入眼青紅小玲瓏飛簷度雲微溼繡檻展春金屋寬花誰管采菱波狹翠深知是深多少都不放夕陽紅入待裝綴新漪漲翠小圓荷葉暗此去春風滿篋應時鎖蛛絲淺虛塵榻夜雨試燈晴雪吹梅趁取玳簪重盍捲簾不解招新燕春須笑酒慳歌澀半窗掩日長困生翠睫

○柳

十里東風裊垂楊長似舞時腰瘦翠館朱樓紫陌青門處處燕鶯晴晝乍看搖曳金絲細（袖 毛誤）春淺映鶯黃如酒嫩陰裏煙滋露染翠嬌紅溜　此際雕鞍去久空追念郵亭短枝盈首海角天涯寒食清明淚點絮花霑袖遠年折贈行人遠今年恨依然纖手斷腸也羞眉畫應未就

八聲甘州

陪庾幕諸公遊（絕妙好詞作秋登）靈巖

渺空煙四遠是何年青天墜長星幻蒼崖雲樹名娃金屋殘霸宮城箭徑酸風射眼膩（絕妙好詞作劍）水染花腥

細袖以形近訛

以下句字年誤之遠字確為去之論蓋刻者覺舊本遠之字首因下遠字亦衍以遠字首句去字如此傳寫者遠多作遠此誤顯然

審詞意劍水是劍此非靈巖在山中名勝此指箭徑而言當從絕妙之劍水是

收句上四字

芸作鐵网珊瑚字

疑亦就險以之謂句法之失解
九曲路以登之此詞九險之所本也
吳地記闔閭造姑蘇臺高三百丈作
九徑民用九折陵之故
宋上寄
牛塘老人云䟻亦作就大字
乃以音訛非是
姑餘姑胥与姑蘇皆同一音之轉

時靸雙鴛響廊葉秋聲　宮裏吳王沈醉倩五湖倦客獨釣醒醒問蒼天（絶妙好詞作波）無語華髮奈山青水涵空闌干（絶妙好詞作闌凭）高處送亂鴉斜日落漁汀連呼酒上琴臺去秋與雲平

○姑蘇臺和施芸隱韻（鐵網珊瑚作施知言按宋詩紀事施樞字知言號浮玉有芸隱橫舟稿）

步晴霞倒影洗閑愁深杯灩風漪望越來清淺吳歈杳靄江雁初飛輦路凌空九（疑作就）險粉冷濯妝池歌舞煙霄頂樂景沈暉　別是青（鐵網珊瑚作新）紅闌檻對女牆山色碧澹宮眉問當時（鐵網珊瑚作姑餘）遊鹿應笑古臺

[illegible]

非有誰招扁舟漁隱但寄（鐵網珊瑚作賦）情西子卻題詩閑風月暗消磨盡浪打鷗磯

和梅津

記行雲夢影步淩波仙衣翦芙蓉念杯前燭下十香揾袖玉暖屏風分種寒花舊盎蘚土蝕吳蛬人遠雲槎渺煙海沈蓬　重訪樊姬鄰里怕等閑易别那忍相逢試潛行幽曲心蕩□（杜校作更）匆匆井梧凋銅鋪低亞映小眉瞥見立驚鴻空惆悵醉秋香畔往事朦朧

新雁過妝樓

秋感

夢醒芙蓉風簷近渾疑佩玉丁東翠微流水都是惜別行蹤宋玉秋花相比瘦賦情更苦似春濃小黄昏紺雲暮合不見征鴻　宜城當時放客認燕泥舊迹返照樓空夜闌心事燈外敗壁哀蛩江寒夜楓怨落怕流作題情腸斷紅行雲遠料澹蛾人在秋香月中杜校作秋月香中王夢湘曰此句有日湖藍橋不成可證不必與下闋强同

○中秋後一夕李方庵月庭延客命小妓過新水令坐間賦詞

閬苑高寒金樞動冰宮桂樹年年翦秋一半難破萬戸連環織錦相思樓影下鈿釵暗約小簾間共無眠

致王渙詩悵望舊云詠別徐
郎淚如雨鏡鸞分後屬人
此徐郎正用此典實可證
改作娘之郎不誤
此半塘未解初意以為
兄之徐娘改之不知与
下句相背也
明刻已誤
泞原避廟諱數錄本華
澄宋元版例
案毛本泞誤作泞則刻本不
知渙泞之解以意改所習見字
耳此類多致未華海賦
渙瀁澄泞注訓水波正相
因澄也渙也此以杜校改正

素娥慣得西墜闌干　誰知壺中自樂正醉圞夜玉
淺鬬嬋娟雁風自勁雲氣不上涼天紅牙潤沾素手
聽一曲清歌雙霧鬟徐娘老恨斷腸聲在離鏡孤鸞

東風第一枝

情

傾國傾城非花非霧春風十里獨步勝如西子妖嬈
更比太眞澹泞鉛華不御漫道有巫山洛浦似恁地
標格無雙鎮鎖畫樓深處　曾被風容易送去曾被
月等閑留住似花翻使花羞似柳任從柳妒不教歌
舞恐化□（詞譜作作）綵雲輕舉信下蔡陽城俱迷看取宋

明鈔晴上誤
白石有詠蟀花詞
唐塘古同用　七陽不可通三江
明鈔缸為罌之誤
蒼茫之滄上下必誤江通
水如似花過字用意當之滄
晴隱　請梅詞訂

玉詞賦

夜合花

自鶴江入京泊葑門外有感

柳暝河橋鶯晴臺苑短策頻惹春香當時夜泊溫柔便入深鄉詞韻窄酒杯長翦蠟花壺箭催忙共追遊處淩波翠陌連棹橫塘　十年一夢淒涼似西湖燕去吳館巢荒重來萬感依前喚酒銀缸溪雨急岸花狂趁殘鴉飛過蒼茫故人樓上憑誰指與芳草斜陽

夢乙　四印齋校本

18391

夢窗丙稿

丹鳳吟

賦陳宗之芸居樓

麗錦長安人海避影繁華結廬深寂燈窗雪戸光映夜寒東壁心彫鬢改鏤冰刻水縹簡離離風籤索索怕遺花蟲蠹粉自採秋芸熏架香汎纖碧　更上新梯窈窕暮山澹著城外色舊雨江湖遠問桐陰門巷燕會相識吟壺天小不覺翠蓬雲隔桂斧月宮三萬手計元和通籍軟紅滿路誰聘幽素客

喜遷鶯

又宋史流民入嘉禾徙之泊澉浦
麻及德會
宋先隨南渡諸士大夫
有貂皆得居寺傍
瓜涇在吳江縣北九里
分太湖支流東北出夾
浦會吳淞江
蓬萊謂蓬萊閣
草窗詞注閣在紹興
西浦東州皆其地
明鈔本無此首案
龜翁蓋即探春慢題
之翁石龜　戴石屏詩
集有翁石龜名季可
即其人也此云龜翁蠟花本探春慢題上云龜翁下世後登研意自此已合唯明鈔本探春慢題上
據石屏翁石龜又與浩然齋雅談云夢窗昆弟翁元龍爲翁仲　義可類推故翁元龍石可至元

○甲辰冬至寓越兒輩尙留瓜涇蕭寺

冬分人别渡倦客晚潮傷頭俱雪雁影秋空蝶情春蕩幾處路窮車絕把酒共温寒夜倚繡添慵時節又底事對愁雲江國離心還折　吴越重會面檢點舊吟同看燈花結兒女相思年華輕送隣戸斷簫聲噎待移杖藜雪後猶怯蓬萊寒闊晨起嬾任鴉林催曉梅窗沈月

柳梢青

○與龜翁登研意觀雪懷癸卯歲臘朝斷橋竝馬之游

吳季可爲之弟行可證是知夢窗稱翁之處固亦由元龍爲伯仲也但觀之義亦未可謂盡
夢窗本吳姓翁氏耶 其字或見於集之五說鄙然甚畢竟由此見耳

斷夢游輪孤山路杳越樹陰新流水凝酥征衫沾淚都是離痕　玉屏風冷愁人醉爛漫梅花翠雲傍夜船回惜春門掩一鏡香塵

生查子

○稽山對雪有感

暮雲千萬重寒夢家鄉遠愁見越溪娘鏡裏梅花面醉情啼枕冰往事分釵燕三月灞陵橋心翦東風亂

玉漏遲

○瓜涇度中秋夕賦毛作中秋據鐵網珊瑚改

宋夢窗手稿係寫贈方萬里者故首篇即為先生壽而作癸卯歲可知其手稿皆是歲所作以卷首自寫新詞稿三字可證然而是詞亦為癸卯中秋無疑宜據以移甲辰癸亥等為編年之一證葛生朱彊村刻手稿作先一
憐之錢塘佛兮筆誤

雁邊風訊小飛瓊望杳碧雲先晚露冷闌干定怯藕絲冰腕淨洗浮空片玉勝花影春燈相亂秦鏡滿素娥未肯分秋一半　每圓處即良宵甚此夕偏饒對歌臨怨萬里嬋娟幾許霧屏雲幔孤兔淒涼照水曉風起銀河西轉摩淚眼瑤臺夢回人遠

一翦梅

○贈友人

遠目傷心樓上山愁裏長眉別後峨鬟暮雲低壓小闌干教問孤鴻因甚先還　瘦倚溪橋梅夜寒雪欲銷時淚不禁彈翦成釵勝待歸看春在西窗燈火更

闌

點絳脣

○越山見梅

春未來時酒攜不到千巖路瘦還如許晚色天寒處無限新愁難對風前語行人去暗銷春素橫笛空山暮

絳都春

○題蓬萊閣燈屏

螺屏暖翠正霧捲暮色星河浮霽路幕遞香街馬銜塵東風細梅查淩海橫鼇背倚穩載蓬萊雲氣寶街

斜轉冰娥素影夜淸如水　應記千秋化鶴舊華表認得山川猶是暗解繡囊爭擲金錢游人醉笙歌曉度晴霞外又上苑春生一葦便教接宴鶯花萬紅鏡裏

祝英臺近

○除夜立春

翦紅情裁綠意花信上釵股殘日東風不放歲華去有人添燭西窗不眠侵曉笑聲轉新年鶯語　舊尊俎玉纖曾擘黃柑柔香繫幽素歸夢湖邊還迷鏡中路可憐千點吳霜寒銷不盡又相對落梅如雨

案毛本有雲山以綠紗者
後之宮紗一字此春縹合並謂
山著紫芝歌字形近誤
此處歌字疑是歌
之誤以上定筆移複
一韻又作歌字以避
而習作宜從舊本
有歌看作是實
詞中不拘複字且
題面意之誤題也

燭影搖紅

○元夕微雨　後案當作歌字若證上層也

碧澹山姿。暮寒愁沁歌眉淺。障泥南陌潤輕酥。燈火深深院。入夜笙歌漸暖。綵旗翻、宜男舞徧。恣游不怕素襪塵生。行裙紅濺。　銀燭籠紗。翠屏不照殘梅怨。洗妝清靨溼春風。宜帶啼痕看。楚夢留情未散。素娥愁、天長信遠。曉窗移枕。酒困香殘。春陰簾捲。

掃花遊

○賦瑤圃萬象皆春堂

暖波印日。倒秀影、秦山曉鬟梳洗。步帷豔綺。正梁園

瑤圃之癸亥年撰詞
在紹興

未雪海棠猶睡藉綠盛紅怕委天香到地畫船繫舞
西湖暗黃虹卧新霽　天夢春枕被和鳳筑東風宴
歌曲水海宮對起燦驪光乍溼杏梁雲氣夜色瑤臺
禁蠟初傳翡翠喚春醉問人間幾番桃李

西江月

○賦瑤圃青梅枝上晚花

枝嫋一痕雪在葉藏幾豆春濃玉奴最晚嫁東風來
結梨花幽夢　香力添熏羅被瘦肌猶怯冰綃綠陰
青子老溪橋羞見東鄰嬌小

宴清都

亨 鈔本乍亨 無嗣字

。餞嗣榮王仲亨還京

翠羽飛梁苑連催發暮檣留話江燕塵階寶珥瑤扉乍鑰絲繩雙罥新煙暗葉成陰效翠嫵西陵送遠又趁得蕊露天香春留建章花晚　歸來笑折仙桃瓊樓宴萼金漏催箭蘭亭秀語烏絲潤墨漢宮傳翫紅歌醉玉天上倩鳳尾時題畫扇問幾時重駕巫雲蓬萊路淺

桃源憶故人

越山青斷西陵浦一岸密陰疏雨潮帶舊愁生暮曾折垂楊處　桃根桃葉當時渡嗚咽風前柔櫓燕子

杳以形近誤
棗以音近誤又不得其解
校者據誤改之過也

不留春住空寄離檣語

浣溪沙

○題史菊屏扇

門巷深深小畫樓闌干曾識凭春愁新蓬遮却繡鴛游 桃觀日斜香掩戸蘋溪風起水東流紫萸玉腕又逢秋

木蘭花慢

○壽秋壑

記瓊林宴起輭紅路幾西風想漢影千年荆江萬頃查毛誤杳信長通金狨錦韉賜馬又霜横漢節葆毛誤棗

靖宋蹇字非誤
以道不作何書曰此
紀其時之節物言
漢節之蕃綵紫錦
與李紅柳候後郵
詞有李紅背候想羽
書抵之句近與此義
可印證也

潤之酒　疑酒為湮之譌

仍紅細柳春陰喜色四郊秋事年豐　從容歲晚玉關長不閉靜邊鴻訪武昌舊壘山川相繆日費詩筒蘭宮繫書翠羽帶天香飛下玉芙蓉明月瑤笙奏徹倚樓黃鶴聲中

水龍吟

○過秋壑湖上舊居寄贈

外湖北嶺雲多小園暗碧鶯啼處朝回勝賞墨池香潤吟船繫雨霓節千妃錦颿一箭攜將春去算歸期未卜青煙散後春城詠飛花句　黃鶴樓頭月午奏玉龍江梅解舞熏風紫禁嚴更清夢思懷幾許秋水

此調無句例已一反聲字訣三字句諸家皆然惟夢窗是體蓑絲千樹是三平一反謂犯雜格乎

生時賦情還在南屏别墅看章臺走馬長隄種取柔絲千樹

夜行船

○贈趙梅壑

碧甃清漪方鏡小綺疏淨半塵不到古鬲香深宫壺花換留取四時春好　樓上眉山雲窈窕香衾夢鎮疏清曉竝蒂蓮開合歡屏暖玉漏又催朝早

朝中措

○贈趙梅壑

吳山相對越山青湖水一春平粉字情深題葉紅波

香染浮萍　朝雲暮雨玉壺塵世金屋瑤京晚雨西陵潮汎沙鷗不似身輕

塞翁吟

○餞梅津除郎赴闕

有約西湖去移棹曉折芙蓉算終是稱心紅染不盡熏風千桃過眼春如夢還認錦疊雲重弄晚色舊香中旋撐入深叢　從容情猶賦冰車健筆人未老南屏翠峯轉河影浮查信早素妃叫海月歸來太液池東紅衣卸了結子成蓮天勁秋濃句疑

風入松

○壽梅壑

一颿江上暮潮平，騎鶴過瑤京。湘波山色青天外，紅香蕩玉佩東丁。西圃仍圓夜月，南風微弄秋聲。　阿咸才俊翠壺冰，王母最憐生。萬年枝上千年葉，垂楊鬢、春共青青。連喚碧筩傳酒，雲迴一曲雙成。

燭影搖紅

○越上霖雨應禱

秋入燈花，夜深簷影琵琶語。越娥青鏡洗紅埃，山闘秦眉嫵。相閒金茸翠畝，認城陰、春耕舊處。晚舂相應，新稻炊香，疏煙林莽。　清磬風前，海沈宿嫋芙蓉炷。

莽音母用去諧例

阿香秋夢起嬌啼玉女傳幽素人駕梅查未渡試梧桐聊分宴俎採菱別調留取蓬萊霎時雲住

尾犯

贈浪翁重客吳門

翠被落紅妝流水膩香猶共吳越十載江楓冷霜波成纈燈院靚涼花乍翦桂園深幽香旋折醉雲吹散晚樹細蟬時替離歌咽　長亭曾送客偷（毛斧季校偷上增爲）賦錦雁留別淚接孤城渺平蕪煙闊半菱鏡青門重售採香隄秋蘭共結故人憔悴遠夢越來溪畔月

水龍吟

汎毛諸作訊明鈔亦訊毛本不誤
此用海上八月查信
故事嗣榮王八月壽衣
並乃查訊切八月斯證
毛氏重刻張窩本
係与八月之語而此
一字當本之徵

○壽嗣榮王

望中璇海波新汎査又帀銀河轉金風細嫋龍枝聲奏鈞簫秋遠南極飛仙夜來催駕祥光重見紫霄承露掌瑤池蔭密蟠桃秀螽蓮綻　新棟晴翚淩漢半涼生蘭檠書卷繡裳五色昆臺十二香深簾捲花萼樓高處連清曉千秋傳宴賜長生玉字鸞迴鳳舞下蓬萊殿

宴清都

○壽秋壑

翠帀西門柳荆州昔未來時正春瘦如今臙舞西風

舊色勝東風秀黃粱露溼秋江轉萬里雲檣蔽晝正
虎落馬靜晨嘶連營夜沈刁斗 含章換幾桐陰千
官邃幄韶鳳還奏席前夜久天低燕密御香盈袖星
查信約長在醉興渺銀河賦就對小弦月挂南樓涼
浮桂酒

聲聲慢

壽方泉

鶯園棖徑鱸躍蓴波重來兩過中秋酒市漁鄉西風
勝似春柔宿春去年村墅看黃雲還委西疇鳳池去
信吳人有分借與遲留 應是香山續夢又凝香追

詠重到蘇州青鬓江山足成千歲風流圍腰御仙花底襯月中金粟香浮夜燕久攬秋雲平倚畫樓。

永遇樂

乙巳中秋風雨

風拂塵徽。雨侵涼榻。纔動幽思。緩酒消更。移燈傍影。淨洗芭蕉耳。銅華滄海。愁霾重嶂。燕北雁南天外。算陰晴渾似。幾番。渭城故人離會。青樓舊日。高歌取醉。玉妃□□（杜校擬作喚起玉妃）梳洗。紅葉流光。蘋花雨鬢。心事成秋水。白凝虛曉。香吹輕爐。倚窗小瓶疏桂。問深宮姮娥正在。妒雲第幾。

案長吉箜篌引以浮押入魚韻蓋本古音以字以字得體以文英受賦本浮字以吳音借叶音孚

西江月

○登蓬萊閣看桂

清夢重遊天上古香吹下雲頭簫聲三十六宮愁高處花驚風驟　客路羇情不斷闌干晚色先收千山濃綠未成秋誰見月中人瘦

朝中措

○題陸桂山詩集

殷雲凋葉晚晴初籬落認奚奴襹近西窗燈火旋收殘夜琴書　秋深露重天空海闊玉界香浮木落秦山清瘦西風幾許工夫

此用[illegible]翁韻 近字[illegible]謂蓋 [illegible]

秋蕊香

○和吳見山賦落桂

寶月驚塵墮曉愁鎖空枝殘照古苔幾點露螢小銷減秋光旋少　佩丸尙憶春酥嫋故人老斷香忍和淚痕掃魂近東籬夢杳

惜秋華

○八日飛翼樓登高

思渺西風悵行蹤浪逐南飛高雁怯上翠微危樓更堪凭晚蓬萊對起幽雲澹埜色山容愁捲淸淺瞰滄波靜銜秋痕一綫　十載寄吳苑慣東籬深處把

詞錄

明刻本方紀之寧

灌字前時曉園疑
句灌字韵

入字疑人之誤或入乍平

刪把露黃偷翦移暮影照越鏡意銷香斷秋娥賦得閒
情倚翠尊小眉初展深勸待明朝醉巾重岸

聲聲慢

○和沈時齋八日登高韻

憑高入夢搖落關情寒香吹盡空巖墜葉銷紅欲題
秋訊誰緘重陽正隔殘照趁西風不響雲尖乘半暝
看殘山灌翠臏水開匳　暗省長安年少幾傳杯弔
甫把菊招潛身老江湖心隨飛雁天南烏紗倩誰重
整映風林鈎玉纖纖漏聲起亂星河入影畫簷

點絳脣

丁稾鷓鴣天結句有楊柳閣中花叙向蓋廬吳之志終有還也

○和吳見山韻

金井空陰枕痕歷盡秋聲鬧夢長難曉月樹愁鴉悄梅壓簷梢寒蝶尋香到窗黏了翠池春小波冷鴛鴦覺

○有懷蘇州

明月茫茫夜來應照南橋路夢遊熟處一枕啼秋雨可惜人生不向吳城住心期誤雁將秋去天遠青山暮

慶春宮

○題錢得閒園池

入聲字律甚嚴清真作過片句第四字異耳

詩詞集和韻者屢見之例不甚和宋卷曰古成誤

春屋圍花秋池沿草舊家錦藉川原蓮尾分津桃邊迷路片紅不到人間亂篁蒼暗料惜把行題共刪小晴簾捲獨占西牆一鏡清寒　風光未老吟潘嘶騎征塵祇付憑闌鳴瑟傳杯辟邪翻燼繫船香斗春寬晚林青外亂鴉著斜陽幾山粉銷莫染猶是秦宮綠擾雲鬟

蝶戀花

和吳見山韻

明月枝頭香滿路幾日西風落盡花如雨倒照秦眉天鏡古秋明白鷺雙飛處　自摘霜蔥宜薦俎可惜

重陽不把黃花與帽墮笑憑纖手取清歌莫送秋聲去

玉樓春

○和吳見山韻

闌干獨倚天涯客心影暗彫風葉寂千山秋入雨中青一雁暮隨雲去急　霜花强弄春顏色相弔年光澆大白海煙沈處倒殘霞一杼鮫綃和淚織

柳梢青

○題錢得閒四時圖畫

翠嶂圍屏留連迅景花外油亭澹色煙昏濃光清曉

一幅閒情　輞川落日漁罾寫不盡人間四并亭上秋聲鸎籠毛作能春語難入丹青

燭影搖紅

餞馮深居翼日深居初度

飛蓋西園晚秋恰勝春天氣霜花開盡錦屏空紅葉新裝綴時放清杯泛水暗淒涼東風舊事夜吟不就松影闌干月籠寒翠　莫唱陽關但憑綵袖歌千歲秋星入夢隔明朝十載吳宮會一棹囘潮渡葦正西窗燈花報喜柳蠻櫻素試酒爭憐不敎不醉

齊天樂

積　鈔本

明鈔亦作喧

○與馮深居登禹陵

三千年事殘鴉外，無言倦憑秋樹。逝水移川，高陵變谷，那識當時神禹。幽雲怪雨。翠萍溼空梁，夜深飛去。雁起青天，數行書似舊藏處。　寂寥西窗坐久，故人慳會遇，同翦燈語。敗蘚殘碑，零圭斷璧，重拂人間塵土。霜紅罷舞。漫山色青青，霧朝煙暮。岸鎖春船，畫旗口詞匯作喧賽鼓。

夢窗精靈空靈出默懷古之作至此乃神

水龍吟

○壽梅津

杜陵折柳狂吟，硯波尚溼紅衣露。仙桃宴早，江梅春近還催客句宮漏傳雞禁門嘶騎宦情熟處正黃編夜展天香字暖春葱翦紅蜜炬　宮帽鸞枝醉舞思飄颻臞仙風舉星羅萬卷雲驅千陣飛毫海雨長壽杯深探春腔穩江湖同賦又看看便繫金狨鶯曉傍西湖路

○用見山韻餞別

夜分谿館漁燈巷聲乍寂西風定河橋送遠玉簫吹斷霜絲舞影薄絮秋雲澹蛾山色宦情歸興怕煙江渡後桃花又汎宮溝上春流緊　新句欲題還省透香煤重熖誤隱西園已負林亭移酒松泉薦茗攜手

此又一體夢窗詞中有兩闋結句疊上六字

同歸處。玉奴喚綠窗春近。想驕驄又踏西湖二十四番花訊。

浣溪沙

陳少逸席上用聯句韻有贈

秦黛橫愁送暮雲越波秋淺暗啼昏空庭春草綠如裙 綵扇不歌原上酒青門頻返月中魂花開空憶倚闌人

又

一曲鸞簫別綵雲燕釵塵澀鏡華昏灞橋舞色褪藍裙 湖上醉迷西子夢江頭春斷倩離魂旋緘紅淚

此調壬田一百二字別是一體白石作徵有異同獨夢窗此詞為孤證耳詞譜已回春

明鈔本自注徐念慈先生校人第二百七十五

明觀本此首注云

吳夢窗詞集 繼

萬曆廿六年一閏

下有太原王璋方印

西湖志吳山石龜巷內……

寄行人

探春慢

◦謳翁下世後登研意

苔徑曲深深不見故人輕敲幽戶細草春回目送流光一羽重雲冷、哀雁斷翠微空、愁蝶舞遲鳴鞭遊蓬小夢枕殘驚寤　還識西湖醉路向柳下並鞍銀袍吹絮事影難追那負燈牀聞雨冰谿憑誰照影有明月乘興去暗相思梅孤（詞譜作鶴）瘦共江亭暮

塞垣春

◦丙午歲旦

清真之天然自風韻嫻雅 故君特此闋惟此過片第二句与清真稍異餘均同 東風二字疑衍 明鈔注云此腔實第二句多二字今九字往夢窗得之 此校甚誤 情未詳所據

漏瑟侵瓊筦。潤鼓借烘爐暖。藏鉤怯冷畫雞臨曉隣語鶯轉殢綠窗、細呪浮梅琖。換蜜炬花心短。夢驚回林鴉起。曲屏春事天遠 迎路柳絲裙。看爭拜東風盈灞橋岸。髻落寶釵寒。恨花勝遲燕。漸街簾影轉還似新年。過郵亭。一相見南陌又燈火。繡囊塵香淺

一翦梅

賦處靜以梅花枝見贈 處靜即處之號字

老色頻生玉鏡塵。雪澹春姿。越看精神。溪橋人去幾黃昏。流水泠泠。都是啼痕。 細雨輕寒暮掩門。萼綠燈前。酒帶香溫。風情誰道不因春。春到一分。花瘦一

分

木蘭花慢

○餞韓似齋赴江東鹺幕

潤寒梅細雨捲燈火暗塵香正萬里胥濤流花漲膩春共東江雲檣未傳燕語過罘罳垂柳舞鵝黃留取行人繫馬輭紅深處聞鶯　悠颸霽月清風凝望久鄮山蒼又紫簫一曲還吹別調楚際吳旁仙方袖中祕寶遺蓬萊弱水變飛霜寒食春城秀句趁花飛入宮牆

探芳信

○賀雲麓先生祕閣滿月

探春到見綵花釵頭玉燕來早正紫龍眠重明月弄濤曉夜塵不沉銀河水金盎供新澡鎮帷犀護緊東風秀藏芝草　星斗燦懷抱問霧晙藍田玉長多少禁苑傳香柳邊語聽鶯報片雲飛趁春潮去紅軟長安道試回頭一點蓬萊翠小

燕歸梁

○對雪醒坐上雲麓先生

一片游塵拂鏡灣素影護梅殘行人無語看春山背東風兩蒼顏　夢飛不到梨花外孤館閉更寒誰憐

消渴老文園聽溪聲瀉冰泉

解語花

立春風雨竝餞翁處靜江上之役

簷花舊滴帳燭新啼香潤殘冬被澹煙疏綺凌波步暗阻傍牆挑薺梅痕似洗空點點年華別淚花鬢愁釵股籠寒綵燕沾雲膩　還鬭辛盤葱翠念青絲牽恨會試纖指雁回潮尾征帆去似與東風相避泥雲萬里應剪斷紅情綠意年少時偏愛輕憐和酒香宜睡

祝英臺近

○餞陳少逸被倉臺檄行部

問流花尋夢草雲暖翠微路錦雁峯前淺約畫行處不教嘶馬飛春一匳越鏡那銷盡紅吟綠賦　送八去長絲初染柔黃晴和曉煙舞心事偷占鶯漏漢宮語趁得羅蓋天香歸來時候共留取玉闌春住

烏夜啼

○題趙三畏舍館海棠

醉痕深暈潮紅睡初濃寒食來時池館舊東風　銀燭換月西轉夢魂中明日春和人去繡屏空

浪淘沙

練當作楝　案爾雅翼楝三四月開花紅紫色實如小鈴名金鈴子詞中所用楝花既紀楊梅熟時又取其一色注練之誤倫前可知已不須以它類牽引來之穿鑿附會也

○有得越中故人贈楊梅者為賦贈

綠樹越溪灣過雨雲殷西陵人去暮潮還鉛淚結成紅粟顆封寄長安　别味帶生酸愁憶眉山小樓燈外楝花寒衫袖醉痕花唾在猶染微丹

踏莎行

潤玉籠綃檀櫻倚扇繡圈猶帶脂香淺榴心空疊舞裙紅艾枝應壓愁鬟亂　午夢千山窗陰一箭香瘢新褪紅絲腕隔江人在雨聲中晚風菰葉生秋怨

齊天樂

○與江湖諸友泛湖

麴塵猶沁傷心水歌蟬暗驚春換露藻淸啼煙蘿澹
碧先結湖山秋怨波簾翠捲嘆霞薄輕綃氾人重見
傍柳追涼暫疏懷袖負紈扇　南花淸鬭素靨畫船
應不載坡靜詩卷泛酒芳篚題名蠹壁重集湘鴻江
燕平蕪未翦怕一夕西風鏡心紅變望眼愁生暮天
菱唱遠

繞佛閣

與沈野逸東皋天街盧樓追涼小飲

夜空似水橫漢靜立銀浪聲杳瑤鏡奩小素娥乍起
樓心弄孤照絮雲未巧梧韻露井偏惜秋早暗情多

少怕教徹膽寒光見懷抱　淚迹尙爲客恨滿長安
千古道還記暗螢穿簾街語悄歎步影歸來人鬢花
老紫簫天渺又露飲風前涼墮輕帽酒杯空數星橫
曉

秋蕊香

○七夕

孏浴新涼睡早雪靨酒紅侵笑倚樓起把繡鍼小月
冷秋波夢覺　怕聞井葉西風到恨多少粉河不語
墮秋曉雲雨人閒未了

暗香　疏影

宋詞有惟一字此體一
路亦共類猶弟一也

此處與業同押
白石集與[illegible]
唐[illegible]押均例此發
合不以韻限可加

衙以形近誤宜校正

○賦墨梅 西鈔注[illegible]

占春壓一捲峭寒萬里平沙飛雪數點酥鈿囙囙囙
囙淩曉東風吹裂獨自曳横梢瘦影入廣平裁冰詞
筆記五湖清夜推篷臨水一痕微月　何遜揚州舊
事五更夢半醒胡調吹徹若把南枝圖入淩煙香滿
玉樓瓊闕相將初試紅鹽味到煙雨青黄時節想鴈
空北落冬深澹墨晚天雲闊

聲聲慢

○畿漕廨建新樓上梅津

清漪街疑作衙苑御水分流阿階西北青紅朱栱浮雲

舞字文意未洽[illegible]
無字差可解
若律此上去聲[illegible]
宜用平　蓋無時
不嫌之理

碧窗宿霧濛濛璇題淨橫秋影笑南飛不過新鴻延桂景見素娥梳洗微步瓊空　城外湖山十里想無（疑作舞）時長敞罨畫簾櫳暗柳回隄何須繫馬金狨鶯花翰林千首綵毫飛海雨天風鳳池上又相思春夜夢中

木蘭花慢

○送翁五峰遊江（疑有脫）陵（明鈔有）

送秋雲萬里。算舒卷。總何心。歎路轉羊腸人營燕壘。霜滿蓬簪。愁侵庾塵滿袖便封侯那羨漢淮陰。一醉蓴絲膾玉。忍教菊老松深。離音。又聽西風金井樹。

動秋吟。向暮江目斷。鴻飛渺渺。天色沈沈。沾襟。四絃夜語。問楊瓊往事到寒砧。爭似湖山歲晚。靜梅香底同斟。

瑞鶴仙

丙午重九

亂雲生古嶠。記舊遊惟怕、秋光不早。人生斷腸草。歎如今搖落。暗驚懷抱。誰臨晚眺。吹臺高霜歌縹緲。想西風此處。留情肯著。故山衰帽。　聞道萸香西市。酒熟東鄰。浣花人老。金鞭騕褭。追吟賦。倩年少。想重來新雁。傷心湖上。銷減紅深翠窈。小樓寒。睡起無聊半

入字自校四字穩貼
龍山落帽作收亦
非之謂

黄鈔本亡當

簾晚照

浪淘沙

九日從吴見山覓酒

山遠翠眉長高處淒涼菊花清瘦杜秋娘淨洗綠杯牽露井聊薦幽香　烏帽壓吴霜風力偏狂一年佳節過西廂秋色雁聲愁幾許都在斜陽

水調歌頭

賦方泉望湖樓

屋下半流水屋上幾青山賞心千頃明鏡入座玉光寒雲起南峰未雨雲歛北峰初霽健筆寫青天俯瞰

古城堞不礙小闌干　繡鞍馬輭紅路乍回班層梯影轉停午信手展緗編殘照游船收盡新月畫簾纔捲人在翠壺閒天際笛聲起塵世夜漫漫

思佳客

○賦半面女髑髏

釵燕籠雲睡起時隔牆折得杏花枝青春半面妝如畫細雨三更花又飛　輕愛別舊相知斷腸青塚幾斜暉亂紅一任風吹起結習空時不點衣

垂絲釣近

○雲麓先生以畫舫載洛花燕客

聽風聽雨春殘落花門掩乍倚玉闌旋翦天豔攜醉靨放遡溪游纔波光掩映燭花黯澹　碎霞澄水吳宮初試菱鑑舊情頓減孤負深杯灔衣露天香染通夜飲問漏移幾點

喜遷鶯

賦王臞庵與閒堂

煙空白鷺乍飛下似呼行人相語細縠春波微痕秋月曾認片帆來去萬頃素雲遮斷十二紅簾鉤處黯愁遠向虹腰時送斜陽凝竚　輕許孤夢到海上璣宮玉冷深窗戶遙指人間隔江燈火漠漠水蘋搖暮

秋當作愁以形譌
詞中註詠春景
此句不當出秋字
蓋脫去愁字之半也
夏吷菴校
庚戌十月八日

看葺斷磯殘釣替卻珠歌雪舞吟未了去匆匆淸曉一闌煙雨

西河

○陪鶴林先生登花園

春乍霽淸漣畫舫融洩螺雲萬疊黯凝秋黛蛾照水漫將西子比西湖溪邊人更多麗　步危徑攀豔蕊掬霞到手紅碎靑蛇細折小迴廊去天半咫畫闌入暮起東風棋聲吹下人世　海棠藉雨半繡地殘寒退初御羅綺除酒消春何計向沙頭更續斜陽一醉雙玉杯和流花洗

蝶子談已年甲叁已
滄浪二年 白石千頃三手
或謂方平移了未必可據

點絳脣　詔至咸淳

推枕南窗楝花寒入單紗淺雨簾不捲空礙調雛燕一握柔葱香染榴巾汗音塵斷畫羅閒扇山色天涯遠

滿江紅

○餞方蕙巖赴闕

竹下門敲又呼起蝴蝶夢清閒裏看隣牆梅子幾度仁生燈外江湖多夜雨月邊河漢獨晨星向草堂清曉卷琴書猿鶴驚　宮漏靜朝馬鳴西風起巳鬬情料希音不在女瑟媧笙蓮蕩折花香未晚野舟橫渡

水初晴看高鴻飛上碧雲中秋一聲

祝英臺近

春日客龜溪遊廢圃

採幽香巡古苑竹冷翠微路鬬草溪根沙印小蓮步自憐兩鬢清霜一年寒食又身在雲山深處　晝閒度因甚天也慳春輕陰便成雨綠暗長亭歸夢趁風絮有情花影闌干鶯聲門徑解留我霎時凝竚

珍珠簾

春日客龜溪過貴人家隔牆聞簫鼓聲疑是按舞竚立久之

蜜沈爐暖餘煙嫋□□□毛斧季校作屧簾卷竚立行人官道麟帶壓愁香聽舞簫雲渺恨縷情絲春絮遠悵夢隔銀屏難到寒消有東風垂柳學得腰小　還近綠水淸明歎孤身如燕將花頻繞細雨溼黃昏半醉歸懷抱蠹損歌紈人去久漫淚沾香蘭如笑書杳念客枕幽單看春漸老

滿江紅

甲辰歲盤門外寓居過重午

結束蕭仙嘯梁鬼依還未滅荒城外無聊閒看野煙一抹梅子未黃愁夜雨榴花不見簪秋雪又金羅紅

楊州向用此鑄鏡。李可知銅華當鏡也。集中屢見。
容齋隨筆云：唐代揚州於此鑄鏡以進。國朝翰苑撰端午帖子詞多用其事。
異聞集云：元宗天寶中，揚州進水心鏡一面。進鏡官揚州參軍李守泰。
蘇老帖子詞云：揚子江中百煉金，寶奩新鑄月華沈。此夢窗銅華闕之出典也。其詞中所云銅華，蓋皆切月中天鏡之義也。

字寫香詞年時節。簾底事。憑燕說。合歡縷。雙條脫。自香銷紅臂。舊情都別。湘水離魂菰葉怨。揚州無夢銅華闕。倩臥簫吹裂晚天雲。看新月。

木蘭花慢

○餞趙山臺

指罘罳曉月。動涼信。又催歸。正玉漲松波。花穿畫舫。無限紅衣。青絲。傍橋淺繫。問笛中誰奏鶴南飛。西子冰綃冷處。素娥寶鏡圓時。　清奇。好借秋光臨水色。寫瑤巵。向醉中織就。天孫雲錦。一杼新詩。依稀數聲禁漏。又東華塵染帽簷緇。爭似西風小隊。便乘鱸膾

秋肥

極相思

題陳藏一水月梅扇

玉纖風透秋痕涼與素懷分乘鸞歸後生綃淨翦一片冰雲　心事孤山春夢在到思量猶斷詩魂水清月冷香銷瘦影人立黃昏

醉蓬萊

和方南山韻

碧天書信斷寶枕香留淚痕盈袖誰識秋娥比行雲纖瘦象尺熏爐翠鍼金縷記倚牀同繡月韓瓊梳冰

銷粉汗南花熏透　盡是當時少年清夢臂約痕深帊綃紅緺憑鵲傳音恨語多輕漏潤玉留情沈郎無奈向柳陰期候數曲催闌雙鋪深掩風鐶鳴獸

三部樂

○賦姜石帚漁隱

江鷗初飛蕩萬里素雲際空如沐詠情吟思不在秦箏金屋夜潮上明月蘆花傍釣蓑夢遠句清敲玉翠罌汲曉欸乃一聲秋曲　片篷障雨乘風毛斧季校作越裝片雨半竿渭水佳鷺汀幽宿那知晙袍挾錦低簾籠燭鼓春波載花萬斛帆鬣轉銀河可掬風定浪息蒼

茫外天浸寒綠

秋思耗

荷塘爲括蒼名姝求賦聽雨小閣

堆枕香鬟側驟夜聲偏稱畫屏秋色風碎串珠潤侵歌板愁壓眉窄動羅箑淸商寸心低訴敘怨抑映夢窗零亂碧待漲綠春深落花香汎料有斷紅流處暗題相憶　歡夕簷花細滴送故人粉黛重飾漏侵瓊瑟丁東敲斷弄晴月白怕一曲霓裳未終催去驂鳳翼歎謝客猶未識漫瘦卻東陽燈前無夢到得路隔重雲雁北

鈔本作斷紅衰白
冷作古浪切吳音
疑何郎上有脫
鈔本上有笑字

法曲獻仙音

賦秋晚紅白蓮

風拍波驚露零秋覺斷綠衰紅江上豔拂潮妝澹凝冰靨別翻翠池花浪過數點斜陽雨啼綃粉痕冷宛相向指汀洲素雲飛過清麝洗玉井曉霞佩響寸藕折長絲何郎心似春風蕩半掬微涼嬌蟬聲遠度菱唱伴鴛鴦秋夢酒醒月斜輕帳

夢窗丁稿

瑞龍吟

賦蓬萊閣

墮紅際層觀冷翠玲瓏五雲飛起玉虬縈結城痕杜校作根澹煙半野斜陽半市　瞰危梯門巷去來車馬夢游宮蟻秦鬟古色凝愁鏡中暗換明眸皓齒　東海青桑生處勁風吹淺瀛洲清泚山影汎出□□碧樹人世旗毛刻旗下誤衍檜字芽焙綠曾試雲根味巖流濺涎香怕攪驕龍春睡露草啼清淚酒香斷圖文邱廢隧今古秋聲裏情漫黯寒鴉孤村流水半空畫角落

柳家天詩話奏請涼宮
淳宮即避暑宮之別號善
稱涼殿涼處諸名以上
文賜見句某證之益信
涼宮歲有典禮未可
遽謂之訛
移宮雖明見於[illegible]
韻則無是解且
稱用移宮二字尤非
佳證

地。

近得太原張氏藏明鈔本已　半空畫角落梅花地

瑞鶴仙

柳朱存理[illegible]第一首[illegible]新詞稿[illegible]方蕙巖[illegible]為先生壽也

壽方蕙巖寺簿　鐵網珊瑚作癸卯歲爲先生壽

轆轤秋又轉。記旋草新詞。江頭憑雁。乘槎上銀漢。想車塵纔踏。東華紅輭。何時賜見。漏聲涼移　鐵網珊瑚二字倒　宮夜半。問蓴鱸今幾西風。未覺葳華遲晚。一片丹心白髮。滴露研朱。雅陪清燕。班回柳院。蒲團底。小禪觀。望罘罳明月。初圓此夕　鐵網珊瑚作午夜　應共嬋娟茂苑。願年年玉兔長生。聳秋井幹。

相鈔已奏[illegible]

[illegible]移涼

庭字當
是韻之誤
[illegible]
[illegible]校正

思佳客

鐵網取之餘墨選合互異
選字均據此從毛刻
易仍字　明鈔本亦作仍

明鈔本不作沼
當從原書

○閏中秋

丹桂花開第二番東籬展卻宴期寬人間寶鏡離仍合海上仙查去復還　分不盡半涼天可憐閒臏此嬋娟素娥未隔三秋夢贏得今宵又倚闌

沁園春

○冰漕鑿方泉賓客請以名齋邀賦（毛刻作賦方泉据鐵網珊瑚改）

澄碧西湖輭紅南陌銀河地穿見華星影裹仙棊局靜清風行處瑞玉圭寒斜谷山深望春樓遠無此峥嶸小渭川一泓地解不波不涸獨障狂瀾　老蘇而

後坡仙繼菊井嘉名相與傳試摩挲勁石無令角折丁盫明月莫涴規圓漫結鷗盟那知魚樂心止中流别有天無塵夜聽吾伊正在秋水闌干

齊天樂

○毘陵陪兩别駕宴丁園鐵網珊瑚作毘陵兩别駕招飲丁園索賦

竹深不放斜陽入横披澹墨林沼斷莽平煙殘荷賸水宜得秋深纔好荒亭旋掃正著酒寒輕弄花春小障錦西風半圍歌袖半吟草　獨游清興易嬾景饒人未勝樂事長少柳下停車尊前岸幘同撫雲根一

日月易誤曉繞亦易混案當是背日猶向晚也或云背日爲借下句押曉字約其爲繞字無疑或云背日與首句斜陽意複不如背日是唐擬之詞非寫斜陽景也若是背月則曉字無疑義已雖曉乃記中恒見

欹樓子稾 明鈔本 手稾本蓋出于夢窗行書故寫月作日刻本遂誤 是川

笑秋香未老漸風雨西城暗𢾭客帽背日（月）疑月誤鐵網珊瑚誤

川移舟亂鴉溪樹曉 繞

川非誤蓋朱存理草寫刻月字草體甚似誤了

玉樓春

○爲故人壽母

華堂宿（夜）讌連清曉醉裏笙歌雲窈裊醲成（來）千日酒初

香過卻重陽秋更好　阿兒早晚成名了玉樹階前

春滿抱天邊金鏡不須磨長與妝樓懸𣉭毛誤晚照

醉落魄

○題藕花洲尼扇

春溫紅玉纖衣學翦嬌鴉綠夜香燒短銀屏燭偷擲

此葉與底頁均同叶之例

金錢重把寸心卜　翠深不礙鴛鴦宿採菱誰記當
時曲青山南畔紅雲北一葉波心明滅澹妝束

蝶戀花

○題華山道女扇

北斗秋橫雲髻影鶯羽衣輕腰減青絲賸一曲游仙
聞玉磬月華深院人初定　十二闌干和笑凭風露
生寒人在蓮花頂睡重不知殘酒醒緣窗幾度啼鴉
暝

綠窗二字毛原闕此以葉申薌本事詞補　羽綠已屬織

朝中措

○題蘭室道女扇

楚皋相遇笑盈盈江碧遠山青露重寒香有恨月明秋佩無聲　銀燈炙了金爐燼暖眞色羅屏病起十分清瘦夢闌一寸春情

江城梅花引

○贈倪梅村

江頭何處帶春歸玉川迷路東西一雁不飛雪壓凍雲低十里黃昏成曉色竹根籬分流水過翠微　帶書傍月自鉏畦苦吟詩生鬢絲半黃細雨翠禽語似說相思惆悵孤山花盡草離離半幅寒香家住遠小簾垂玉人誤聽馬嘶

此葉宜从毛刻

杏花天

○詠湯

蠻薑豆蔻相思味算卻在春風舌底江清愛與消殘
醉憔悴文園病起 停嘶騎歌眉送意記曉色東城
夢裏紫檀暈淺香波細腸斷垂楊小市

倦尋芳

○花翁遇舊歡吳門老妓李憐邀分韻同賦

此詞

墜緋恨井塵鏡迷樓空閉孤燕寄別崔嶶清瘦畫圖
春面不約舟移楊柳繫有緣人映桃花見敘分攜悔

黍字因下對當以青字与未對

此日字与色日押可證白石惜紅衣詞次句日字是均毋疑然結拍用色字句此均例後人多從於ミ叔原強來

香瘢漫爇綠鬟輕翦　聽細語琵琶幽怨客鬢蒼華
衫袖溼徧漸老芙蓉猶自帶霜看詞綜作重看詞旨引作五字句
一縷情深朱戶掩兩痕愁起青山遠被西風又驚吹
夢雲分散

滿江紅

○劉朔齋賦菊和韻

露浥初英蚤遺恨參差九日還卻笑萸隨節過桂彫
無色杯面寒香蜂共泛籬根秋訊蛩催織愛玲瓏篩
月水屏風千枝結　芳井韻寒泉咽霜著處微紅溼
共評花索句看誰先得好漉烏巾連夜醉莫愁金鈿

無人拾算遺蹤猶有枕囊留相思物

朝中措

○聞桂香

海東明月鎖雲陰花在月中心天外幽香輕漏人間仙影難尋　并刀翦葉一枝曉露綠鬢曾簪惟有別時難忘冷煙疏雨秋深

龍山會

○陪毘陵幕府諸名勝載酒雙清賞芙蓉

石徑幽雲冷(詞譜作鎖)步幌深深豔錦青紅亞小橋和夢醒環佩杳煙水茫茫城下何處不秋陰問誰借東風

破霜疑到本之霜誤

結句挂字疑衍出
按字一均蓋誤按此
詞前後結句例如常
從詞譜改訂

此亂字從上亂字誤衍
明鈔本理字不誤芳來
校得者本

豔冶最嬌嬈愁侵醉頰紅綃淚灑　搖落翠莽平沙

口詞譜作欲挽斜陽駐短亭車馬曉妝羞未墮沈恨起金

谷魂飛深夜驚雁落清歌酹花口詞譜作底觥船快瀉去

來捻月向井梧梢上挂詞譜作後歸來井梧上有玉蟾遙挂

夢行雲　郎六么花十八

○和趙脩全韻

簟波皺纖縠朝炊熟眠未足青奴細膩未拚眞珠斛

素蓮幽怨風前影搔頭斜墜玉　畫闌枕水垂楊梳

雨青絲亂如乍沐嬌笙微韻晚蟬能毛斧季校作理秋曲翠

陰明月勝花夜那愁春去速

天香

壽筠塘內子

碧藕藏絲紅蓮竝蒂荷塘水暖香斗窈窕文窗深沈書幔錦瑟歲華依舊洞簫韻裏同跨鶴青田碧岫菱鏡妝臺挂玉芙蓉豔褥鋪繡　西鄰障蓬瀿（毛作漂）手共華朝夢蘭分秀未冷綺簾猶捲淺冬時候秋到霜黃半畝便準擬攜花就君酒花酒年華天長地久

謁金門

和勿齋韻

雞唱晚斜照西窗白暖一枕午醒幽夢遠素衾春絮

瀿漂以形音誤

輭　紫燕紅樓歌斷錦瑟華年一箭偷果風流輸曼倩畫陰爭繡綫

點絳脣

香泛羅屏夜寒著酒宜偎倚翠偏紅墜喚起芙蓉睡一曲伊州秋色芭蕉裏嬌和醉眼情心事愁隔湘江水

繞佛閣

○贈郭季隱

蒨霞豔錦星娥夜織河漢鳴杼紅翠萬縷送幽夢與人間秀芳句怨宮恨羽孤劍謾倚無限淒楚賦情縹

明鈔搖字作下空闕注清真詞校鈔四字一句又鈔本無搖字颺下不鈔蓋本以賦情至花絮為句正與譜合　鈞又記

城外

末句用郭有道別傳墊雨巾折一角故事再在帝論巾款兩同

緲東風搖颺□□□（毛刻闕在絮下据提要改）花絮　鏡裏半鬢雪詞老春深鶯曉處長閉翠陰幽坊楊柳戶看故苑離離偏生禾黍短藜青屨笑寄隱閒追雞社歌舞最風流墊巾沾雨

又起句次句首字明鈔與句溪題是句字之形近誤

夜遊宮

人去西樓雁杳敘別夢揚州一覺雲澹星疏楚山曉聽啼烏立河橋話未了　雨外蛩聲早細織就霜絲多少說與蕭娘未知道向長安對秋燈幾人老

如夢令

春在綠窗楊柳人與流鶯俱瘦眉底暮寒生簾額時

第四五句對仗例下闋同

傍鄰鈔本

翻波皺風驟風驟花徑啼紅滿袖

醉桃源

○荷塘小隱賦燭影

金丸一樹帶霜華銀臺搖豔霞燭陰樹影兩交加秋紗機上花　飛醉筆駐吟車香浮小隱家明朝客夢付啼鴉歌闌月未斜

絳都春

○餞李太博赴括蒼別駕

長亭旅雁飲倦羽寄棲牆陰年晚問字翠尊刻燭紅箋慳會展冰灘鳴佩舟如箭笑烏幘臨風重岸可憐

垂柳清霜萬縷送將人遠　吳苑千金未散買新賦共賞文園詞翰流水翠微明月清風平分半花深驛路香不斷萬玉舞朶恩東苑瓢應花底春多輭紅霧曉

漢宮春

壽王虔州

懷得銀符眷朝衣歸袖猶惹天香星移太微幾度飛出西江吳城駐馬趁肥鱸膾蟻初嘗紅霧底金門候曉爭如小隊春行　何用倚樓看鏡算橘中深趣日月偏長江山待吟秀句梅曆催妝東風水暖弄煙嬌

末奏語不成句
集本作醉鷺三五字認甚多

案本作五句疑拍春字宜据
詞譜改近著此以形近誤
一處
此十二句与十叢同用之例

語燕飛檣來歲醉鵲樓勝處紅圍舞袖歌裳

瑤華

○分韻得作字戲虞宜興

秋風采石羽扇揮兵認紫騮飛躍江蘺塞草應笑春
空鎖淩煙高閣胡歌秦隴問鐃鼓新詞誰作有（詞譜作著）
秀蕣來染吳香瘦馬青芻南陌　冰澌細響長橋蕩
波底蛟腥不涴霜鍔烏絲醉墨紅袖暖十里湖山行
樂老仙何處算洞府光陰如昨想地寬多種桃花豔
錦東風成幄

瑞鶴仙

鄭本或寫之
著之誤因
并寫之春
此字碼宜
例然者
詞家詞
不證之況也
春字舊
解

（鈔本作殿 是首乃作茂苑 可證）

（入作平 白石玉手二見此律之徵的 玉田賦詠亦用此譜然多遷改作平以意為箭易不可從也）

○壽雲麓先生

記年時秋半看畫堂凝香璇奎初煥天邊歲華轉向九重春近仙桃傳宴銀罌翠管寶香飛蓬萊小苑感玉皇恩重千秋翠麓峻齊雲漢　須看鴻飛高處野闊天寬弋人空羨梅清水暖苕溪畔幾吟卷算金門聽漏玉墀班早贏得風霜滿臉總不如綠野身安鏡中未晚

暗香

○送魏匀濱宰吳縣解組分韻得闔字

縣花誰葺記滿庭燕麥朱扉斜闔妙手作新公館青

嘗謂玉田白石皆善琢景要中夫三字逗一字墻用未協例今以夢窗足證當之信然姑以黑圈點出以示學者

閑字指白石綠楊城郭為句郭字協上此同例

叩似隱于字為讀之誤

紅曉雲涇天際疏星趁馬畫簾隙冰絃三疊盡換卻吳水吳煙桃李靚春曆　風急送帆葉正雁水夜清臥虹平帖輭紅路接塗粉闌深早催入懷暖天香宴果花隊簇輕軒銀蠟便問訊湖上柳兩隄翠帀

淒涼犯　又名瑞鶴仙影

○賦重臺水仙

空江浪闊清塵凝層層刻碎冰葉水邊照影華裾曳翠露搔淚涇湘煙暮合囗塵韈淩波半涉惝臨風囗欺瘦骨護冷素衣疊　樊姊玉奴恨小鈿疏脣洗妝輕怯汜人最苦粉痕深幾重愁靨花溢香濃猛熏透霜綃

細摺倚瑤臺十二金錢暈半□（歷代詩餘作滅）

思佳客

癸卯除夜

自唱新詞送歲華鬢絲添得老生涯十年舊夢無尋處幾度新春不在家　衣嬾換酒難賒可憐此夕看梅花隔年昨夜青燈在無限妝樓盡翠華（句疑）

宴清都

送馬林屋赴南宮分韻得動字

柳色春陰重東風力快將雲雁高送書檠細雨吟窗亂雪天寒筆凍家林秀橘霜老笑分得蟾邊桂種應

疑作醉醉　一以音訛　一以形譌

[illegible]

茂苑斗轉蒼龍唯潮獻奇吳鳳 玉眉暗隱華年淩雲氣壓千載雲夢名箋澹墨恩袍翠草紫騮青鞋飛香杏圜新句眩醉眼春游乍縱弄鶯音鵲繞庭花紅簾影動

六醜

壬寅歲吳門元夕風雨

漸新鵝映柳茂苑鎖東風初掣館娃舊遊羅襦香未滅玉夜花節記向留連處看街臨晚放小簾低揭星河瀲灩春雲熱笑靨欹梅仙衣舞纈澄澄素娥宮闕醉西樓十二銅漏催徹 紅消翠歇歎霜簪練髮過

眼年光舊情盡別泥深厭聽啼鴂恨愁霏潤沁陌頭
塵襪青鸞杳鈿車音絕卻因甚不把歡期付與少年
花月殘梅瘦飛趁風雪向夜永（詞錄作闌）更說長安夢燈
花正結

蕙蘭芳引

賦陳藏一家吳郡王畫圖墨蘭

空翠□雲楚山迴故人南北秀骨冷盈盈□□□□□清洗九畹料未許千金輕價淺笑還輕語蔓草羅裙一幅　素女情多阿眞嬌重喚□空谷弄野色煙姿宜掃怨蛾澹墨光風入戶媚香傾國湘佩寒幽

姚鈔乃是明初本合
不得謂是無稿
跋子昀蓋謂吳郡王氏藏之書
傳鈔本將遊山跋屬上九字下
以爲其周社之詞人題切蘭皮
[illegible]
鈔可以据訂但不得彌誤
[illegible]
[illegible]

夢小窗春足按此詞譌脫杜刻覆校据姚子箴鈔本悉爲改補因不知姚鈔所自未敢从

探芳信

爲春瘦更瘦如梅花花應知否任枕函雲墜離懷半中酒雨聲樓閣春寒裏寂寞收燈後甚年年鬬草心期探花時候　嬌嬾强拈繡暗背裏相思閒供晴晝玉合羅囊蘭膏漬透紅豆舞衣疊損金泥鳳妒折闌干柳幾多愁兩點天涯遠岫

惜黃花慢

○賦菊

粉靨金裳映繡屏認得舊日蕭娘翠微高處故人帽

傍錄已畢

此需據丙稿改正

底一年最好偏是重陽避春祇怕春不遠傍幽徑偷理秋妝殢醉鄉寸心似翦漂蕩愁觴　潮顋笑入清霜鬬萬花樣巧深染蜂黃露痕千點自憐舊色寒泉半掬百感幽香雁聲不到東籬畔滿城但風雨淒涼最斷腸夜深怨蝶飛狂

青玉案

○重到曰溪葵園　按丙稿祝英臺近題春日客龜溪遊廢圃此疑脫龜字葵疑廢誤

東風客雁溪邊道帶春去隨春到認得踏青香徑小傷高懷遠亂雲深處目斷湖山杳　梅花似惜行人

老不忍輕飛送殘照一曲秦娥春態少幽香誰採舊寒猶在歸夢啼鶯曉

浣溪沙

○題李中筌舟中梅屏

冰骨清寒瘦一枝玉人初上木蘭時嬾妝斜立澹春姿　月落溪窮清影在日長春去畫簾垂五湖水色掩西施

探芳信

○雲麓小園早飲客供棋事琴事

轉芳徑見霧捲晴漪魚弄游影旋解纓濯翠臨枰口

口口修林竹色花香處意足多新詠試把龍脣供來
時舊寒纔定　門巷都深靜但酒敵曉寒棋消日永
舊曲猗蘭待留向月中聽藻蘋密布宮溝水任汎流
紅冷小闌干笑拍東風醉醒

採桑子

○瑞香

茜羅結就丁香顆顆顆相思猶記年時一曲春風酒
一卮　綵鸞依舊乘雲到不負心期清睡濃時香趁
銀屏蝴蝶飛

三姝媚

○姜石帚館水磨方氏會飲總宜即事寄毛

酣春青鏡裏照清波明眸。暮雲愁鬢半綠垂絲正楚腰纖瘦舞衣初試燕客漂零煙樹冷青驄會繫畫館朱橋還把清尊慰春憔悴　離苑幽芳深閉恨淺薄東風褪香銷膩綵箑翻歌最賦情偏在笑紅顰翠暗拍闌干看散盡斜陽船市付與嬌鶯金衣清曉花深未起　按歌拍多二字詞譜收作又一體詳玩詞語似嬌鶯金衣四字必衍其一或舊本嬌鶯下有一作金衣小注毛刻誤入正文遂致此譌　左笏卿曰暮雲句紙感通叶於古未聞欽疑翳誤

水龍吟

○雲麓新葺北墅園池

好山都在西湖斗城轉北多流水屋邊五畝橋通雙沼平煙蘸翠旋疊雲根半開竹徑鷗來須避四時長把酒臨花傍月無一日不春意　獨樂當時高致醉吟篇如今還繼舉□見日葵心傾□□□歸計浮碧亭□泛紅波迴桃源人世待天香□□開時又勝翠陰靑子

舉下當是頭字可補

燭影搖紅

○雲麓夜燕園亭

新月侵階綵雲林外笙簫透銀臺雙引繞花行紅墜

鈔本此處畫兩圈
案曉風處斷句

相如傳爲孝文園令

香沾袖不管籤聲轉漏更明朝棋消永晝靜中閒看倦羽飛還遊雲出岫　隨處春光翠陰那抵西湖柳去年溪上牡丹時還試長安酒都把愁懷抖擻笑流鶯啼春漫瘦曉風儘惡妒雪寒銷梅樞成豆

○毛荷塘生日留京不歸賦以寄意

西子西湖賦情合載鴟夷棹斷橋直去是孤山應爲梅花到幾度吟昏醉曉背東風偷閒鬭草亂鴉啼後解佩歸來春懷多少　千里嬋娟茂園今夜同清照櫻脂茸唾聽吟詩爭似還家好昵昵西窗語笑鳳雲深瓊簫縹緲願春如舊柳帶同心花枝壓帽茂園戈選作茂

陵杜校从之按王維詩相如今病久歸守茂陵圖語似本此

望江南

三月暮花落更情濃人去鞦韆閒挂月馬停楊柳倦嘶風隄畔畫船空　厭厭醉長日小簾櫳宿燕夜歸銀燭外啼鶯聲在綠陰中無處覓殘紅

天香

○賦熏衣香

珠絡玲瓏羅囊閒鬭酥懷暖麝相倚百和花鬚十分風韻半襲鳳箱重綺茜□四角慵未結流蘇春睡熏度紅薇院落煙銷畫屏沈水　温泉絳綃乍試露華

侵透肌蘭泚漫省淺溪月夜暗浮花氣荀令如今老矣但未減韓郎舊風味遠寄相思餘熏夢裏

江神子

○賦洛北碧沼小庵

長安門外小林邱碧壺秋浴輕鷗不放啼紅流水透宮溝時有晴空雲過影華鏡裏翳魚游　綺羅塵滿九街頭晚香樓夕陽收波面琴高仙子駕黃虬清磬數聲人定了池上月照虛舟

沁園春

○送翁賓暘游鄂渚

情如之何暮途爲客忍堪送君便江湖天遠中宵同月（毛誤舟）闕河秋近何日清塵玉塵生風貂裘明雪蓐府英雄今幾人行清旱（句疑）料剛腸肯殢淚眼難聾平生秀句清尊到帳動風開自有神聽夜鳴黃鶴樓高百尺朝馳白馬筆掃千軍賈傅才高岳家軍壯好勒燕然石上文□□□念故人老矣甘臥閒雲

採桑子

水亭花上三更月扇與人閒弄影闌干玉燕重抽攏墜簪　心期偷卜新蓮子秋入眉山翠被紅殘半簟湘波生曉寒

杜校本實亦有此注

清平樂

○書梔子扇

柔柯翦翠蝴蝶雙飛起誰墮玉鈿花徑裏香（杜校一作晴）帶薰風臨水　露紅滴□秋枝金泥不染禪衣結得同心成了任教春去多時

燕歸梁

○書水仙扇

白玉搔頭墜髻鬆怯冷翠裙重當時離佩解丁東澹雲低暮江空　青絲結帶鴛鴦琖歲華晚又相逢綠塵湘水避春風步歸來月宮中

高樂
此夢之句殊新艷
華等之同柳之例

西江月

江上桃花流水天涯芳草青山樓臺春鎖碧雲灣都入行人望眼　一鏡波平鷗去千林日落鴉還天風裊裊送輕颿驀過星槎銀漢

滿江紅

翠幕深庭露紅晚閒花自發春不斷亭臺成趣翠陰蒙密紫燕雛飛簾額靜金鱗影轉池心闊有花香竹色賦閒情供吟筆　閒問字評風月時載酒調冰雪似初秋入夜淺涼欺葛人境不教車馬近醉鄉莫放笙歌歇倩雙成一曲紫雲迴紅蓮折

夜行船

○寓化度寺

鴉帶斜陽歸遠樹無人聽數聲鐘暮日與愁長心灰香斷月冷竹房扃戶　畫扇青山吳苑路傍懷袖夢飛不去憶別西池紅綃盛淚腸斷粉蓮啼露

好事近

○僧房聽琴

琴冷石牀雲海上偷傳新曲彈作一簷風雨碎芭蕉寒綠　冰泉輕瀉翠筒香林果薦紅玉早是一分秋意到臨窗脩竹

梧

浣溪沙

波面銅花冷不收，玉人垂釣理纖鈎。月明池閣夜來秋。　江燕話歸成曉別，水花紅減似春休。西風梧井葉先愁。

風入松

○雲麓園堂燕客

一番疏雨洗芙蓉，玉冷佩丁東。轆轤聽帶秋聲轉，早涼生、傍井梧（詞繫作疏）桐。歡宴涼宵好月，佳人脩竹清風。

臨池飛閣乍青紅，移酒小垂虹。貞元供奉梨園曲，稱十香、深蘸瑠鍾。醉夢孤雲曉色，笙歌一派秋空。

宋詞人之僑吳者世但知賀方回之寓醋坊橋吳應之之居小市橋觀於此詞殆是夢窗亦有老屋在閶門而兩度化度寺作皆有懷歸之意豈老去慕泛故作此耶　丙子某郎

洋州國沈東坡識

鷓鴣天

○化度寺作

丁丙五宗野僧夏吉情蘇州壽寫生　不知吳城住何處覺翁又於此有終焉之志已

池上紅衣伴倚闌。棲鴉常帶夕陽還。殷雲度雨疏桐落。明月生涼寶扇閒。鄉夢窄。水天寬。小窗愁黛澹秋山。吳鴻好爲傳歸信。楊柳閶門屋數間。

虞美人影

○詠香橙

黃包先著風霜勁。獨占一年佳景。點點吳鹽雪凝玉。膾和齏冷　洋園誰識黃金徑。一棹洞庭秋興。香薦蘭皋湯鼎。殘酒西窗醒。

鈔本重字多作裏
此重字下脫以形近訛
然詞譜無據未宜改也

訴衷情

片雲載雨過江鷗水色澹汀洲小蓮玉慘紅怨翠被又經秋　涼意思到南樓小簾鉤半窗燈暈幾葉芭蕉客夢牀頭

花上月令

文園消渴愛江清酒腸怯怕深觥玉舟曾洗芙蓉水瀉清冰秋夢淺醉雲輕　庭竹不收簾影去人睡起月空明瓦瓶汲井和秋葉薦吟醒夜深重詞譜作裏怨遙更

朱說夜深重當是夜深重集中深深二字互證甚多見

卜算子

明鈔無此字

此等處皆詩家所謂抑之例與董蘭芳引

宋鈔本無此詞 以形近誤

庭久人悄句例證甚

涼挂曉雲輕聲度西風小井上梧桐應未知一葉雲鬟嫋　來雁帶書遲別燕歸程早頻探秋香開未開恰似春來了

秋霽

○賦雲麓水園長橋

一水盈盈漢影隔游塵淨洗寒緑秋沐平煙日回西照乍驚飲虹天北綵闌翠馥錦雲直下花成屋試縱目空際醉來風露跨黃鵠　追想縹緲釣雪松江恍然煙蓑秋夢重續問何如臨池膾玉扁舟空艤洞庭宿也勝飲湘然楚竹夜久人悄玉妃喚月歸來桂笙

聲裏水宮六六

此与梅溪詞同格 此從梆詞出

鳳棲梧

甲辰七夕

開過南枝花滿院新月西樓相約同鍼線高樹數聲蟬送晚歸家夢向斜陽斷　夜色銀河情一片輕帳偷歡銀燭羅屏怨陳迹曉風吹霧散簾鉤空帶蛛絲捲

江神子

喜雨上麓翁

一聲玉磬下星壇步虛闌露華寒平曉阿香油壁碾

青鸞應是老鱗眠不得雲砲落海潮翻　身閒猶耿寸心丹炷爐煙暗祈年隨處蛙聲鼓吹稻花田秋水一池蓮葉晚吟喜雨拍闌干

齊天樂

○飲白醪感少年事

芙蓉心上三更露茸香漱泉玉井自洗銀舟徐開素酌月落空杯無影庭陰未暝度一曲新蟬韻秋堪聽瘦骨侵冰怕驚紋簟夜深冷　當時湖上載酒翠雲開處共雪面波鏡萬感璚漿千莖鬢雪煙鎖藍橋花徑留連暮景但口（詞譜作閒）覓孤歡強寬秋興醉倚修篁

藕藉二字以形近訛又鈔者因藕字書誤致此從下校又衍一字此毛氏校刻未之是正

畢説本近碎以音形而訛杜校近碎是

晚風吹半醒

霜天曉角

○題胭脂嶺陶氏門 嶺在杭州

煙林褪葉紅毛刻衍藕藉游人屧十里秋聲松路嵐雲重翠濤涉　竚立閒素箋畫屏蘿嶂疊明月雙成歸去天風裏鳳笙浹按此調有四十三字四十四字兩體此闋藕字蓋涉下文藉字誤衍與後闋起句五字者體各不同杜校云詞繫藕作偶似以紅字爲句非

烏夜啼

○桂花

西風先到巖扃月籠明金露啼珠滴翠小雲屏

一

顆顆一星星是秋情香裂碧窗煙破醉魂醒

夜行船

逗曉闌干霑露水歸期杳畫簷鵲喜粉汗餘香傷秋中酒月落桂花影裏　屏曲巫山和夢倚行雲重夢飛不起紅葉中庭綠塵斜口應是寶箏慵理

鳳棲梧

○化度寺池蓮一花最晚有感

湘水煙中相見早羅蓋低籠紅拂猶嬌小妝鏡明星爭晚照西風日送淩波杳　惆悵來遲羞窈窕一霎留連相伴闌干悄今夜西池明月到餘香翠被空秋

案毛本李校兩藁此調過片碧梧當脱一字紅友亦云是此詞對日暮韻碧字爲不誤也宜据明鈔正
汜亦妃之譌 彊村斋吳校

曉

生查子

○秋社

當樓月半匳曾買菱花處愁影背闌干素髮殘風露神前雞酒盟歌斷秋香戶泥落畫梁空夢想青春語

尾犯

○甲辰中秋

紺海掣微雲金井暮涼梧韻風息何處樓高想清光先得江汜冷冰綃乍洗素娥懽菱花再拭影留人去

忍向夜深簾戶照陳迹　竹房苔徑小對日莫教煙碧（此句疑有誤左笏卿曰當是日暮莫教重文致脫）露蓼香涇記年時相識二十五聲聲秋點夢不認屏山路窅醉魂悠颺滿地桂陰無人惜

慶春宮

殘葉翻濃餘香棲苦障風怨動秋聲雲影搖寒波塵銷膩翠房人去深扃晝成淒黯雁飛過垂楊轉青闌干橫暮酥印痕香玉腕誰憑　菱花乍失娉婷別岸圍紅千豔傾城重洗清杯同追深夜豆花寒落愁燈近歡成夢斷雲隔巫山幾層偷相憐處熏盡金篝消

瘦雲英

霜天曉角

香莓幽徑滑縈繞秋曲折簾額紅搖波影魚驚墜暗吹沫　淚闊輕棹撥武陵曾話別一點煙紅春小桃花夢半林月

漢宮春

○壽梅津

名壓年芳倚竹根新影獨照清漪千年禹梁蘚碧重發南枝冰凝素質遣凡桃羞濯塵姿寒正峭東風似海香浮夜雪春霏　練鵲錦袍仙使有青娥傳夢月

通首切梅為壽
詞之一格

轉參移逋山傍鶯繫馬玉翦新辭宮妝鏡裏笑人閒花訊都遲春未了紅鹽薦鼎江南煙雨黃時

西江月

○丙午冬至

添線繡牀人倦翻香羅幕煙斜五更簫鼓貴人家門外曉寒嘶馬　帽壓半簷朝雪鏡開千靨春霞小帘沽酒看梅花夢到林逋山下

浣溪沙

○中冬望後出迓履翁舟中即興

新夢游仙駕紫鴻數家燈火灞陵東吹簫樓外凍雲

重　石瘦溪根船宿處月斜梅影曉寒中玉人無力倚東風

戀繡衾

頻摩書眼怯細文小窗陰天氣似昏獸爐暖慵添困帶茶煙微潤寶熏　少年驕馬西風冷舊春衫猶涴酒痕夢不到梨花路斷橋長毛刻二字誤倒無限暮雲

偓雪按詞律云此以無悶調賦偓雪今傳其題而逸其調名杜刻以改補詞譜云此調句讀押韻與無悶迥别詞律類列者非今从之

霓節飛瓊鸞駕弄玉杳隔平雲弱水倩皓鶴傳書衛姨呼起莫待粉河凝曉趁夜月瑤笙飛環佩蹇驢吟

影茶煙竈冷酒亭門閉　歌麗泛碧蟻放繡箔半鉤
寶臺臨砌要須借東君灞陵春意曉夢先迷楚蝶早
風戾重寒侵羅被還怕掩深院梨花又作故人淸淚

杏花天

鬢棱初翦玉纖弱早春入屏山四角少年買困成歡
謔人在濃香繡幄　霜絲換梅殘夢覺夜寒重長安
紫陌東風入戶先情薄吹老燈花半萼

醉桃源

○元日

五更櫪馬靜無聲隣雞猶怕驚日華平曉弄春明暮

夢一　四印齋校本

寒愁翳生　新歲夢去年情殘宵半酒醒春風無定落梅輕斷鴻長短亭

菩薩蠻　春寒

落花夜雨辭寒食塵香明日城南陌玉靨溼斜紅淚痕千萬重　傷春頭竟白來去春如客人瘦綠陰濃日長簾影中

宜據陽春更訂詞意盡翻鏡中長見橫波故云時浸明眸一浸字不可易

夢窗補遺

聲聲慢

陪幕中餞孫無懷於郭希道池亭閏重九前一日

閏重九飲郭園

檀欒金碧婀娜蓬萊游雲不蘸芳洲露柳霜蓮陽春白雪作蓬十分點綴殘秋新鸞畫眉未穩似含羞低度牆頭愁送遠駐西臺車馬共惜臨流　知道池亭多宴掩庭花長是驚落秦謳膩粉闌干猶聞凭袖香留輸他翠漣拍甃瞰新妝終日凝陽春白雪作時浸明眸簾半捲帶黃花人在小樓

倦尋芳

夢補　一　四印齋校本

○餞周糾定夫

暮帆挂雨冰岸飛梅春思零亂送客將歸偏是故宮離苑醉酒曾同涼月舞尋芳還隔紅塵面去難留悵芙蓉路窄綠楊天遠　便繫馬鶯邊清曉煙草晴花沙潤香輭爛錦年華誰念故人遊倦寒食相思隄上路行雲應在孤山畔寄新吟莫空回五湖春雁

唐多令

○惜別

何處合成愁離人心上秋縱芭蕉不雨也颼颼都道晚涼天氣好有明月怕登樓　年事夢中休花空煙

水流燕辭歸客尙淹留垂柳不縈裙帶住漫長是繫
行舟

法曲獻仙音

和丁宏庵韻

落葉霞翻敗窗風咽暮色淒涼深院瘦不關秋淚緣
生別情銷鬢霜千點悵翠冷搔頭燕那能語恩怨
紫簫遠記桃枝向隨春渡愁未洗鉛水又將恨染粉
縞澀離箱忍重拈燈夜裁剪望極藍橋綵雲飛羅扇
歌斷料鶯籠玉鎖夢裏隔花時見

好事近

趣韻纏綿空靈非覺翁不能到此覺世士但知七寶樓臺雕飾去跪試參其翻空弄筆方審夢窗豪頓神妙俱從清真得來

秋飲

雁外雨絲絲，將恨和愁都織。玉骨西風，添瘦減尊前歌力。袖香曾枕醉紅，腮依約唾痕碧。花下淩波入夢，引春雛雙鷁。按此闋又見盧申之蒲江詞

憶舊遊

別黃澹翁

送人猶未苦，苦送春隨人去天涯。片紅都飛盡，陰陰潤綠，暗裏啼鴉。賦情頓雪雙鬢，飛夢逐塵沙。歎病渴淒涼，分香瘦減，兩地看花。　西湖斷橋路，想繫馬垂楊，依舊攲斜。葵麥迷煙處，問離巢孤燕，飛過誰家。故

按此詞首句與對起文英變調而平側迥異第五句當作五字以下闋例之足合此脫一字宜注清真諸家均作五字此亦又一體

末句第四字例用入聲　片玉白石及文英諸守是律　其他則出入不免予嘗以此　舉似半塘翁以爲自來　論詞者得未曾有

人爲寫深怨空壁掃秋蛇但醉上吳臺殘陽草色歸思賒

第四句毛本有正字是

宴清都

病渴文園久梨花月夢殘春故人舊愁彈枕雨裛翻帽雪爲情孱燃千金醉躍驕驄試問取朱橋翠柳痛恨不買斷斜陽西湖醞入春酒　吳宮亂水斜煙留連倦客慵更回首幽蛩韻苦哀鴻叫絶斷音難偶題紅汎葉零亂想夜冷江楓暗瘦付與誰一半悲秋行雲在否

金縷歌

玫吳履齋以二翁爲姪語譜罕相有欽慕之于夢窗是作蓋其時也詞中撫慨悲歎傷今感昔殆爲履翁發也半塘先生云補讀此詞不得其解後見說部中有謂滄浪亭為韓蘄王故墅始知君特意之所在詞中多感詠當時遺事藉看梅以發思古幽情良有以也
壬寅九月晦日記

○陪履齋先生滄浪看梅

喬木生雲氣。訪中興英雄陳迹。暗追前事。戰艦東風慳借便。夢斷神州故里。旋小築吳宮閒地。華表月明歸夜鶴。歎當時花竹今如此。枝上露。濺淸淚。遨頭小簇行春隊。步蒼苔、尋幽别塢。看梅開未。重唱梅邊新度曲。催發寒梢凍蕊。此心與東君同意。後不如今今非昔。兩無言、相對滄浪水。懷此恨。寄殘醉。右毛刻補遺八闕見中興詞選

宋吳人龔明之中吳紀聞滄浪亭在郡學東吳軍節度使孫承祐之池館其後蘇子美得之又爲章家所有章莊敏俱有其半今盡爲韓王所得矣
半塘所稱說部者蓋謂此也

醉落魄

○院姬口主出爲戍婦

柔懷難託。老天如水人情薄。燭痕猶刻西窗約。歌斷
棃雲。留夢繞羅幕。 寒更唱徧吹梅角。香銷臂趁弓
弰削。主家衣在羞重著。獨掩鶯門。春盡柳花落。

朝中措

晚妝慵理瑞雲盤鍼綫傍鐙前燕子不歸簾捲海棠
一夜孤眠 踏青人散遺鈿滿路雨打秋千尙有落
花寒在綠楊未褪春緜 二闋見陽春白雪

青玉案

短亭芳草長亭柳記桃葉煙江口今日江村重載酒
殘杯不到亂紅青塚滿地閒春繡 翠陰曾摘梅枝

齅還憶秋千玉葱手紅索倦將春去後薔薇花落故園蝴蝶粉薄殘香瘦

又

新腔一唱雙金斗正霜落分甘手已是紅窗人倦繡春詞裁燭夜香温被怕減銀壺漏　吳天雁曉雲飛後百感情懷頓疏酒綵扇何時翻翠袖歌邊挤取醉魂和夢化作梅邊瘦

好事近

飛露灑銀牀葉葉怨梧啼碧蘄竹粉蓮香汗是秋來陳迹　蔫絲空纜宿湖船夢濶水雲窄還繫鴛鴦不

住老紅香月白

杏花天

重午

幽歡一夢成炊黍。知綠暗、汀菰幾度。竹西歌斷芳塵去。寬盡經年臂縷。梅黃後、林梢更雨。小池面、啼紅怨暮。當時明月重生處。樓上宮眉在否。

浪淘沙

燈火雨中船。客思緜緜。離亭春草又秋煙。似與輕鷗盟未了。來去年年。往事一潸然。莫過西園。凌波香斷綠苔錢。燕子不知春事改。時立秋千。

趁字暗協

校錄為余舊編刻于冷紅詞後改玉臺二句為對偶似榭字亦以備為說

採桑子慢

○九日

桐敲露井殘照西窗人起悵玉手曾攜烏紗笑整風敧水葉沈紅翠微雲冷雁慵飛樓高莫上魂銷正在搖落江蘺　走馬斷橋玉臺妝榭（絶妙好詞校録作謝）羅帕香遺歎人老長安燈外愁換秋衣醉把茱萸細看清淚溼芳枝重陽重處寒花怨蝶新月東籬

思嘉容

迷蝶無蹤曉夢沈寒香深閉小庭心欲知湖上春多少但看樓前柳淺深　愁自遣酒孤斟一簾芳景燕

蘋下當有洲字

同吟杏花宜帶斜陽看幾陣東風晚又陰七闋見絕妙好詞

踏莎行

敬賦草窗絕妙詞

楊柳風流蕙花清潤蘋□未數張三影沈香倚醉調清平新辭□□□□□ 鮫室裁綃□□□□□□白雪爭歌郢西湖同結杏花盟東風休賦丁香恨見蘋洲漁笛譜附錄

古香慢

滄浪看桂自度夷則商犯無射宮

怨娥墜柳離佩搖葓霜訊南圃漫憶橋扉倚竹夷寒

日莫還問月中游夢飛過金風翠羽把殘雲賸水萬頃暗熏冷麝淒苦　漸浩渺淩山高處秋澹無光殘照誰主露粟侵肌夜約羽林輕誤剪碎惜秋心更腸斷珠塵蘚路怕重陽又催近滿城細雨見鐵網珊瑚

右續補遺

十一闋

句（句字上應加斷字）

霜杵敲寒風燈搖夢見詞旨屬對

醉雲醒月見詞旨詞眼

中吳紀聞滄浪亭舊為孫承祐家園後歸韓蘄王家後為蘇子美四萬錢買得　夢窗詞中屢詠滄浪名勝皆屬中興之感似因孫韓故迹託寄遥深其時或未聞子美滄浪吟邪

光緒戊申三月據毛刻杜校覆勘一過依形近音近義近諸誤三例詳求之得十之九識之欣然

原刻序跋

余家藏書未備如四明吳夢窗詞稿二十年前僅見丙丁二集因遂授梓蓋尺錦寸繡不忍秘諸枕中也今又得甲乙二冊但錯簡紛然如風裏落花誰是主此南唐後主亡國詞讖也無可奈何花落去似曾相識燕歸來巧對晏元獻公與江都尉同遊池上一段佳話久已耳熟豈容攘美又如秦少游門外綠陰千頃蘇子瞻敲門試問野人家周美成倚樓無語理瑤琴歐陽永叔佳人初試薄羅裳之類各入本集不能條舉但如雲接平岡對宿烟收諸篇自注坿某集者

録窗夢窗詞舊本
二之徵者以霜花腴
卷爲最古。草窗有
玉漏遲一解題霜花
腴詞集。明朱存理刻
鐵网珊瑚載君特字
夢窗，今世所見者止此
曩賢常手鈔其稾
以爲定本。朱刻所摹
勒者毫于大闋爲君特
手寫，不審与草窗所登
有無同異。正名香詞集
其不止大闋可知。朱氏所

姑仍之未識誰主誰賓也古虞毛晉識

或云夢窗詞一卷或云凡四卷以甲乙丙丁釐目或又云四明吳君特從吳履齋諸公遊晚年好塡詞謝世後同游集其丙丁兩年稿若干篇釐爲二卷末有鶯啼序遺缺甚多蓋絶筆也與余家藏本合符旣閱花菴諸刻又得逸篇九闋坿存卷尾山陰尹煥序略云求詞于吾宋前有淸眞後有夢窗此非煥之言四海之公言也湖南毛晉識

南宋端平淳祐之間工于倚聲者以吳夢窗爲最著夢窗名文英字君特据竇洲漁笛譜末附錄夢窗所

將蓋非完本以西董
未逸收錄之[illegible]且夢窗
自度霜花腴即以名其
集豈反遺而不錄歟
又其手藁多作行草
書雜宋刻輒有誤外
如齊天樂招鐵丁園一首
背月之月從川拜新月
慢注之作注等數誤
鈔者之誤然至於見
其手藁不作[illegible]書頸
甚草窗題世詞[illegible]
云養數世所傳本惟汲
古毛氏較鈔本年前甚
見丙丁二集此爲夢窗
詞稿完本之本一与
王朝以前後本

題踏莎行自稱覺翁蓋晚年之號家于四明高尙不仕久客杭都及浙西淮南諸郡與吳履齋諸公遊尹惟曉沈義甫張叔夏皆稱之與周草窗爲忘年之交草窗詞有玲瓏四犯一闋題爲戲調夢窗拜星月慢一闋題爲春暮寄夢窗朝中措一闋題爲擬夢窗而玉漏遲一闋卽題夢窗霜花腴詞集傾倒尤至夢窗詞以緜麗爲尙筆意幽邃與周美成姜堯章竝爲詞學之正宗顧片玉詞白石歌曲均行于世而夢窗手定霜花腴詞集爲周草窗所題者散軼不傳後人補輯之甲乙丙丁四稿僅附刻于汲古閣六十家詞集

可據以校訂，蓋西所謂其謝世係同遊集者丙丁兩年，稿定于蒲翠爲之者，著其以丙丁紀年編集，德非以甲乙係次題號，信而有證也。

異以爲今之刻古人文集者，必也正名，如姜夔之元名清真集，見之宋藝文志中，初毛本晏殊元人陳注舊編，又未詳備，劉氏欽叙文頡昧乎玉命名之義，務爲新異，自矜秘

中無單行本因摘出校勘付梓以廣其傳焉秀水杜文瀾叙

觀察杜公博極羣書深於詞律重編吳夢窗詞稾旣成以定本見示屬爲作叙其校正之精刪移之善輯補之密評論之公具見自叙及凡例之中本無待於揚榷惟是夢窗之詞品諸書言之甚詳而夢窗之人品諸書言之甚畧故聲律之淵源可溯而行事之本末罕知汲古閣毛氏跋語言其絶筆於淳祐十一年辛亥今以詞中所述推之知其壽不止於此蓋夢窗嘗爲榮王府中上客丙稾內宴清都一闋題爲餞嗣

獲覽此宋本片玉歷之後學如戈順卿輩已謂強煥所論片玉詞其疏舛已甚而通博如阮文達汲閩源如諂諛饕綠命名片玉為宋槧近世校刊丁松生未之刻西泠詞萃亦未訂正瑜不免專輒之瑕學誣古人貽誤後學莫此為甚此吳夢窗詞所題甲乙丙丁四卷並見後者

榮王仲享還京有翠羽飛梁苑之語埽花游一闋題爲賦瑤圃萬象皆春堂有正梁園未雪之語據周草窗癸辛雜識言榮邸瑤圃則瑤圃即榮王府中園名故以梁王比榮王而以鄒枚自比也榮王爲理宗之母弟度宗之本生父夢窗詞中有壽榮王及壽榮王夫人之作雖未注明年月然必在景定元年六月以後蓋理宗命度宗爲皇子係寶祐元年正月之事立度宗爲皇太子係景定元年六月之事寶祐元年干支係癸丑後於辛亥二年景定元年干支係庚申後於辛亥九年今按夢窗乙稿內燭影搖紅一闋題爲

叔言我曰如此未実
其人亦未題著所
據何本見于何
說即如毛氏所稱者
或云已數三疑莫
衷一是頌秋刻因之
已屬孟浪半塘翁
素精審乃亦承其
相沿付之剞劂且承
汲古之誤反以朱存理
所摹夢窗寫本
之塙當處別諸異
證如汪南書之棠紛
丙午樂之結句并題

壽嗣榮王其詞云掌上龍珠照眼又云映蘿圖星暉海潤丙稿內水龍吟一闋題亦爲壽嗣榮王其詞云望中璇海波新甲稿內宴清都一闋題爲壽榮王夫人其詞云長虹夢入仙懷便洗日錫華翠渚又云東周寶鼎千秋輦固何時地拂龍衣待迎入玉京閬圃齊天樂一闋題亦爲壽榮王夫人其詞云鶴胎曾夢電繞又云少海波新所用詞藻皆係皇太子故實不但未命度宗爲皇子之時萬不敢用即已命爲皇子之後未立爲皇太子之前亦不宜用然則此四闋之作斷不在景定元年五月以前足證度宗册立之時夢窗固得躬逢其盛矣據壽詞所言時令節候榮王生辰當在八月初旬水龍吟詞云金風細裊又云半涼生燭影搖紅詞云寶月

丁香結、小秦海棠
水龍吟之瓊絪珠新
明月夢魂飛及千里細
浪等字，皆其大累
皆失之淳古信令
不刻汲古刻書於明
季亂之餘所得
零墨叢殘半勇于
藏書孫子校雖加
是貫馳肌斷以意
筆削夢窗韓年
夢窗世士賢淺
余倪讀之不求甚
解蒲節敬歷
填曾芸刻遂

將弦又云未須十日便中秋榮王夫人生辰當亦在於秋月宴清都詞云蟠桃正飽風露齊天樂詞云萬象澄秋又云涼入堂階綵戲水龍吟詞言璇海波新齊天樂詞言少海波新必在甫經冊立之際則此兩闋當即作於庚申秋間若燭影搖紅宴清都兩闋之作至早亦在辛酉秋間是時夢窗尚無恙也況周草窗詞內拜新月慢一闋題爲春莫寄夢窗蘋洲漁笛譜此調有敘謂作於癸亥春間是時夢窗仍無恙也安得謂辛亥之作爲絕筆乎夢窗曳裾王門而老於韋布足見襟懷恬澹不肯藉藩邸以攀援其品概之高固已超乎流俗若夫與賈似道往還酬答之作

原跋　四

詩任情豔寵妄下雌黃於其鄙深詆曲者或故求其通於其文深未順者反疑爲疏誤二百年來未聞理董之杜氏始一斠之又屢改舊繼補自是既師心甚焉率臆竄與戈載殊失惟鄭叔問校詞與校經有異以有韻調均律可尋繹而附者杜校雖妄然非無可取如甲稿瑞鶴仙過片字紛稿應有

皆在似道未握重權之前至似道聲勢熏灼之時則竝無一闋投贈試檢丙稿內木蘭花慢一闋題爲壽秋壑其詞云想漢影千年荆江萬頃又云訪武昌舊壘又云倚樓黃鶴聲中宴清都一闋題亦爲壽秋壑其詞云翠帀西門柳荆州昔未來時正春瘦又云對小弦月挂南樓就其中所用地名古迹推之必作於似道制置京湖之日乙稿內金盞子一闋題爲秋壑西湖小築其詞云轉城處他山小隊登臨待西風起丙稿內水龍吟一闋題爲過秋壑湖上舊居寄贈其詞云黃鶴樓頭月午奏玉龍江梅解舞亦均作於似道制置京湖之日蓋水龍吟詞言黃鶴樓頭固京湖之確證金盞子詞言登臨小隊亦制置之明徵金盞子詞

洵杜作奇賤是也
又海沉檀之之為棺
亦確然不易也如玉
燭影之萬齋乃丁景
偉郝春之賀屏而
景献雁石既接之秋月
香中丁景鴻龍吟
之熾根諸疑滯字
而皆宜從杜更正
無事也為於香
以蓋闕之例雖是
而曲護毛刻之謬則
非役予番叙跋實未
申明祈根為宋槧元
鈔但之先後權者
錯簡並送跋則毛本

題言西湖小築必作於落成之初水龍吟詞題言湖上舊居必作於既居之後其次第固顯然也似道官京湖制置使在淳祐六年九月其進京湖制置大使在淳祐九年三月迨十年三月改兩淮制置大使始去京湖夢窗此四闋之作當不出此數年之中或疑開慶元年正月似道爲京湖南北四川宣撫大使次年四月還朝此一年有餘亦在京湖夢窗之詞安見其非作於此際不知似道生辰係八月初八日周草窗齊東野語言之甚詳開慶元年正月以後元兵分攻荊湖四川七八月間正羽檄飛馳之際似道膺專

亦非寓縞淨本可知非得以其殺青在前便我思誤竟終無一適邪并閱逐于侍郎重訂付鍥首日已逕以畢以一得之切將為懷謬之助宦甘先正為或印據浸去叙跋弟一義兩種夢窗詞因以名之亦極直覺之當增以鄙謬庶無爲後之通人所訕笑也已

閫之任身在軍中而夢窗此四闋之詞皆係承平之語無一字及於用兵木蘭花慢詞云歲晚玉關長不閉靜邊鴻宴清都詞云正虎落馬靜晨嘶連營夜沈刁斗金盞子詞云應多夢岳扃冷雲空翠水龍吟詞云錦帆一箭攜將春去算歸期未卜豈得謂其作於此際乎似道晚節誤國之罪固不容誅而早年任事之才實有可取觀於元世祖攻鄂之時似道作木柵環城一夕而就世祖顧扈從諸臣曰吾安得如似道者用之其後廉希憲對世祖亦嘗稱述此言是似道在彼時固曾見重於敵國君相故周草窗雖深惡似道之擅權而於前此措置合宜者未嘗不加節取王魯齋爲講學名儒生平不肯依附

正集中校定諸譌句與律皆余十年來所究心細意不苟焉異同者亦可借之薦未嘗一有證佐校四印齋原刻並稱完善以視前修未皇多讓冩嘆嘆畢當出壞翁初議梓栞之際鄭叔問大凡雅意諄屬命舉離齋斠正卷條臺貴相既會

似道而其致書似道亦嘗稱其援鄂之功則夢窗於似道未肆驕橫之時贈以數詞固不足以爲累況淳祐十年歲在庚戌下距景定庚申巳及十年此十年之中似道之權勢日隆而夢窗未嘗續有投贈且庚申辛酉正似道入居揆席之初而夢窗但有壽榮邸之詞更無壽似道之詞不獨灼見似道專擅之跡日彰是以早自疏遠亦以疇昔受知於吳履齋詞稿中有追陪游讌之作最相親善丁稿內浣谿紗一闋題爲出迓履翁舟中卽興補遺內金縷歌一闋題爲陪履齋先生滄浪看梅是時履齋已爲似道誣譖罷相將有嶺表之行夢窗義不肯負履齋故特顯絕

余有助切〻寧成〻煩襟來及盡以不得為報知己而翁之冲懷詹抱連函敎鄙清問還延切〻滿口且謂吾有宅刻後出視此精當者持贈余其信善之識如是近翁南歸過壬寅冬孟猶訪余吳下連舩載酒縱覽湖山時復道及録槧若心耐為裁没一二縫義相与稱悽緘口不置道今翁下世匆〻

似道耳否則似道當國之日每歲生辰四方獻頌者以數千計悉俾翹館謄考以第甲乙就中曾膺首選者如陳惟善廖瑩中等人其詞備載於齊東野語夢窗詞筆超越諸人假令彼時果肯作詞非第一人無以位置勢必衆口喧傳一時紙貴焉有不在草窗所錄之內者乎縱使草窗欲爲故人曲諱又豈能以一人之手揜天下之目而禁使弗傳乎然則夢窗始與似道曾相贈答繼則惡其驕盈而漸相疏遠輓之薛西原始與嚴嵩相酬唱繼則嫉其邪佞而不相往來先後洵屬同揆西原之集爲生前自定故和嵩之作

四年輟弦之悲寫
館臣之延平侍郎方
補刊翁之遺稾索
敘顛末詩以哀逌不
能成章繼然未報
侍郎近屢議重
刻吳詞不揆粗簡
患以此年校定
去歲從之簡看盡
情此年似得今
昔顛（得失）吾書一惜
翁不少詩須斯壯
致九原可作潛母會
看言而贊過之乎
惠鋟隱凡既畢插

一字不存夢窗之稿爲後人所編故贈似道之詞四闋具在然删存雖異而志趣無殊夢窗之視西原初無軒輊則存此四闋豈但不足爲夢窗人品之玷且適足以見夢窗人品之高此知人論世者所當識也故詳爲推闡以見詞品之潔實由人品之純觀察尙友古人爲之刋布是帙不特其詞藉以傳播卽其人亦藉以表章此實扶輪大雅之盛意也夫咸豐庚申

儀徵劉毓崧

然時光緒丁未中冬之旹耕岡題記於吳小城東城寓

蓝涯

夢窗詞集既未得睹其手寫霜花腴稾而坿刻于汲古宋家詞中者又非宋槧元鈔足資佳證加以寫者校者辭淺實闇以夢窗舊采絕豔其句拗而體澀者若詰屈不可讀所爲典擩文皆如瓦棺彝鼎古讕冷峭學士罕有津逮遂謂其詞在可解不可解之閒毛氏不暇研求孟浪墨版致有數弊可得而言其譌舛大略以形近音近義近之字致誤而不思誤者類十之七八以同類異文舊瀾脫承上衍下移前倒後或習見恒用之字互屬複出之文不校而以意改爲類又十之三四寫手本之敝殆不出此常艱猶俟

其兩者折中于一是類列條分層剝疊索庶幾七寶樓臺差免散玉零珠之憾覺翁可作當引爲千載下一同調歟　老芝又記

後半塘老人之沒越七年漚尹孝臧得明太原王氏舊鈔本斠定多所是正亦一大快孝臧復據以刊布恨半塘之未見也無一披誦輙為傷絶也已

校勘夢窗詞劄記

余與古微學士校勘夢窗四稿有與毛刻異文者皆隨筆劄記以决去取既寫定古微取据改各條排次成篇坿諸卷末庶不沒昔人鉛槧苦心亦以自鏡得失且質之世之讀是集者俾有攷焉凡句中旁注字毛刻原文也句末書目所据之本也新校字不載載有說者己亥五月十六日半塘老人記於校夢龕

甲稿

鎖寒窗氾記人初見杜梭

劄記　一

渡江雲留情緣眼寬帶 寬帶眼 因春 毛斧季校本

瑞鶴仙斜捎 梢 窗隙 詞綜

又垂楊暗吳 芙 苑 又爭知 如 淒 漢 斷 並陽春白雪

又待 侍 宣供禹步宸 晨 游 南宋襍事詩注

又輕飇 颷 展雲 爲 翩杜刻覆校作輕颿展雲翩按陶淵明詩微雨洗高林淸飈矯雲翮似爲夢窗所本故雲字从杜校而以飈易颸郎論形似亦視颿爲近也 又杜刻夢窗詞所見二本字多不同此句初印本卽仍毛刻卷中凡言杜刻覆校者皆此類也

一寸金良宵愛幽獨 燭 詞律

水龍吟笙吹 飛 鳳女 詞譜

玉燭新春簧 篁 細奏 杜校

自棄有[illegible]

宴清都　瑤釵燕 燕 股 杜校

又　潮分斷港 巷 詞譜

解語花　無語暗申春 脊 怨 詞律

埽花遊　半捹長蛾 娥 翠嫵 杜校

過秦樓　麴瀾 塵 澄映　凝情誰怨 想　鈿合蘭 藍 橈
並鐵網珊瑚

還京樂　鳳 風 吹遠 詞譜　天風飄 吹 冷 鐵網珊瑚

丁香結　海霧冷 似 仙山　淺薄朱脣 辱 並鐵網珊瑚

隔浦蓮近　人散 教 紅衣 杜校

瑞龍吟　露黃迷漫委寒香半畝　唳 淚 鴻怨角 並戈選七

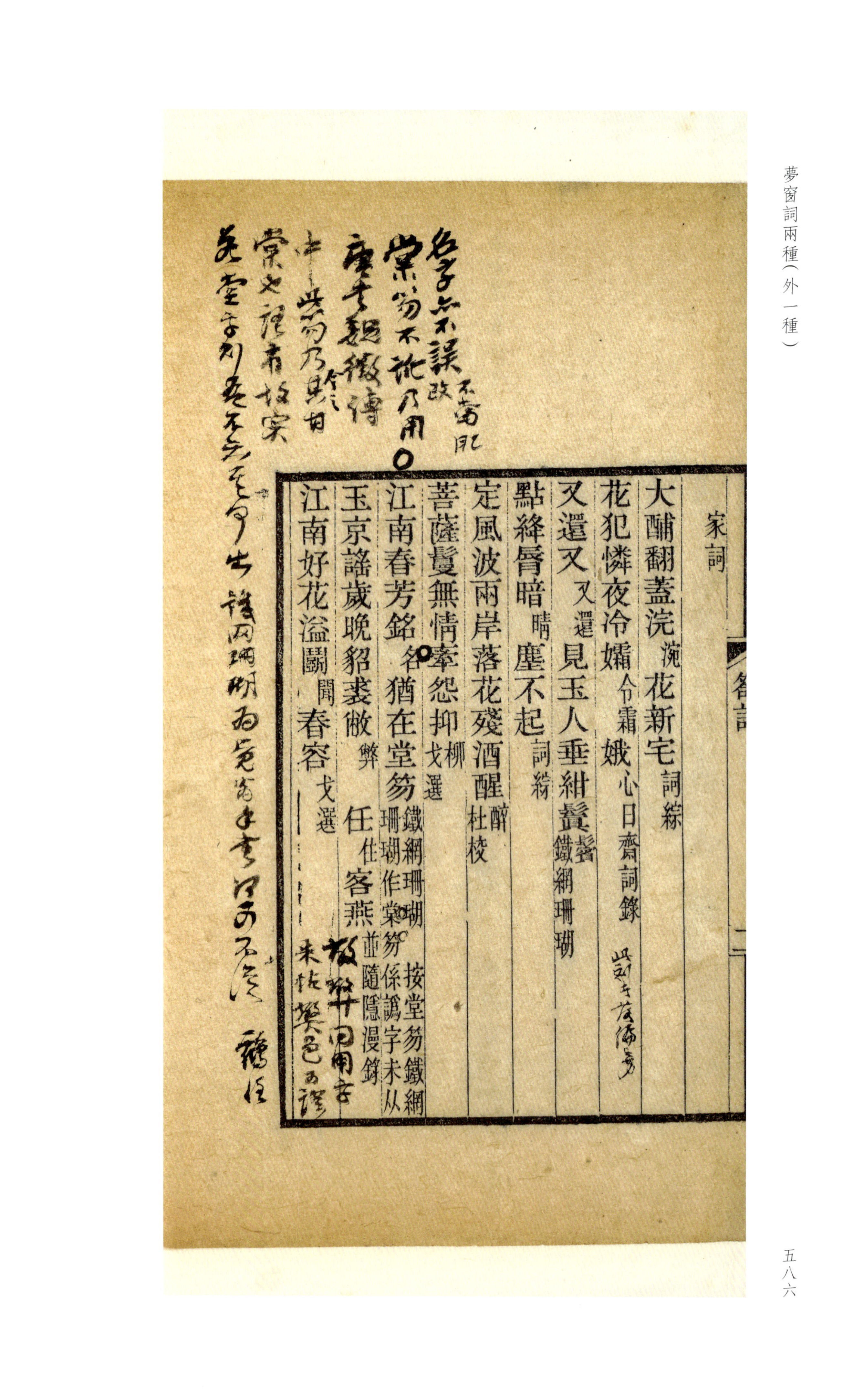

家詞

大酺翻蓋浣 浣 花新宅 詞綜

花犯憐夜冷孀 令霜 娥 心日齋詞錄

又還又 又還 見玉人垂紺鬟 鬢 鐵網珊瑚

點絳脣暗 晴 塵不起 詞綜

定風波兩岸落花殘酒醒 醉 杜校

菩薩蠻無情牽怨抑 柳 戈選

江南春芳銘 名 猶在堂芴 鐵網珊瑚按堂芴鐵網珊瑚作棠芴係譌字未从

玉京謠歲晚貂裘倣 弊 任 仕 客燕 並隨隱漫錄

江南好花溢鬬 闘 春容 戈選

雙雙燕湘水暮雲雨遙度詞譜

乙稿

鶯啼序殷勤殷動待寫詞譜

永遇樂緗梅悔無限杜校

惜秋花當時鈿釵(送)遺恨詞譜

燭影搖紅映蘿羅圖杜校

醜奴兒慢鈎卷鈎簾愁絲丁稿複刻

又越女低鬟鬟低詞錄

木蘭花慢曉雲鎖銷杜校

聲聲慢綠窗細剡檀擅皺詞綜

東坡孤烟起處是人家[illegible]湖詞
[illegible]夢窗
[illegible]
空經[illegible]宮裏
絕妙好詞送來[illegible]
但多一鏡字

又認孤煙起處是舟洲詞綜
高陽臺庭院上黃昏　壽陽空宮理愁鸞　葉底青
圓清圓並陽春白雪
倦尋芳珠絡香銷空念往住歷代詩餘
三姝媚湖山經徑醉慣　涴汙塵誰浣　但怪惟得
當年　偏愛夜深淺開宴同並絕妙好詞陽春白雪
花心動小玲瓏飛簷薝　晴雪吹叉梅並詞譜
八聲甘州碧澹宮空眉鐵網珊瑚
新雁過妝樓賦情更苦似春秋濃　燈外敗壁哀寒
蛩並陽春白雪

葆與棨形聲意三者較不近疑朵字之訛宋志有骨朵侍衛骨朵之式範金爲之首作圓槃下垂之旗棨當爲朵宋徐兢訓在廣陵用木柄首以朵名朱蒜棨字疑繇形譌李改

夜合花鶯晴暗臺苑　短策縈頻惹春香　飛過蒼

滄茫並詞錄

丙稿

玉漏遲淨洗浮空雲片玉纖綳珊瑚

木蘭花慢又霜橫漢節葆棨仍紅按東漢會要中平六年始復節上赤葆宋史輿服志凡命節度使有司給旌節節亦用髹杠爲之上設髹圓盤三層以紅絲裝釘爲旄棨葢葆誤

夜行船樓上眉山雲窈窕窕窈杜校

水龍吟汎訊查又市銀河轉杜校

宴清都黃粱梁夜滛秋江詞律

永遇樂香吹輕燼爐杜校
秋蕊香愁鎖瑣空枝殘照戈選
塞垣春晝雞難臨曉詞譜
木蘭花慢鄮鄖山蒼按太平寰宇記江南東道十明州理鄮縣宋史食貨志鹽法中其在浙江曰明州昌國東西兩監毛刻鄮誤鄖鄖鄉宋屬均州不惟平側不叶亦與鹺幕無涉
又悠颺二字原在久下霽月清風凝望久趁赴花飛入宮墻並杜校
聲聲慢羅晝盡簾櫳杜校
木蘭花慢算舒卷卷舒杜校
瑞鶴仙銷減滅紅深翠窈宋百家詞選

書箋不誤見
蛾術詞選

水調歌頭新月晝書簾纔捲詞選
西河去天牛咫尺向高沙頭並詞律
點絳脣畫盡羅閒扇詞綜
珍珠簾夢隔銀屏瓶難到詞律
醉蓬萊月彈蟬瓊梳杜校
三部樂際空如沐沫蒼滄茫外並詞譜按際空詞譜作霽空未从

丁稿
瑞鶴仙東華葉紅軟鐵網珊瑚
沁園春無此睁峭嶸小渭川春一泓地　老蘇而雨後坡仙　無令角折折角並鐵網珊瑚

劄記　五

齊天樂橫披波 澹墨林沼 亂鴉溪樹曉晚並鐵綃珊瑚

倦尋芳空閒閒 孤燕詞綜

龍山會環佩杳香 愁侵醉頰霜 紅綃淚灑淚灑紅綃並詞譜

天香西隣障蓬澡漂 手按句似指同時得子者障蓬郎懸矢義漂為澡之譌庾肩吾書品序澡手謝於臨池白居易賀人生子詩云洞房門上挂桑弧香水盆中浴鳳雛可為斯語注脚

瑞鶴仙玉墀班早平杜校

暗香輕軒銀蠟燭詞律

六醜　向丙　夜永詞錄

探芳信　棋共　消日永　舊曲猗蘭漪瀾　笑拍東風醉醇　醒並詞譜

慶春宮　熏重　盡金籌歷代詩餘

戀繡衾　少年驕嬌　馬西風冷戈選

右四稿共据改一百十八字杜改未从者一百五十三字新校字有劄記不載又未注毛作某者皆板成後刊改者也

右夢窗甲乙丙丁稿四卷補遺一卷坿劄記一卷校勘之略已詳述例中夫校詞之難易有與它書異者詞最晚出其託體也卑又句有定字字有定聲不難按圖而索但得孤證即可据依此其易也然其爲文也精微要眇往往片辭懸解相餉在語言文字之外有非尋行數墨所能得其端倪者此其難也況夢窗以空靈奇幻之筆運沈博絕麗之才幾如韓文杜詩無一字無來歷復一誤於毛之失校再誤於杜之妄改廬山眞面遂沈薶雲霧中令人不可復識是刻與古微學士再四讎勘俶落於己亥始春至冬冬初斷手

約計一歲中無日不致力於此其於杜氏之妄庶乎免矣其能免於毛氏之失與否則非所敢知同首丹鉛襍遝一燈熒然與古微相對冥搜幾不知門外風塵今夕何夕蓋校書之難與思誤之適於此刻實兼得之云臨桂王鵬運跋

跋　一

詞律之精嚴以聲定不以韻限尚書所謂聲依永律和聲也詞均之微眇在協諧不在通轉鶡冠子所謂五聲不同均也是知唐韻分部張不可為詞例菉斐軒雖託諸紹興所刊識者乃斥其偏倚至戈氏詞林正韻則紕繆百出削足就屨益無足徵已

廣饒九南道宮閣桃鐙聽雪誦霜花腴集不覺歲除因追和
燭景搖紅一解爲半鐙在依〻夢窗仿佛化乞雲愁海思也
丁未除日鶴記

夢窗詞校議

鄭文焯 著

底本爲中國國家圖書館藏稿本原書框高十七點七厘米寬十點六厘米

上

坿石芝西堪宋十二家詞選

夢窗詞校例

錄字易它議

夢窗詞校錄定本

大鶴山房寫稾

吳興劉氏
嘉業堂

明萬曆二十六年太原張寳置 有太原張家文苑印

又太原廷璋印又護闇齋印 竹泉珍秘圖籍印

夢窗詞集不分卷第凡一調於題下並注宮調雅俗蓋從

宋元舊本鈔得證以臨桂王氏四印齋校刻清真集為隆

慶庚午盟鷗園主人孫之巾箱本其詞上皆具有宮調

但列俗名是此鈔較清真集前後僅二十八九年歲當時

宋槧之鈔藏書家猶有存者

夢窗詞在汲古刻本以前見之草窗玉田所題詠稱霜花腴詞集（夢窗詞卷或云）明宋存理且擩其手藁墨妙以傳其陽春白雪絕妙好詞二選洎尹惟曉沈義甫諸家評論皆出之君特同時於其詞則祗稱夢窗無所謂甲乙丙丁稾也自毛子晉據其先後所獲傳寫稾本以意分合一再付鍥因取或云以甲乙丙丁釐目之次又從而名其詞觀其原叙三引或言曰一卷曰二卷曰凡四卷是皆謂其詞集之分卷非題稱也明甚又稱吳君謝世後同遊集其丙丁兩年藁若干篇是夢窗詞以幹為編年為標目閑

疑載疑尚無佳證安得遽以己所移併者題為四稾之名
擲亦僨已　四庫提要謂其分為四集之由不甚可解後之校
錄者未之諦審無復正名於義誠未安也今據尹煥以夢
窗與清真詞稱之例定為詞集之專名題曰夢窗詞據毛叙
以甲乙丙丁釐目分為四卷別以細書曰卷甲卷乙等類從史
記如淳注令甲令乙令丙之名例也
光緒著雍涒灘之歲月在大梁　牀阿鄭文焯校記敘於吳小城樵
風別墅

明朱存理鐵网珊瑚載夢窗手寫詞藁十六闋文句頗異雖零疊不完而出之手藁信而有證藁卷首標新詞藁三字下署文英皇恐百拜 其第一闋瑞鶴仙題曰癸卯歲為先生壽證以汲古閣本是詞作壽方蕙巖寺簿是其所錄新詞藁即寫似方蕙巖者可知然則此十六闋辭為癸卯歲之作皆同時之作當宗理宗淳祐之三年也而較之毛氏隨得隨編固自勝之故曰新詞今據以斠訂諸刻之誤有足多者其次第悉依手藁之舊並為編年足徵之文別輯一卷具條如後示存古也 又張玉田山中白雲詞卷五醉落魄有題趙霞谷所藏吳夢窗親書詞卷惜未載詳其目不審與朱刻手藁有無異同曰親書詞卷當是寫定卷帙之本亦可據以題稱

瑞鶴仙 漏聲移涼宮夜半 案毛刻不誤秀水杜氏臨桂王氏刻本並

明鈔本
漏夜移
深宮夜
半 疑夜
方當是聲
以下衍誤

以移涼二字爲到置改移字於宮上以爲宮商之宮疏舛已甚
改涼宮當爲便殿之名證以是詞上句云何時賜見正謂見於涼宮
類王見羣子於雪宮是也夜半者蓋隱用宣室求賢夜半前席詩
意漏聲移見集中垂絲釣結句問漏移幾點用字正同又據鮑照
詩蟬燭集涼殿晉書赫連勃勃載記温宮膠葛涼殿崢嶸
是知涼宮即辟暑宮之謂與涼殿同一名義若作移宮換
羽強爲解事轉失上文語意甚未可以意移置易之也

午夜 毛刻作卅夕 杜王二刻註從之非是

沁園春　題叙氷清鑒方泉賓客請以名壽邀賦此解　毛刻節録作賦方泉

崢嶸　毛誤崢作峭　一泓地　毛衍春字在一上　而後　毛譌而作兩

角折　毛刻誤　王校註改正

玉漏遲　題叙瓜涇度中秋夕賦　毛刻省作中秋二字　浮空　毛誤空作雲　共一

嬋娟　毛改共一作萬里　案此用千里共明月白意（謝莊月賦句）　杜王二刻均沿毛誤

古香慢　謾憶橋扉　憶絶妙好詞箋从同詞綜作擁誤杜刻从之非是　蘚路

詞綜譌路作露杜刻从之朱校非是

齊天樂　題叙毘陵兩別駕招飲丁園索賦　毛刻作毘陵倅兩別駕宴丁園

横披 毛譌披乍波 獨遊 毛脫獨字 背日移舟亂鴉溪樹曉 毛譌曉

乍曉 案是句曉字均當乍繞以形聲近而譌朱刻手稟僅一

偏旁小誤遂生無限疑義證以上句背日移舟正與起句斜陽義

合改云背日盼然均斷非曉字可知且案此字〔作〕意承亂鴉溪樹其

爲繞字之偏譌尚正徵信杜注擬改乍杪王校又以坿會曉字題

上句日爲月之誤所謂書三寫而成譌未若僅校定一偏旁

之爲得也

思嘉客 賦閏中秋 離還合 毛刻還乍仍

蘇武慢　賦芙蓉　毛刻調作過秦樓　案放翁詞蘇武慢起調過片與此相類
結處迥異（則多二字）惟蔡伸詞一百十字之蘇武慢同此一體竊疑並注即過秦樓
蓋同調而異名者猶之過秦樓亦名選冠子惜餘春之類其句中法字
數之微異則一調之變體也萬紅友詞律但知排比末之深考已可據夢
窗手稾定名亦足以理羣紛辭繆誤矣

趣瀾　瀾毛誤作塵　誰想　想毛譌作想　繡鴂　毛作綵鴛　能西風老盡
能下自注去聲　案漢書高帝紀宋祁注古能字皆作耐廣韻代切集韻
音柰諸本並失考杜刻竟易作柰西非則自注轉不可解

八聲甘州　九險　毛刻不誤　案吳地記姑蘇臺闔閭造九年始成高三百丈望見
三百里外作九曲路以登之此詞中九險所本至為典切戈順卿七家詞選改作
花蔭淺妄已甚杜刻從之王校疑九為航之譌誤不知所據
新紅　新毛誤作青　宮眉　宮毛譌作空　姑餘　毛作當時　案姑蘇臺一名姑餘見吳
郡圖經續記蘇餘為一音之轉

賦情 賦毛作寄

探芳新 題叙自度腔高平賦元日能仁寺薄游 毛刻作吴中元日承天寺遊人脱自度宫調名又承天寺以宋宣和中禁用天字易名能仁見中吴紀聞 杜王二刻並承從毛本非是

峭空 毛刻脱峭字杜校云遵詞譜補王校亦未據錢网珊瑚本訂正是知詞譜雖官書非無徵據也

漁洋居易錄云朱性甫手寫鐵网珊瑚古卷江陰周榮起研農又以精楷鈔錄為汲古閣珎秘是夢窗詞手稾當亦子晉所及見而未之校或毛刻猶在先歟

第十二

夢窗詞 甲乙丙丁四卷 毛子晉次題引或云凡四卷以甲乙丙丁簽目是謂其分卷明甚當亡卷甲云云不得題為甲稾等名

明朱存理鐵网珊瑚載霜花腴集千丙闕手寫本存汲古閣文句頗異最版以斷信可依據雖零疊不完而出之手稾務存精要據以訂毛刻傳寫之譌誤奪譌駁誤信而有徵首舉類列其條如後示存古也卷目以無別本可斟勘仍汲古舊次以其朔也

卷甲 又依手稾本次第注上方

拜新月慢 姜石帚以盆蓮百餘本移置中庭宴客同賞

按此題敘原文簡雅可誦毛刻作以盆蓮數十置

眼眩魂迷 魂毛本作意誤 甚杜王初并作 案是字律宜平 清真詞可證

第十一

第七

中庭宴客其中則字省兩句果改百餘本作數十又兩

中字綠甚 秀水杜氏校桂王氏二刻並從之非是

古陶洲千里 毛本作十千 細浪東鱗起 細毛本作小 滄秋蘩烟淚泣

毛本泣淚作外 並當據朱刻手稿改正 案淚下原注一作外竊謂是句或作泣秋娛娟外泣字形近注當兩存之

水龍吟 又下闋第四均酒字當為醉 字協楚調作酒同一韻也 增反 醉之以意謂集中金盞子過片亦是醉 以清真詞乎句有韵可證

滄烟 毛本作古陰 滄浪 毛本作滄波

蘇武慢 過秦樓 麴瀾 瀾毛本作塵 誰訴 想 訴毛本作想失協 並誤 以形近訛

繡鴛 毛本作綵鴛 能西風老盡 能自注去聲 案漢書高帝紀宋祁注古能字皆作耐廣韻耐奴代切集韻音奈 此以能為耐故注去聲諸本誤失考或竟改作奈亦非

詠春仰案本集有望梅一解題詠小春見明顧汝所類編草堂詩餘

第十六

還京樂 題叙去友人泝湖命樂工以箏笙琵琶方響迭奏

按毛刻省去題首八字遂不可解 王刻已改正

夷月 毛本月上衍玉謁此一字全失是句上下字意 河漢去裹 毛本誤已

去植 杜刻作之 王刻疑植本是查以半字形近誤

第十五

丁香結 題叙小春海棠

案初學記十月為小春 山堂肆考謂南方冬溫草木常茂今江南十月春卉再華俗呼為迎小春 毛本改小春為秋日以為即今之秋海棠殊無據已謬甚諦審詞義云秋風

換故園夢裏又云暗動倫春花意皆原作小春佳證

杜王二刻誤未據手稿改正沿毛誤耳

向立 毛刻立作日 按上句云澹月娟娟向日

澀 毛刻頃作覺 此字不宜入聲 柳初新 宿柳百花迷 注 蘇軾近與此同

漆甚 諸本誤失校 海霧冷 冷毛作似 朱脣 脣毛作唇 暗動 暗毛作晴 誤作誑

西平樂慢 題叙過西湖先賢堂傷今感昔泫然出涕

毛刻改作春感 又注云重過西湖先賢堂蓋出於

傳寫節錄之誤不當從之

容又重歸 毛刻作倦客 是句第四字不宜入聲 倦字是上聲 清真詞 宋詞 末句 倦客之客 字可證

明鈔 誤 拍作相思

寫子

西宋詞中習見如 淥頓二字 鳴柳 吉祥 迎 浪淘沙慢 門百花初 沖 嘆 未有遊香定到 拿世未處 汲古 浮其醉底 五去誤 虞美人 堂 掃 柳 的 事 陳允平 丹鳳吟 淥 旺 芳心晴老

第十三

隨車 毛乙連車 誤 社王刻 謹失校

謎闌 毛乙謎

嫣紅 毛乙篤

第十五

慶緣 毛本脫慶字 夢窗往四律墨守慶（入聲字） 洗石 毛刻誤洗乙澆 此字不宜平

零落山郎 原作正用曹子建詩句以喻賤處西陵之慟 毛誤零乙泠 諸本並 未之校改（本據內本章張本）

過此西湖恨比（擬）西洲半黯淚落沾衣

宗原作乙合題（旨）意點出西湖以西州喻重過感傷之意

且末句第四字宜入聲字律 原乙淚落乙合 毛刻末三句作

到此徘徊細雨西城半黯醉後花飛不知（何本）時擬何由 諸社王

近刻詮說之或以為詞義較為清空是可以意去取舊本不足貴也（據陳洵本自然雜其例）

花犯 題敘 郭希道送水仙索賦 毛節錄乙水仙二字 社乙王刻改正

第十

池晼 毛本晼作餘 案晼左思魏都賦跡圃曲池下晼高堂 池晼已自有本

江南春 題敘 自度腔小石賦張葯齋杜衡山莊

毛刻脫上九字亦將寫（刪）鄭處之誤 杜刻接提要（引）之張

葯莊杜衡山莊王刻已補正 疑葯字以藥形近而譌莊字則因下文衍入

雲昏 毛刻作寒 芳銘猶在棠笏 毛刻誤棠爲堂（改）緣甚

案棠笏原作用唐書魏徵（傳）故實 徵（五世）孫謩（為起居舍人）對太（宣）宗言有（推）

故笏在（詔令送上）帝曰此笏乃今之甘棠也 夢窗詞舉典（淵）雅類

此非後學黯淺所可擬議 即此已足徵朱刻手稾

沒休歇 毛刻沒上從

弟九

一字千金 杜刻既沿毛誤王校又斷以棠為誇字名無銘之 棠之壞書經正譌亦愈失

譌姪非退翁以存甘棠之名故曰芳名作堂翁固不典 其真出校校勘家之所以重思誤也

謂翁有銘亦無一據也 可謂一誤再誤已

榮辱 毛刻辱上華 校辱沒共上平協以下有事字當上榮辱

探芳新 題叙 自度腔高平 賦元日能仁寺薄遊

案集中自西子妝曼江南春夢夫容高山流水霜花腴

澡蘭香玉京謠鳳池吟并此曲九調為夢窗自度腔

注謂寺名者三吳志承天寺又名能仁寺在蘇州府治西北隅

頁八

毛刻乍吳中元日承天寺遊人脫上六字又薄遊乍遊人語意

未洽註不當從

卷乙

八聲甘州 題叙姑蘇臺和施知言韻 案宋詩紀事施樞

字知言有芸隱橫舟藁毛刻乍芸隱

新紅闌檻 毛刻新乍青 宮眉 宮毛乍空王刻據改 姑餘 毛乍當時

案姑餘與姑胥姑蘇一音之轉 姑蘇山或乍姑餘見吳郡圖經 賦情 賦毛乍寄 九險 毛刻不誤按吳地記姑蘇臺

闔閭造九年始成高三百丈望見三百里外作九曲路以登之

此詞中九險卽本至為典切乍飛然花蔭杜詩其隱妄王校疑

永翁試之識者未審

卷丙

弟三

弟一

玉漏遲　題叙於涇度中秋夕賦　毛刻省之中秋二字王校已增

政案吳履齋詞敘云甲辰冬至寓越兒輩尚留於

涇蕭寺却在此詞前二闋　雖未必同歲所作而月次屢亂可知已

浮空　毛刻空作雲王校已據改

卷丁

瑞鶴仙　題癸卯歲為方蕙巖先生壽　毛刻作壽方蕙

巖寺簿之紀年　杜王刻本誤沿其踈漏

漏聲移涼宮夜半　毛刻同　杜王二刻誤以移涼二字為到置

漏聲移（見丙卷集中垂絲釣結句問漏移幾點用字正同）此一段接詩意下

改曰移宮於宮上以為宮商之宮（疏已甚 誤）寒涼宮當為便殿
之名證以是詞上句云何時賜見正謂見于涼宮假坐者（顯王見孟子于雪宮是也）
蓋隱用宣室求賢夜半前席詩意又攷晉書赫連勃勃
載記溫宮膠葛涼殿崢嶸艷照詩暉燭朱涼
殿是知涼宮即避暑宮之謂与溫殿同一名義若作
移宮換羽強為作解以事轉失上文語意甚未可以意移
易之也　東華（華毛本作葉以形近誤杜刻沿誤王校改）

午夜　毛刻作夢

崢嶸 毛誤崢作峭
一派地 毛衍春字
而後 毛譌而作雨
角折 毛倒誤
王校均改正

獨遊 獨字毛脫

第二
沁園春 題叙 冰漕鑿方泉賓客請以名齋邀賦此解
毛刻節餘作賦方泉 王校已據改正

第五
齊天樂 毗陵兩別駕招飲丁園索賦 毛刻作毗陵陪兩別

第六思佳客
篤宴丁園 杜王二刻同

樣披 毛譌披作波 王校改 背日移舟亂鴉點樹曉
毛刻譌曉作晚 按是句曉字當是繞以形近而譌 朱
謹一本備甫小誤 遂生無限疑義 證以上句背日作與起句斜
陽義合 既云背日則然聲非曉字可知 且此字義承亂

第四

鴉啼樹其爲繞字先疑枝[刪字]家所謂思誤一適誠以不校

枝字也杜注擬改乙妙王校又以城會曉字疑上句日爲月之誤註

非是

補遺

古香慢 題敍[賦]滄浪看桂自度[腔]曲商犯無射宮

案夢窗自製曲合前九調共廿十解

慢撏[憶]橋扉 絕妙好詞作撏乙憶[同]王刻以之當改

珠塵蘚路 詞綜路作露躔杜刻沿誤

右據錢綱珊瑚舊刻夢窗詞手稾研校家本彼所從違

渙然有淄澠之別如集中小春棠芴姑餘滄宮諸字類

皆切於典實有資多聞又如還京樂花犯江南春玉漏

遲瑞鶴仙沁園春諸題叙述足攷見（其）事蹟或單辭隻

字殊誼縣遠識於聲文宏旨既多左證舊鈔僅存有

稿乎其不可易者惜毛氏失於檢校蔽所希見杜氏鍾

戈選之臆斷（改）見之而昧于持擇吾友半塘翁（老人）知其可

信從而未盡據以勘正甚非謂也昔裴駰叙史記集

解謂豫是有益悉皆鈔内今依是例一一採掇諸其
要寶燕下詩意冀獲析中語云中流失船一壺千
金於斯益信豈得以殘卷異文而少之
昔賢每多手書所著流傳世間爲後來校勘家所依據轄僕圃
所謂先民手蹟益可珍秘不似同版本傳寫承譌苟爲同異也如宋之
山谷老人詩集宋任淵注稱豫山黃氏有山谷手寫詩卷元之錢思復江月松風集錄内陸氏家藏曲江居士手書十二卷
明鄭湛若手寫嶠雅及黃石齋傅青主自寫詩卷皆及今猶可攷見者況
夢窗手藁近千年潛朗人傳刻之精審不若是之寶貴欤 又反

校詞雖别於羣書，而音譜字律之間堙替已久，文隱而理幽，有非窮討旁通不能洽然解者。

大氐校勘之學，當自定一格以為義例，而后博采通人，取證要宜
斯異同得失之故，迪為迹耳。其精要在鈎疑，必資於多聞思誤，務
求夫一適。何也？徵據不廣，斯蔽于淺陋矣；貴闕疑以載疑，無一
義之淵，審擇不精，斯狃于模棱，轉成三寫之譌，何止一誤而再誤。此
集行世，惟毛本最先。原其鈔非一手，梨非一時，雕印獨行，踳駮百出。二百年
來，幾使讀者昏亂。豪傑苦其晦澀而不求甚解，其疏妄者又就其所習，
動以師心破作者之意，如戈載所選，實馳肊斷，於其所不知而詭更之，又
專輒甚鄙。吾為願予吾鄉明季祁世漢之傳刻未暇參稽，故其叙

書一刻曰藏書未蒿，再刻曰錫甫，繕於初未嘗自謂為善本，致與其一孟
斠之例，先見顧古之義，清未猶相半之，泊杜氏以異於所好為者有道咸間詞流華出興
度得一通，特而校訂，是彼因優為之所，精審獲其沒，獲固易於先務，其本非其雅藏，勘遠為併毛本之原，觀者而以
意補之，其董存者則以意改之，識者其自命者何如，獨毛之流由于傳鈔寫
之於訛為舊文多類以存杜之妄，皆於戈選之，繇段而新校之，亦有可取四
印齋鑒於前夫載權衡華嚴等五目以發凡，傳四明之定業，宏搜
廣益，所得良多，世之繼起者易為功耶。第有毛本新刻之當有杜校之
獲者啟戒以於春之過，要知所以裁之，亦無容易良友諱也。今欲杜致誤之

或以形聲誤變或以意近洊馳

綜

由當年從初雕之本推其通變叙其有三比類彙擧十得其一（匯分類者畫一）

鈔其以形近誤者十之七八以聲近誤者十之二三四焉來遞復審觀因已十得其七八焉其一曰以形近誤其二曰以聲近

誤其三曰以義近誤其三者互誤上下脫衍約文而緒以義區以誤而定以律（别為遍目）

聲音仍依舊次條繫之附列杜王二刻之得失其它見之朱刻手稿者不更辭

黃偶沒之繙契聽寫

凡屬汲古刻本原文誤以旁證例標於本條之旅其以形聲意三類誤者及同類互誤迭爲正定勘具列如後或有上下脫衍倒誤類以別條下一格識之

校例

凡屬汲古刻本原文並以旁注例標於詞句本條之次其以形聲意三類譌者悉為勘定具列如後

凡校一百五十有四字其有說者則以類以別條下一格識之

下

明鈔亡亡新

明鈔亡奇踐

卷甲

鎖窗寒　氾汜人　以形近訛　杜校

○尉遲杯　湖園新陰　以下句文新字衍上訛　詞綜　杜校　王未据改

瑞鶴仙　斜捎梢　以偏旁形近訛　詞綜　杜校　又迭　案迭与疊通用　王校蕭送非是　又形近訛

又一首　吴美苑　文爭知如　凄漢斷　踏陽春白雪　王校　以形近訛

又　奇踐寄跡　以形近訛　案是調過片有短均

檀擅　以形聲近訛　案題為贈綠韡莊生　檀字廣均注訓履

模池　杜校王竝未据改是　待侍　宣供　禹步　宸晨　游

明抄作輕颷

明鈔作楝　案此曲平調始於白石次句宜均作平仄平澗夢窗此句蒼浪二字用平上聲亦合

以形近訛　南宋雜事詩注　王校并誤

○又　輕颺展爲翩　案是句毛本不誤　淵明歸去來辭舟搖搖以輕

颺　此原作以輕颺切舟之義　本集還京樂結處有桂楫輕

如翼之句正與此作展爲翩義合　杜校改颺爲颷改爲作

雲　王校又以颷易颺　意爲形近譌　并刊再誤　益失舊文

滿江紅　晴練　楝　以形近訛　詞綜　又蒼浪　蒼字不誤　王校作滄非是

解連環　練　練帷　以形近訛　案說文新附練布屬从糸東聲所謂

切　蒹均音疏　注作平讀　徐鉉詩好風輕透白練衣亦可證　又　道綱是句

趙以夫詞送蕭然作秋練衾 張炎極賞宋本 姜白石湘月詞叙坐客皆小冠練服 其从練乃平之證

第二字無用仄聲例 杜王校本注失考 練字从朱說

一寸金 幽獨 燭 以形聲近譌 杜校 詞律 橫竹 笛 以意近譌 杜校

又 雕龍 礱 蓬 篷 窗 以形聲近譌 杜校

水龍吟 笙吹 飛 以聲近訛 又以下文飛字衍上 詞譜

又 截 武 鴟 夷 以形近訛 王校

又 雙鬢 霜 歌蒨 舊 華鏡 境 並以聲形近訛

玉燭新 春黃 皇 以聲近訛 杜校

解語花 春眷 怨 以形近訛 杜校 詞律

明鈔本近題
又去情近去程

宴清都 紅情 清 燕 燕 股 鬓 鬢 並以形近訛 杜校

又 斷港 巷 趂 趁 並以形近訛

齊天樂 盟 芳茅 節 以形近訛 杜校 第一棟字与以聲近誤 案此二字与蘆鈞對

掃花遊 覓沸 波 長蛾 娥 並以形近訛 杜校以爲本波字近渡与韻混 非是 此沸字從朱說

應天長 徧滿 偏編 以形近訛 天窄 色 又涯近窄 此校者語宜據改

塞翁吟 吳妝 女 暈穠 濃 以形近訛 杜校

六么令 淺見 漫 天碧 君 以形近訛 杜校

渦浦蓮近 素練 煉 人散 教 以形近訛 杜校

荔支香近　因話　詁　駐馬車　上以形近下以意近譌

○浪淘沙慢　有新燕簾底低說　案毛本當有闕文一字於底字下蓋鈔者不諳詞譜以底低二字形聲相近疑低為衍文因刪之未空出按譜猶可尋繹補之杜校乃以姚鈔本所改謂原脫畫字於簾上改并低誤之底既失音呂又以意穿鑿疏繆已甚

瑞龍吟　唳　淚　鴻　以形聲近譌

○又　簪排门帰嬾　嬌桃嫩　案嫩為嬾字形近譌　是句律空協以陽春白雪選改正

△

花犯　凍（冷）草　以形意近訛（詞鵠　杜校云見）

玉樓春　家（住）在　以形意近訛　武林舊事

點絳脣　暗（晴）塵　以形近訛　詞綜

定風波　殘酒醒（醉）　以形近訛　案醒字協下冷韵

菩薩蠻　怨柳（柳）　以形近訛　案柳字協下側韵

玉京謠　貂裘漱斡　以形意近訛　案斡与斡古同用　往（住）客蹤　以形近訛

江南好　花遊（遙）鬭（閒）春容　此以形近訛　又新豔　杜校疑新為親之形近訛　實則原刻不誤　新字義較長

雙雙燕　暮雲（雨）　以意近訛　戲侶（從）　以形近訛　杜校詞證

補在菩薩蠻之次

西子妝慢　酤（酷）酒　以形近訛

說文一宿酒也　詩小雅無酒酤我　傳与許訓同　廣韵古乎切　集韵音孤　案此謂速成之酒　其味清薄　与商頌既載清酤義合

非訓權酤之酤也
王校以意改近酤，非是
郢與上句麴塵
不相對也

卷七

○風入松

○又第四　慰溇橋流水昏黄　毛本慰字原不誤，與三姝媚還把清尊慰春顦顇（卷丁）同意。王校疑慰爲熨之誤，鑿甚，非是

玉龍下原空一字，與下闋合。杜刻擬補四字，妄也

鶯啼序　第二闋　殷勤　般動，以形近訛　詞證　練　練單，以形近訛　案是句三闋並作平平仄仄，故知作練（爲練）之誤。古人詩詞集中，諸它練者甚夥

金盞子　臨醉　酒，以意近訛　案是調過片例有夾協，木集可證此句

集中稱星月慢酒爲醉之譌同一致誤

一永遇樂　緗梅　悔，以形近訛

絳都春　唇相語　語似（似）二字誤到　解寄，以形近訛（王校疑似爲相之訛，非是）　質　寶屏，以形近訛

霧雲暖　以形意近訛　詞綜

又第三　畔　原注當作伴　此校者語　以形近訛　畔伴古同用字

惜秋華　鈿釵遺送恨　以形近訛　毛案原刻遺上多一送字衍　非衍文　蹟送与遺以形近誤

又第四　註王子喬夫容城事　喬當作高　以形近訛　杜校

惜黃花慢　怨鴻　紅　以聲近訛

燭景搖紅　蘿羅圖　以形近訛　王校

醜奴兒慢　鈞卷　鉤簾　上以形近下以意近譌　下葉複刻

木蘭花慢　題敘新親擇　以形近訛　晚雲鎖　鎖　以形近訛　輕藤　藤

朱古微侍郎以爲藤〻誤非韻謂下闋醲字在侵部未聞与蒸均通也余嘗詳考兩宋諸名家詞押韵絶不与詩同例如白石儒深于樂者其自製長亭怨慢上闋結均以此字与上句樹爲均猶之詩例諸語兩部古無通轉故詞謐竟以意改之許而第三均又易爲處字不知絶妙好詞趙寒泉清平樂以寒字与兩緩語爲韵並夢窗用均更有不可以今例相繩者盡詞原于唐人歌謠〻義像亦於聲別是一格萊斐今部固已強之解事不足訓也

探芳信　語 語　溪　以聲形近訛　王校

以形近訛　案是句有白短韵集中凡七見並協可證　白石一萼紅翠藤共閒穿徑竹与此作經藤漸穿檻同意

聲聲慢　橿 檀　皴　以形近訛

又第六　起雲是舟 州 洲　以聲近訛 偏旁形訛　望斷　並詞綜

作舟未詳所據　案張子湖多麗詞數峯青處是吾州疑此並句本作明洲可證　古謂水旁本東坡孫姻起雷是仝家　與意原迮

高陽臺　莫重 甚 來　以聲近从上句甚字訛　絶妙好詞

又第二　壽陽空 宮　理愁鸞　以形近譌　青 園 圓　以形聲近訛　陽春白雪

倦尋芳　念往 住　以形近譌　歷代詩餘

三姝媚　湖山經 徑　醉慣　流 沂　但怪 惟得　並以形近訛

夜深 淺　閑宴　以意近訛　並絶妙好詞

明鈔亦去年

花心動　飛簷（簾）　吹梅（次）　注以形近訛　詞譜

又第二　金絲細（袖）　以形近誤　杜校則改近縷繆甚　去（遠）年　折贈行

人遠　以形近訛　案去字為遠字首　此因下遠字而衍上之誤　詞義去年近與下句今年（相）貫　杜校以意改近年　二王刻又失之不校

新雁過妝樓　似春（秋）濃　以意近訛　衰寒蛩　以下句寒字衍誤

並陽春白雪

夜合花　鶯晴（暗）　短策（縈）　注以形近訛　蒼（滄）茫　並詞錄

卷丙

乙燭景搖紅 暮寒愁沁歌眉淺 以形近訛 案此謂山眉故知爲誤

與毛譌雲山沁綠殘眉淺同意之句 夢窗詞中無用歌眉可證 朱說

木蘭花慢 查 杳 以形近訛 漢宮蘇 素 仍紅 以聲近訛 王校本

水龍吟 外湖 小 以形近訛又以下句八字衍上誤 王校本

塞翁吟 海月 日 以形近訛

〇尾犯 過片偷賦錦雁留別句與柳耆卿正宮調之尾犯句讀字律悉合

杜校云以毛斧季校本當於偷上增一爲字其說無據萬氏詞律謂柳詞脫一自字亦緣

水龍吟 汎 汛 查 以形近訛 蘭 繁 繁

宴清都 黄粱 梁 以形近訛 詞律

永遇樂 香吹輕爐 燼 以形近訛 杜校

塞垣春 畫難 難 臨曉 以形近訛 詞譜

木蘭花慢 鄧 鄭 山蒼 以形近訛 王校 趁 赴 花飛 以形近譌

又悠颺 應是過片末協 毛刻誤移下句

聲聲慢 清滿衡 衛 苑 以形近訛与下句為對 卷畫 盡 以形近訛

瑞鶴仙 銷減 滅 以形近訛 宋名家詞選

補校

凝愁 秋 以形近譌 詞中註寫春景 是句不當獨出秋字 故知其誤

水調歌頭 畫 書 簾 以形近訛 詞選

西河 半起 尺 向沙頭 高 以形近訛衍 向字下半與高似 因衍一高字 詞律

點絳脣 畫蘿 畫 以形近訛 詞綜

珍珠簾 銀屏 瓶 以聲近訛 詞律

醉蓬萊 月鞸 蟬 以形近訛 杜校

三部樂 際空如沐 沫 蒼 滄 茫 註以形近訛 詞選

卷丁

瑞龍吟 城根（瞰危睇梯）痕 以形近譌 杜校（此字律宜側叶）溫庭筠登李羽士東樓高樓本危睇 玉田謂夢窗詞字面多取之長吉飛卿詩中 此其義例也

玉樓春 懸懸晚照 以形近譌 王校

倦尋芳 空闌閒孤遊 以形近譌 孫校

龍山會 環佩杳（香） 以形近譌 案是調舊譜只一百三字一體

證以趙以夫九日之作其起調有韻及繁拍字律悉與詞譜

所載夢窗詞無少出入今杜王二刻僅據以訂愁後辭霜之舛類之

誤及淚濕紅銷之刻置而弗詮仍沿毛本之譌甚非斠讎之要

坿記之以示後學從違之準的焉

天香　西隣障蓬瀛瀛手　以形近譌　王校

瑞鶴仙　玉墀班早平　以形近譌　杜校

暗香　輕軒銀蠟燭　以意近譌　詞律

○淒涼犯　案是調為白石自製曲據以校定是調知毛本實奪二字

一在壘幾上一在臨風下又鈔一結韻　杜刻妄為擬補王校亦只分明

思佳客　無限收樓盡醉譁譁華　以形聲近譌　諸本竝失校

六醜　青鸞杳香　向丙夜永　絃以形近譌○華月　杜王校改華為花非是

案此句向永諸餘同清真是字正平聲疑永為來之形近譌　朱說

蕙蘭芳引　千金輕贖　價　以意近譌案此當為贖之異文

探芳信　棋共消日永　舊曲猗　漪蘭　瀾　笑拍東風醉　醇　醒

注以形近譌　詞譜

三姝媚　暮雲愁思　欲　以意近譌案此與上句對宜據詞譜訂正

欲字且失韵○又結處金衣二字疑衍

沁園春　中宵同月　舟　行情　清　以形近譌　又題鄂渚誤之鄂

花上月令　夜深裏　重　以形近譌　案裏字傳鈔本多从俗之裏此脱下半

且失律宜據詞譜訂正

霜天曉角　紅藕(藕)游人䌰　以形近誤　案此非衍藕字以鈔校者因寫改正

藕為藕字校刻連及之誤也与卷乙惜秋華鈿釵遺恨衍迸字同類

尾犯　過片次句對月(日)莫教炯碧　以形近誤　王校疑奪一暮字誤甚　月字從朱說

慶春宮　熏(重)畫金彝　以形近誤　歷代詩餘

戀繡衾　少年驕(嬌)馬　以形近誤。又斷長橋無限暮雲　此斷字意

以下暮雲生岀　王校以為毛刻誤倒非是

補遺

唐多令　燕辭歸有客尚淹留　據草堂詩餘云一本如是蓋此調本有三五句法不得謂上句衍一也字

憶舊游　正陰陰潤綠　一本有正字是案此句舊誤脫正及字

采桑子慢　玉臺挂謝　案此與下句為對絕妙好詞本並誤作樹

金縷歌　行春隊　杜校春原作香從中興集改正

光緒戊申之歲八月廿二日　校竟定寫訖　大鶴道人記於吳城

明鈔本作半空
畫角梅花地

此二闋移前寫
在法曲獻仙音
之前

附存疑例

卷甲夢芙蓉　錦溫花共醉，當時曾共秋被　案是詞兩句中六字再見，必有一誤

卷丙法曲獻仙音下闋何郎心似春風蕩　案是句例作上三下四，清真詞想依然京兆著媚，夢窗集中惟補遺和丁宏菴一闋是句已忽重拈鐙夜裁箋無字律已合，此疑有誤

卷丁瑞龍吟然柏半空裏畫角落月地　案是句清真詞斷腸院落一簾飛絮，夢窗卷甲兩闋同此，則句法全非，必有譌舛

卷丙聲聲慢過片城外湖山千里想無時長敞簷畫簷櫳無字王校疑亡舞如非　案是字例作平聲　案杜詩五陵佳氣無時無，此無時長敞句意相類

塞垣春下闋者争拜東風盈灞橋岸案是句清真詞天然自

合韻爛雅夢窗此作多二字或疑東風為衍文則語義未安

凡此四者或文句疏遺或疑截殺惜無善本據以斠訂倒從

闕如冣條如右俟後編末

明萬歷間霽鈔本於塞垣春詞後注云多二字腔滑過處佛南

合九字住 夢窗得之 此蓋出于校者之識所謂合九字住之語是述

夢窗獨異誤也

舊鈔本印記 一竹泉珍秘圖籍 一太原張氏文苑 一太原廷璋一讀厥齋

補錄 明萬曆二十六年太原張廷璋鈔本夢窗詞集一卷 無甲乙丙丁稾之題惟可證無關宏旨有注雅俗本同調

甲卷 一寸金 紅綿 綿 以備考形近譌 案譜是字宜平聲

紅綿切被與上句霜被芙蓉宿意正合 清真撲愁花淚花落枕紅綿

冷 蓋皆本崔國輔詩紅綿粉絮裛啼妝之句 又見明鈔本爲太原

張氏舊藏今爲滬上張鞠生所得 此詞紅綿不誤亦可依據訂

丁卷 瑞龍吟 半空畫角落梅花地 明鈔本足訂諸本譌誤

夢窗丁香結題詠小春海棠見錢綱珊瑚木難 案海字本誤以

爲秋日海棠蓋傳鈔者不知小春亦有海棠開也 初學記十月爲

〻春 江南先燠春再再春西海棠第瑞鶴仙 稅 范石湖詩有

〻春海棠〻翁之作云 東君好事憐年華 偏愛燕園

楚光春一任東風管 搖蕩〻春自青軟枝花 是此南時詠

〻春海棠之一 佳然出南花中如寶石

夢窗集兩作年 詞漏紅綺第五字一用家此年一用媚作年 是於白石道人

發大曲中咬之頌字之非之替栫上替例作年 用若如夢詞近者壽延之注近年替

曲牌近底近字 祠金本之注年 或頌字之作年之例 夢窗蹶山關一闋 滄浪亭作蒼

浪石詠 放漢樂府上用蒼浪天 處字苦同用白香山詩 瑪瑙蒼浪平 虛號路

滄色之蒼浪也 吳詞以切水天一色之義 自是紅友以意改作滄浪 遂失其竄 旨 說

桂王本作蒼 校刻之失 非 許之而 晉三為成語也

蒼浪攷

東流西漢又東為〇〇

滄浪 小名見禹貢

蘇子美取孟子滄浪之

歌以名亭 不得為此詞

通訓

吴君特一四明詞客耳端平景定之間以詩書寫於時吴山越
水時復見其高躅閒其徑唱有疏江湖老於韋布史傳已稱佳於尹
梅津沈義甫諸人詞題及草窗玉田兩詞集中依約識其姓字彷見其事
一偈僧閒之以
平生漫誦其詞真六君人論其世否已頗集中涉及榮王詞凡六闋又兩壽秋
其
壑賢秋壑西湖居處累君犹贵儀王門附聲權貴鎸時注還酬答終未
已見前明詞綜式
免白璧微瑕以斯白石道人其高致僞乎遠已
夢窗集秋思耗一曲明鈔本無耗字注夾鐘商集宋詞律失收但據汲
於義亦不可通
古刻增入案耗字不類曲名毛刻又併耗題為一字在荷塘鞍明鈔又
似以
為據存乐

王沅亭先生手
辛龍錄上議及
此調之耗字已損
因易為畫屏
秋色云云

瑞鶴仙耗字 參以原本在調名次行低二格寫題 即因毛字右半之而誤奪 治

詩鈔之誤今從明鈔列曲名下訂 又題下本賦其聽雨小閣 毛刻奪其字過

片鞋均徹酌 毛作歡乡 亦當從明鈔訂正 此調又有取夢窗此詞次句名畫

屏秋色者見安正書負走珂雪詞 戔當時有疑於曲名而以意更之 萬氏

詞律因注為又一名 此云皆未之深考

又催雪一解 詞律云此與無悶調賦催雪 今傳其題而軼其調名 案碧山

有無悶詞與此合 一調並為雪賦 是催雪非調名可證 又斷腸詞亦念奴嬌賦催雪二解 碧山二作題之曰賦催雪

生知窗詩詞家多以催雪命題 明鈔於調下注賦題二字 其義甚顯

談鑰

刻夢窗及無悶舊譜爲緣飾之耶殘之（證以花外集無悶詞）碧山詞字律句讀（視此）多少異且均部亦同而詞譜猶認此調是無悶迥別詞律類列者非半塘老人校刻笺失攷已甚

又歸安朱漚尹輯刻湖州詞徵卷二十有丁注作無悶一解無題案其詞意全章確爲賦雪攷直齋書錄解題云吳興丁注書爲歌詞世所傳惟雪無悶及重午慶清朝皆有承平閑雅氣象是其以無悶詠（賦）惟雪可證（俱亦有談鑰吳興志）注字葆光宣和六年進士是知在北宋時此調此題已爲詞家所傳習見夢窗所作具有淵源比類

余稽毛刻之疏遺，不煩言而解之。

草窗浩然齋雅談謂夢窗與翁元龍爲親伯仲。案元龍名時可，戴石屏詩集復古有翁季可石龜其人，是知季可與時可爲兄弟行。夢窗詞探春慢題敘揩明太原張氏藏寫鈔本亡憶兄龜翁石，是又知石龜與元龍皆長於夢窗，而公謹君特所謂親伯仲者，未審其說推之，由是以夢窗本姓翁，宋元說部中無齊及之者，無錄攷見此亦一異聞耳。

葉紹翁好詞箋翁時可小龍考，登吳山見滄閣，箋引西湖遊覽志：吳山石龜巷內宣聖廟，宋相吳潛衍筒故第，後舍爲寺，有理宗書見滄二字，勒之崖石。是知石龜爲巷名，或翁家聚居處，故季可稱爲翁石龜也。

石芝西堪宋二十家詞選

小令四家　晏元獻珠玉詞　歐陽文忠六一詞

張子野安陸集詞　案草窗齊東埜語云余家藏子野詩一卷帙名安陸集跋以安陸為子野集之總名詞僅集中之一卷耳　北宋人小集稱為張都官集者非子野集原名也朱竹垞詞綜亦載張先有安陸集詞一卷稱子野詞者惟見之陳振孫直齋書録解題馬端臨文獻通攷今據草窗説定為安陸集詞從其原名冣為近古

晏叔原小山樂府　秦觀淮海詞

慢曲七家

柳耆卿樂章集　吳興陸氏藏宋本　周美成清真集詞　北海鄭氏校元巾箱本汲古閣本

蘇子瞻東坡樂府　辛幼安稼軒長短句　見宋韓淲巖下放言

吳君特夢窗詞　據舊鈔本明萬曆二十六年太原張氏廷璋藏校定

姜堯章白石道人歌曲　陶南邨鈔宋嘉泰壬戌雲間錢希武刻本　乾隆己巳華亭張奕樞集宋本　又乾隆癸亥江都陸鍾輝刻本　乾隆二年仁和江炳炎鈔本

賀方回東山寓聲樂府　四印齋重刻本

石芝西堪宋十二家詞選

柳耆卿樂章集　據宋本校　吳興陸氏十萬卷樓藏

雙調　雨零鈴　佳人醉　歸朝歡

散水調　傾杯樂　又　樓鏁輕烟一解

歇指調　卜算子慢　浪淘沙慢

林鐘商　破陣樂　雙聲子　陽臺路　定風波　抛球樂

中呂調　戚氏　輪臺子　引駕行　彩雲歸　夜半樂

祭天神

𣥳平調（南呂） △憶帝京 𣥳平解補拙輔集

仙呂宮 如魚水 八聲甘州 臨江仙引 竹馬子 望海潮

迷神引 鳳歸雲 玉山枕 滿江紅

黃鍾調 傾杯

般沙調 塞孤 安公子 二解

△散水調 傾杯樂 複

正宮 雪梅香 尾犯 應列雲調前

以上共叁拾闋 之四闋

東坡樂府　据元延祐刻本校參吴興朱氏編年集證本

青玉案　江城子 弍解　滿庭芳 一解　水調歌頭 二解

八聲甘州　醉蓬萊　念奴嬌 一解　水龍吟 二解

歸朝歡　永遇樂 三解　賀新郎

右共十六闋